岩 波 文 庫

32-793-1

20世紀ラテンアメリカ短篇選

野谷文昭編訳

岩 波 書 店

た。僕は振り向きはしなかったが、影がひとつひたひたと近づいてくるのが分かっていた。走ろうと思った。だができなかった。僕はつと立ち止まった。すると身構える間もなく、背中にナイフのきっ先が当たり、やさしい声がした。

「動かないで。さもないとズブリといくから」

僕は振り向かずに尋ねた。

「何が望みだ？」

「あんたの目だよ」

穏やかな、恥ずかしげなといってもよさそうな声がした。

「僕の目だって？　何のために？　そら、少しばかり金がある。多くはないが、ないよりましだ。僕を放してくれれば、持っているものを全部やろう。殺さないでくれ」

「こわがらなくても大丈夫。殺すつもりはないから。ただ目をもらうだけだよ」

僕はかさねて尋ねた。

「どうして僕の目がほしいんだ？」

「恋人の気まぐれでね。青い目の花束が欲しいと言うんだ。このあたりに青い目をした者なんてほとんどいないもんだから」

「僕の目は役に立たないよ。青じゃなく黄色なんだ」

「ああ、嘘をつくんじゃない。あんたが青い目をしてることはちゃんと分かってるんだ」

「人の目玉なんか取るものじゃない。別のものをやろう」

「余計なことは言わなくていい」その声はかたくなだ。「こっちを向いて」

僕は振り返った。男は小柄できゃしゃだった。顔の半分はヤシの帽子で隠れ、右手には畑で使う山刀を持っていた。山刀は月明かりにかがやいた。

「顔を火で照らして」

僕はマッチを擦《す》り、炎を顔に近づけた。まぶしさに目を細めた。男はがっしりした手で僕のまぶたをこじ開ける。だがよく見えなかったので、つま先立って、僕をじっと見つめた。指が焦げだしたので、僕はマッチの火を放り投げた。男はしばらく黙っていた。

「納得したね？　僕は青い目じゃない」

「ああ、あんたはずるい人間だね。さあ、もう一度火をつけて」

僕はふたたびマッチを擦ると、炎を目に近づけた。男は僕の袖をひっぱり、命令するように言った。

「ひざまずいて」

僕はひざまずいた。男は片手で髪の毛をつかみ、僕の頭を後ろに倒すと、体をこわばらせ、もどかしげに僕の上におおいかぶさった。山刀がゆっくりと下りてきて僕のまぶたに触れた。僕は目をつぶった。

「しっかり開けて」

と男は言った。

僕は目を開けた。小さな炎が僕のまつげを焦がした。すると突然、男は僕を放した。

「青じゃないんだ。すまなかったね」

そして男は消えた。僕は塀のそばの地面に肘《ひじ》をつき、両手で頭を抱えた。それから起き上がると、人気のない村を、何度もつまずいては転びながら一時間ほど走った。広場に着くと、宿の主人はまだ入口の前に座っていた。僕は口もきかずに中に入った。そして次の日、村から逃げ出した。

(El ramo azul, 1949)

チャック・モール

カルロス・フエンテス

カルロス・フエンテス（一九二八～二〇一二）

パナマ市生まれ。外交官の父にしたがい、キト、モンテビデオ、リオ・デ・ジャネイロ、ワシントンDC、サンティアゴ・デ・チレ、ブエノスアイレスに移り住む。十六歳でメキシコに帰国し、その後メキシコ国立自治大学で法律を学ぶかたわら、執筆活動に打ち込む。代表作に『空気がもっとも澄んだ土地』（一九五八）、『アルテミオ・クルスの死』（一九六二）、『テラ・ノストラ』（一九七五、ロムロ・ガジェーゴス賞）などがあるが、いずれもメキシコおよびメキシコ人、あるいはラテンアメリカのアイデンティティー探しがメインテーマとして設定されている。一九七〇年代にはフランス大使をつとめ、その後はハーバード大学、プリンストン大学、コロンビア大学、ブラウン大学、ケンブリッジ大学などで教鞭をとった。「チャック・モール」は、都会の幻想とメキシコの歴史が交錯する初期の短篇集『仮面の日々』（一九五四）所収の一篇。

ついこのあいだ、アカプルコでフィリベルトが溺死した。聖週間のことだ。役所を馘《くび》になったのに、官僚趣味の誘惑に勝てなかった彼は、例年のようにドイツ人のペンションに出かけた。熱帯の調理場の湿気のせいで甘くなった塩漬けのキャベツを食べ、復活祭の前夜はラ・ケブラーダで踊り、人の顔も判然としないオルノスの浜の宵闇《よいやみ》の中で、自分が〈顔〉であるという気分を味わおうとしたのだ。もちろん、われわれは、彼が若いころ泳ぎの名手だったことを知っていた。だが不惑の齢を越え、傍目にも分かるほど体にガタが来ていたのに、なにも夜の夜中に、カレータとロケータ島の間のあんな長い距離を泳ぐことはなかった。ミューラー夫人は、彼が古くからの馴染み客だったにもかかわらず、ペンションで通夜をさせてくれなかったばかりか、なんとその晩、蒸し暑いテラスでダンス・パーティーを開いた。そのあいだ、すっかり血の気の失せたフィリベルトは棺桶の中で、乗合バスの始発がターミナルから出るのを待たねばならなかった。こうして彼は、新生の第一夜を、行李《こうり》や荷物に混ざって過ごすはめになったのだった。翌朝早く、棺桶の積み込みを見に行くと、すでにその上にココヤシの実が墓のかたちに積まれていた。運転手は、乗客がびっくりしないように、早いとこ幌《ほろ》でくるんで隠してしまおう、旅行にけちが付かなきゃいいが、と言った。

アカプルコを発ったのは朝早く、まだいくらか風のある時刻だったが、それもティエラ・コロラーダに着くころには陽射しがきつくなり、すっかり暑くなっていた。玉子とソーセージの朝食を食べながら、私は、前の日にミューラー夫人のペンションから他の持ち物と一緒にもらってきた、フィリベルトの書類カバンを開けてみた。中身は、二百ペソ、メキシコシティーの古新聞、数枚の宝くじ、片道切符——往きだけというのは、どういうことか?——、それにボール紙の表紙にます目入りのちゃちなノートだった。

道は曲がりくねっているし、悪臭は鼻を突くし、さらに、死んだ友人の私生活を大事にしたいという気持ちがもちろんあったけれど、それでも私は彼のノートを読んでみることにした。われわれのオフィスでの毎日の仕事振りが思い出せるだろう——予想どおり、私はまずそれを思い出させられた——と思ったからだ。また、彼がなぜ仕事をいやがったり忘れたりするようになったのか、なぜ意味もはっきりせず番号も打ってない、「公正な選挙と再選阻止」の標語抜きの文書を作ったりしたのかが、きっと分かるだろう、年金をなおざりにし、昇進のことも考慮せず、結局お払い箱になったその訳が、と思ったからだ。

〈今日、年金のことを片付けに行ってきた。えらく親切な弁護士だった。すっかりいい心持ちになったのでカフェで五ペソ散財する気になった。若いころは足繁く通ったカフェだが、最近は寄りつきもしなかった。二十歳のころの方が四十路の今より豪勢にやっていたことを思い出させられるからだ。あのころ、おれたちは皆まだ差がなくて、仲間が悪く言われようものならむきになってやり返したし、実際、家でも、誰それは出が良くないとか、品がない、などと言われると、当の人間に代わって歯をむき出して嚙みついたものだ。おれには彼らの多く(おそらく一番貧しい連中)がたいへんな出世をすることが分かっていた。そして学校では、世間の荒海を乗り越えるのに不可欠な永遠の友情が育まれようとしていた。いや、実際にはそうではなかった。原則なんてなかった。貧しい連中の多くは貧しいままだったし、侃々諤々《かんかんがくがく》やり合った、あの愛すべき集まりでおれたちが予想したよりはるかに上に行った者も沢山いた。そうかと思うと、おれたちのように、すべてを約束されているかに見えながら課外の試験でへまをやり、成功した連中とも鳴かず飛ばずの連中とも見えない溝で仕切られてしまった、中途半端な人間もいる。とにかく、今日おれは、モダンになってしまった椅子に——そのうえ、おれみたいな人間が入ってくるのを拒むかのようにソーダ・ファウンテンまでできていた――再び腰掛けて、書類に目を通そうとした。昔の仲間を何人も見かけた。彼らはすっかり変わってしまい、人のことなど忘れ果てた、羽振りの良さそうなその姿が、ネオンの点滅につれて浮かんでは消えた。昔とは違ってしまったそのカフェや街そのもの同様、彼らはおれとは異なるリズムを刻んでいた。連中にはもはやおれが分からなかった、あるいは分かろうとしなかった。一人か二人が、肉づきのいい手で肩を軽く叩いてくれるのがせいぜいだった。よう、元気か。彼らとおれの間には、カントリー・クラブの十八ホールの差があった。おれは書類で顔を隠した。大きな夢と幸せな未来を描いていた日々や、その実現を阻んだ失敗の数々が走馬灯のように思い出された。過去に手をさし入れて、場所が分からず残してあったはめ絵パズルの断片を、きちんとはめられないもどかしさを感じた。だが、玩具箱の存在は次第に忘れ去られていく。結局、鉛の兵隊や兜、木刀がどこへ行ってしまったのか、誰も知らない。あんなに気に入っていた変装道具だって、それだけのものにしかすぎなかった。それでも、昔は志操や規律、強い義務感を持っていた。あれでは足りなかったのだろうか、それとも余分だったのだろうか。ふとリルケを思い出すことがあった。青春の冒険は、死によって贖われねばならない、若者よ、われわれはあらゆる秘密を携えて旅立たねばならない。もはや塩の町を振り返って見る必要はあるまい……五ペソか。じゃあチップに二ペソやろう。〉

〈ペペときたら、商法好きは言うまでもないが、やたらに理屈をつけたがる。おれが大聖堂から出てくるのを見つけたので、一緒に政庁の方へ歩いていった。信仰心のない奴だが、それだけではすまない。わずか半ブロック行くあいだにもう、その不信仰に理屈をつけずにはいられなかった。曰く、もしこのおれがメキシコ人でなければ、キリストを崇めたりはしないだろう――そう、そいつは確かだと思うよ。スペイン人がやって来る、そして君に、十字架に掛けられ、脇腹を槍で突かれ、血に塗れて死んだ神を崇めるように言うんだ。生贄《いけにえ》だ、供え物だと。君のあらゆる儀式、あらゆる生にこれだけ近い感情を備えた宗教を受け入れるのは、ごく自然じゃないか。そうでなく、メキシコが仏教徒か回教徒に征服されていたらどうなっていたと思う。この国のインディオが消化不良がもとで死んだ人間を崇拝するなんて、ちょっと考えられないな。しかし、スペイン人の言う神は、自分のために他人が犠牲になるだけじゃ足りず、自分の心臓をえぐり出させようとさえするんだからな、ウィツィロポチトリ〔古代メキシコの戦の神〕も真っ青だよ。犠牲にしろ礼拝にしろ狂信的で血なまぐさいという意味で、キリスト教は土着宗教とごく自然につながるし、いくらか目先の変わったものにすぎない。それにひきかえ、慈悲や愛、右の頰を打たれたら左の頰をさし出せといった面は受け入れない。メキシコじゃ万事がこういう具合さ。人を信じるためにはその人間を殺さなきゃならないんだ。〉

〈ペペは、おれが若いときからメキシコの土着芸術のあるものに熱中していることを知っていた。おれはちょっとした彫像や偶像、陶器なんかを集めていて、週末はトラスカーラやテオティワカンの遺跡で過ごすことにしている。多分それで彼は、おれに聞かせるためにこねくりまわす理屈を、どれもこれもインディオのことと関連させようとするんだろう。確かにおれは、だいぶ前からチャック・モール〔生贄を捧げる祭壇として用いられたと思われるマヤの仰臥人像。マヤの雨の神としても知られる〕の手頃な複製を捜していた。そして今日、ペペがラグニーリャの蚤の市の、石のチャック・モールの出物があるという店を教えてくれた。安いらしい。日曜日に行ってみよう。〉

〈物好きな奴が、オフィスにある大壜《びん》の飲み水に赤い色をつけた。おかげで仕事に差し障りが出たので、局長にそのことを報告しなければならなかったが、げらげら笑うだけで取り合ってくれなかった。犯人め、この騒ぎを利用しておれを一日じゅう笑いもの

にしやがった。どいつもこいつもみんな水のまわりに集まって。くそっ……〉

〈今日は日曜なので、休みを利用してラグニーリャへ出かけた。ぺぺに教わった露店で例のチャック・モールが見つかった。そいつは実物大でなかなかのものだった。店のおやじは絶対本物だと言うが、眉唾物だ。ありふれた石が材料にしては、チャックの優雅な形は損われていないし、作りもしっかりしている。店のおやじは食わせ者で、旅行者にそれが血糊のついた本物だと思わせるために、腹のところにトマト・ケチャップを塗りたくっていた。〉

〈買値より家まで運ばせる方が高くついてしまった。だが、今はもうおれの手許にあるのだ。もっとも、戦利品でぎっしりの部屋にどうにかして飾る場所を作るまで、さしあたり地下室に置かざるをえないが。この種の像には、真上から照りつける強烈な光線が要る。本来そういう条件の下に置かれていたからだ。薄暗い地下室だと、おれのチャック・モールは台無しだ。今にも壊れそうな像でしかない。おれが光を当ててやらないのを、しかめっ面で咎《とが》めているように見える。店のおやじは真上から光を当てていたので、チャックは、角が取れて、もっと柔和な顔をしていた。ああいうふうにした方がい

いようだ。〉

〈朝、目を覚ますと、排水管がおかしくなっていた。うっかりして台所の蛇口を開けっ放しにしておいたので、知らぬ間に水が溢れ出し、床を伝って地下室にまで流れ込んでいた。チャック・モールは水に濡れても大丈夫だが、スーツケースが台無しになってしまった。この騒ぎが起きたのが仕事がある日だったので、オフィスに遅れるはめになった。〉

〈ようやく排水管を直しに来てくれたが、スーツケースは歪んでしまった。チャック・モールの台石に苔が生え出した。〉

〈一時に目が覚めた。ぞっとするような悲鳴を聞いたからだ。すわ泥棒、と思ったが、早合点だった。〉

〈夜中になると相変わらず悲鳴が聞こえる。原因はさっぱり分からないが、神経が参

ってしまった。さらに悪いことに、排水管がまたおかしくなり、おまけに雨が漏ったので、地下室は水浸しだ。〉

〈水道屋が来てくれないのでもうお手上げだ。メキシコシティーのお役所にはあきれ果てて物が言えない。雨水が下水管へ行かずに地下室へ流れ込むなんて前代未聞のことだ。例の悲鳴は止んだ。悪いことばかり続くわけでもない。〉

〈地下室は乾いたが、チャック・モールは苔むしてしまった。おかげでチャックのグロテスクなこと。地肌の残っている目のあたりを除き、全体が緑の丹毒にかかったみたいだからだ。日曜日に苔をはいでやろう。ぺぺは、こんな出水騒ぎが起きないように、アパートのそれも最上階へ引っ越したらどうかと勧めてくれた。だが、この家を出るわけにはいかない。一人暮らしにはだだっ広く、ディアス時代の建物が陰気くさいのは確かだ。とはいえ、この家は、両親が唯一おれに残してくれたもの、形見なのだ。地階にはジューク・ボックスを置いたソーダ・ファウンテンがあり、一階はけばけばしく飾り立てた店になっているアパートなんて、見るのもいやだ。〉

〈へらでチャック・モールの苔をこそげに行った。苔はもはや石の一部になってしまったみたいで、落とすのに一時間以上もかかり、終えたのは夕方の六時だった。薄暗くてよく分からなかったので、最後に石の輪郭を手でなぞってみた。すると触るにつれ、なんだか像が軟らかくなるみたいだった。まさかと思ったが、もうほとんどこねた小麦粉ほどになっていた。ラグニーリャのおやじに一杯食わされたのだ。新大陸発見より古いはずの石像は、なんのことはない、まぎれもない石膏製だった。しまいには水気でぼろぼろになってしまうだろう。おれはチャックに布きれをかけた。明日は上の部屋に移そう、すっかりやられてしまわないうちに。〉

〈布きれが床に落ちていた。そんな馬鹿な。もう一度チャック・モールに触ってみた。硬さは戻っていたが、石ほどではなかった。書き留めたものかどうか、胴体に肉組織らしきものができている。腕を押すとゴムのようだし、横たわった像の内部を何やら流れているのが分かる……。夜、また降りてみた。間違いない、チャック・モールは腕に毛が生えている。〉

〈いまだかつてこんなことはなかった。オフィスでいいかげんな仕事をしたり、許可なしに支払い伝票を切ってみたり、おかげで局長から大目玉を食ったり。どうやら同僚にまでぶしつけに振る舞ったようだ。医者に診てもらって、妄想なのか、頭がおかしくなったのか、でなけりゃ何なのか、はっきりさせなくてはなるまい。それにあの呪われたチャック・モールを処分しなくては。〉

フィリベルトの筆跡はここまでは以前と同じで、書類やメモでしょっちゅうお目にかかった、幅の広い長円形の文字で書かれていた。ところが、八月二十五日の書き出しは、まるで別人の手になるもののようだった。子供みたいに、苦労しながら一字ずつ分けて書いてあるかと思えば、神経質な書き方で、最後は判読できないような箇所もあった。三日の空白をおいて、日記は再び始まっていた。

〈何もかもごく自然なことなのだ。そして人は現実的なものを信じる……だが、今回のことは、おれが信じているものよりはるかに現実的なのだ。飲み水の入った大壜が現実のものなら、物好きが水を赤く染めればその存在もしくは所在をおれたちはより意識するようになるので、その現実味は増す……。口から吐き出されてはすーっと消えていく煙草の煙が現実なら、サーカスの鏡に映る奇妙な姿も現実だし、人の記憶にあろうがなかろうが、死者もまたすべて現実といえるのではなかろうか……。仮にある人間が夢の中で楽園に足を踏み入れ、そこに行った証拠に花を一輪もらったとする。そして目を覚ましたときその花を手にしていたら……そのときはどうなる……それはもはや現実なのだ。ある日、現実は粉々に砕かれ、頭はあちら、尾はこちらとばらばらになってしまった。だからおれたちは、その巨体から飛び散ったかけらの一つを知っているにすぎないのだ。伸びやかに広がる虚構の海原も、巻貝の立てる音の中で初めて現実となる。三日前まで、おれの現実ときたら、その日に消えてしまう程度のものだった。それは反射運動、習慣、記憶、雑記帳だった。ところがある日、その力を思い出させようと身を揺する大地のように、あるいは忘れはてていたことを咎めるべく訪れる死のように、もう一つの現実が出現する。場所は分からないが、それがどこかに存在することは分かっていた。その現実が今、生ある存在になろうとおれたちを揺すっている。単なる幻覚にすぎないと思い直したのだが、ある晩、軟らかく気品に満ちたチャック・モールは、純金に近い黄色になり、自分が神であることを示しているように見えたのだ。固さが失なわれ、膝の力も前より抜け、わずかに笑みを浮かべた表情は優しさを増したようだった。それがついに昨日、紛れもなく、夜中に二つの息遣いが聞こえ、暗がりの中でおれのとは別の脈打つ音がした。びっくりして目が覚めた。確かに、階段で足音がしたのだ、おれは悪い夢を見たと思って、また目を閉じた……。どのくらい眠ろうと努めただろうか、再び目を開けると、まだ夜は明けていなかった。部屋には背筋が寒くなるような気配が漂い、香と血の臭いがした。目を凝らしてまっ暗な寝室を見回すと、二つの瞬く光の穴、残忍な黄色い光の矢に出くわした。

おれは息をつくのも忘れて明かりを点《つ》けた。

そこには、黄色いチャック・モールが、腹をまっ赤に染め、薄笑いを浮かべて仁王立ちになっていた。三角の鼻にくっつきすぎた、やぶにらみに近いその目に、おれはすくんでしまった。下の歯が上唇をきっと噛んでいる。ばかでかい頭に載せた四角い帽子の光沢だけが、奴が生きていることを示していた。チャック・モールは寝床の方へ進んできた。そのとき、雨が降り出した。〉

八月の末に、フィリベルトは局長名で懲戒免職処分となり、気が触れたとか盗みを働いたとかいう噂さえ囁かれたのを私は覚えている。そんな風評は信じなかったが、水は臭うものかと次官に訊《き》いてみたり、砂漠に雨を降らせる仕事をしたいと水力資源庁官に申し出るというような、目茶苦茶なことをしでかしたのは確かだ。だがそうした言動がどうも腑に落ちなかったので、その夏、例年になく大雨が降ったせいで彼はおかしくなったのだと考えた。でなけりゃ、部屋の半分は鍵がかかったまま埃《ほこり》が積もり、使用人もいなければ家族と過ごすこともない、あのだだっ広い家での独り暮らしで、精神的に参ってしまったに違いないとも。以下の日記は九月の末に書かれたものだ。

〈チャック・モールは気が向けば打ち解けてくれる……そんなときは快い水音を立てる。……モンスーンや赤道直下に降る雨、砂漠の折檻などについてびっくりするような話をいくつも知っている。植物はそれぞれ彼の神話上の父性に由来していて、柳が不肖の娘なら、蓮は目の中に入れても痛くない子供、サボテンは姑《しゅうとめ》という具合だ。どうにも我慢ならないのは、本物の肉ではない彼の体と古びた垢光りするサンダルが放つ、人間のものではない臭いだ。チャック・モールはけたたましく笑いながら、ル・プロンジヨン〔一八二六―一九〇八、フランス人考古学者〕に発見され、他の象徴的な彫像と一緒にされたときの様子を話してくれる。彼の精神が水甕《みずがめ》や嵐に宿ってきたのは当然だが、石像もまたその住処だった。だから石像をそれが横たわっていたマヤの隠れ家から引き出してしまったのは、不自然で酷なことなのだ。チャック・モールは決してそれを許すまい。彼は美的なことの価値を知っているのだ。

アステカのものだと早合点したおやじが腹に塗りたくったトマト・ケチャップを洗い落とすために、彼に洗剤をやらねばならなかった。トラロック〔原注―アステカの雨の神〕との関係を質したのがどうも気に入らなかったようだ。そうでなくてもおぞましい歯が、怒るとますます鋭くなり、ぎらぎら光る。最初のうちは寝るとき地下室へ降りていったが、昨日からはおれのベッドで寝ている。〉

〈乾季が始まった。昨日、凄まじい物音がしたかと思うと、おれが今ねぐらにしている部屋にまた前のと同じかすれた悲鳴が聞こえるようになった。上がっていって、寝室のドアを細めに開けてみると、チャック・モールは電灯や家具をぶち壊している最中だった。おれを見ると、傷だらけの手を振り上げ、ドアに向かってすっ飛んできたが、おれは間一髪ドアを閉め、浴室に逃げ込むことができた。しばらくすると彼は喘ぎながら降りてきて、水が欲しいと言った。朝から晩まで水道の水を出しっ放しにしておくので、家の中で乾いたところはこれっぽっちも残っていない。おれは毛布にすっぽりくるまって寝なければならず、彼に、これ以上部屋をびしょびしょにしてくれるな、と頼んだ〔原注―フィリベルトはチャック・モールと何語で話したのか記していない〕。〉

〈チャックは今日部屋を水浸しにしてしまった。おれはかっとなり、ラグニーリャの蚤の市に戻してしまうぞと言ってやった。すると奴は、ずっしりとした籠手《こて》をはめた腕を振り上げ、おれにびんたを食わせた。それは、人や動物の笑いとはおよそ異なる、奴の薄笑いに負けず劣らずおぞましい仕打ちだった。もはや認めなくてはならない。おれは奴の虜になったのだ。初めのうちはまるで違うことを考えていた。玩具をもてあそぶように、チャック・モールを操れるだろうと軽い気持ちでいたのだ。子供の頃信じて疑わなかったことの延長と言えば言えるだろう。だが子供時代なんて、誰の言葉だったか、年月に食われてしまう果実なのだ。おれはそれに気づかなかった……。服を取られてしまった。彼は緑の苔が生え出すとおれのガウンを着る。チャック・モールは人を従わせるのを常としてきたし、これからもそうだろう。だから、人に命令を下さねばならない立場を経験したことのないおれは、彼の前に跪《ひざまず》くしかないのだ。雨が降らずにいると

——魔力はどうしたんだ——彼は絶えずいらだち、何かにつけて腹を立てるだろう。〉

〈今日気がついたのだが、チャック・モールは夜な夜な家を出ていく。日暮れになるといつも、歌というより、もっと昔からあるような古くさい一節を調子っぱずれな声で歌い出し、しばらくするとそれが止む。ドアを何度も叩いてみたが、返事がないので、思い切って中へ入ってみた。チャックがおれに襲いかかってきた日以来見ることのなかった寝室はすっかり荒らされ、家中に漂うあの香と血の臭いがつんと鼻をついた。ドアの後ろに骨が散らばっていた。犬にねずみ、それに猫の骨だった。生き長らえるためにチャック・モールが夜中に捕ってくるのだ。真夜中になると必ず聞こえてくる凄まじい獣の悲鳴の原因がこれで判明した。〉

〈二月、雨降らず。チャック・モールはおれの一挙一動を見張っている。弁当を一人前毎日届けさせるように、食堂へ電話させられた。しかしオフィスから失敬してきた金ももう底をつきかけている。ついに避けえない事態が生じた。料金滞納で、一日から水道と電気を切られてしまったのだ。だがチャック・モールは、ここから二ブロック先に共同水道を見つけてきたので、おれは毎日十回以上も水汲みに通わねばならない。チャックは屋上で見張っていて、逃げようとしたら稲妻を浴びせると言っている。彼は雷神でもあるのだ。でも、夜中に出歩くのをおれが先刻承知していることを、彼は知らない……。明かりがつかないので、八時には寝なければならない。チャック・モールにはもうすっかり慣れているはずなのに、今しがた真っ暗な階段で彼にぶつかり、氷のような腕と鱗《うろこ》の生え変わった皮膚に触れたとき、思わず声を上げそうになった。〉

〈すぐに雨が降り出さないと、チャック・モールはまた石に返ってしまうだろう。このところ動くのに骨が折れるようだし、何時間も身動きもせず壁にもたれていることがある。そんなときは、嵐と雷の神とは名ばかりで、再び人畜無害な彫像になってしまったように見える。しかしそうして休むことは、おれをひどい目にあわせ、体液でも奪おうとするかのように、おれを引っ掻くための新たな力を得ているにすぎないのだ。今はもう、昔話をしてくれたあの打ち解けたひとときもなくなった。彼の中では恨みが次第に募っているらしい。そういえば思いあたるふしが他にもあった。酒倉の葡萄酒が切れそうなこと、チャック・モールが絹のガウンのすべすべした生地を撫でまわしたり、家に女中を置きたがったり、石鹸やローションの使い方を教えろと言ったりしたことがそれだ。おまけに、かつては永久に変わるまいと思われた顔に、老人めいたところさえ現われている。もしチャックが誘惑に陥り、人間性を持てば、おそらく幾世紀にもわたる生が一瞬のうちに積み重なり、時間の圧力に負けて、閃光を放つとともにその命は尽きるだろう。そうなればおれは助かるかもしれない。だが、恐ろしい考えもまた浮かんでくる。チャックはおれが彼の最期に立ち会うのを望まないだろうし、目撃者がいることもいやがるだろう……ひょっとすると、おれを消そうとするかもしれない。〉

〈今日こそ、チャックが夜出歩くのを利用して逃げてやるぞ。アカプルコへ行くんだ。あそこで仕事を手に入れ、チャック・モールが死ぬのを待つ算段をしよう。そうだ、奴の死は間近だ。頭は真っ白だし、体はむくんでいる。日光浴したり泳いだりして、力を取り戻すことがおれには必要だ。四百ペソ残っているから、ミューラー夫人のペンションに行こう。あそこは安いし居心地がいい。チャック・モールには何もかも自分でやらせてやろう。おれが桶で水を運んでやらなかったら、どれだけもつか見ものだ。〉

　フィリベルトの日記はここで終わっている。私は、書かれていたことについてそれ以上考えるのは止めにして、クエルナバカまで眠った。クエルナバカからメキシコシティーまでの道中、日記の内容をまとめてみようとした。そして過労や何か精神的なことが原因になっているのではないかと臆測してみた。夜の九時にバスはターミナルに着いたが、そのときになってもまだ友人が狂ったわけが分からなかった。小型トラックを雇って、棺をフィリベルトの家まで運ばせ、彼の家から葬式を頼むことにした。

　鍵を穴に差し込もうとすると、ドアが内から開き、ガウンにくるまり襟巻をした、黄色い顔のインディオが現われた。ふた目と見られぬ顔つきをしたその男は、安っぽいローションをぷんぷんさせ、白粉で皺を隠し、不器用に口紅を塗りたくっていたばかりか、髪の毛すら染めているようだった。

「失礼しました……知らなかったものですから。フィリベルトに……」

「いいえ。すべて存じてますんで。遺体は地下室へ運ばせてください」

（Chac Mool, 1954）

ワリマイ

イサベル・アジェンデ

イサベル・アジェンデ（一九四二〜　）

ペルーの首都リマ生まれ。現代ラテンアメリカを代表するチリの人気作家。一九六五年まで国連食糧農業機関（FAO）に勤務していたが、一九七〇年に父の従兄弟のサルバドル・アジェンデが大統領に当選し、その後一九七三年にアウグスト・ピノチェットによる軍事クーデターが起こった際に、迫害が親族である彼女にも及び、ベネズエラに亡命。この地で、ガルシア＝マルケスの『百年の孤独』を想起させる、奇想天外なエピソードを連ねた処女作『精霊たちの家』（一九八二）を出版し、注目を集めた。アメリカ人男性との再婚を機に、アメリカに移住。現在もアメリカで執筆活動を展開している。ほかの代表的作品に、『エバ・ルーナ』（一九八七）、『エバ・ルーナのお話』（一九八九）、『パウラ』（一九九四）など。その他にヤング・アダルト向けの作品も手掛ける。「ワリマイ」は、『エバ・ルーナのお話』所収の一篇。

親父がわしにつけてくれた名はワリマイで、わしら北に住む者の言葉では風を意味している。今からその話をしてやってもいい。あんたはもう実の娘同然だからな。それに、家の中でだけだが、わしの名を呼んでも構わない。人や生き物の名前には、よく気をつけなけりゃならんよ。名前を口にしたとたん、相手の心臓に触れ、その生命力の中に入り込むからだ。だからわしらが挨拶するときは、血を分けた身内同士としてそうする。外国人が、恐れるふうもなく気安く名前を呼び合うのが、わしには理解できない。そいつは尊敬を欠いているばかりか、ひどく危ないことでもある。そういう連中は、話すことは存在することでもあるなんて考えもせず、実に気軽に話をするようだ。身振りと言葉は、人の考えを表わしている。無駄口を叩いてはならん、わしは子供たちにそう教えた。だが、わしの忠告に耳を貸さんこともある。昔はタブーやしきたりはちゃんと守ったものだが。わしの爺様たちやそのまた爺様たちは、自分らの爺様たちから必要なことを教わったもんさ。勝手に変えることなんかなかった。きちんと教わった人間は、教わったことをひとつひとつ想い出せるから、どんなときでもどのように振る舞えばいいかが分かってる。だが、やがて外国人がやってきて、年寄りの知恵に逆らって物を言い、わしらを土地から追い出した。わしらは密林の奥へ奥へと入っていったが、連中はきまって近くにやってくる。何年もかかることもあるが、結局はまた迫ってくるんだ。そこでわしらは畑を使えないようにし、子供たちを背負い、動物たちを縛ると、そこを後にしなけりゃならない。物心がついてからというもの、ずっとこんな具合だった。何もかも捨てて、鼠みたいに駆け出す。偉大な戦士や昔この地方に住んでいた神々とはえらい違いだ。若い連中の中には白人に興味を持ってる者もいる。そういう連中は、先祖代々の生活を続けようとわしらが森の奥をめざして進むのとは反対の道を辿ろうとする。去って行った人間をわしらは死んだも同じとみなす。戻る者はほとんどいないし、戻ってきてももはや身内とは思えんほど変わり果てているからだ。

わしがこの世に生を授かる前は、一族に生まれる女の数が足りなかったので、親父は長い旅に出て、他の部族の女をめとらなけりゃならなかったそうだ。前に同じ目的で旅をし、よそ者の女を連れ帰った連中に道を教わり、そのとおり森から森を歩き回るんだ。多くの日々が過ぎ、連れ合いを見つけるのを諦《あきら》めかけたころ、親父は、天から水が落ちてくるような高い滝の下で、ひとりの娘に出会った。驚くといけないのであまり近づかないようにして、親父は狩人が獲物をなだめるときの調子で娘に話しかけ、結婚してほしいと頼んだ。すると娘は手招きをして、親父をまともに眺めた。きっと姿形が気に入ったんだろう。なぜなら、結婚話をおよそ突拍子もないこととは思わなかったからだ。親父は娘の価値にふさわしい分だけ、娘の父親のために働かなければならなかった。婚礼の儀式を済ませると、二人はわしらの村に向かって旅に出た。

わしは兄弟と一緒に木陰で育ち、お天道様を見たことがなかった。たまに傷ついた木が倒れて、鬱蒼《うっそう》とした森の天井に穴があくと、目玉みたいな青い空が見えたものだった。親父たちはいろんな話を聞かせてくれたし、歌もうたってくれた。それに男が人の助けを借りず、自分の弓と矢だけで生きていくために知らなけりゃならないことを教えてくれた。わしらルナ族の者は、自由なしに生きていくことはできない。壁や格子に囲まれると内にこもり、目は見えず口もきけなくなり、何日もたたないうちに魂が胸から抜け出てってしまうんだ。ときには哀れな動物みたいになることもあるが、必ずといっていいほど死にたい気になる。だからわしらの家に壁はない、風を防ぎ雨水を逸らせるための傾いた屋根があるだけだ。その下にハンモックをうんとくっつけて張る。女子供の寝息に耳を傾けたり、同じ屋根の下で眠る猿や犬やインコの息づかいを感じるのが好きだからさ。初めのうちわしは、崖や川の向こうに世界があることなど知りもせず密林で暮らしていた。あるとき他の部族の友人が訪ねてきて、ボア・ビスタやバナナ園の噂、外国人やその習慣のことを話してくれた。だがわしらは、それをただの笑い話だと思っていた。やがてわしも大人になり、嫁を探す番になった。しかしわしは待つことにした。独り者の男同士でいる方がよかったからだ。わしらは楽しくやっていた。けれどわしは、他の連中のように遊んだりぶらぶらしているわけにはいかなかった。家族が多かったからだ。兄弟、従兄弟、甥姪と、養わねばならない人間が何人もいた。ひとりの狩人にとっちゃ大仕事だ。

ある日、わしらの村に色の白い男たちの一群がやってきた。腕も立たなければ勇気もないその連中は、遠くから火薬を使って狩りをした。木に登ることも、水に潜って槍で魚を突くこともできなければ、森の中を動き回ることだってほとんどできない。リュックや武器やしまいには自分たちの足のことで悶着を起こす始末だ。連中はわしらのように空気をまとうのではなく、汗でぐしょぐしょの臭い服を着ていた。慎しみというものを知らない汚らしい人間どもだったが、自分たちの知っていることや神々のことを盛んにわしらに話して聞かせたよ。白人について聞かされていたことと連中とを比べてみて、わしらは噂が本当だったことを知った。それに、そいつらが宣教師でも兵隊でもゴムの採集業者でもなく、頭のおかしい連中で、土地をほしがり、材木を持ち帰ろうとしていること、それから石を捜していることが分かったんだ。わしらは、森は背中に担げないし、死んだ鳥みたいに運ぶことはできないことを説明したんだが、連中は耳を貸そうとしなかった。わしらの村のそばに居座ってしまったんだ。どいつもこいつも災いをもたらす風みたいで、自分たちの行く手にあるものは手当り次第ぶち壊し、ごみ屑を残し、動物や人間を困らせた。初めのうち、わしらは礼儀正しく振る舞って、連中を喜ばせようとした。わしらにとっちゃ客人だったからな。ところがどんなことにも満足しないんだ。決まってもっと要求する。こんなことの繰り返しにわしらもついにうんざりしちまって、習慣になっている儀式を全部執り行なうと、連中に戦いを挑んだんだ。やつらは優れた戦士ではなかったよ。たちまち怯える意気地なしさ。棒で頭を殴ったら、抵抗できなかった。その後でわしらは村を捨て、人が入り込めない森のある東の方に向かって出発した。やつらの仲間に追いつかれないように、木の茂みをいくつも通り抜け、長い距離を歩いた。やつらは執念深く、たとえ戦いがきらいでも、仲間がひとり死ねば相手の部族を子供まで皆殺しにしかねないという知らせが届いていたんだ。わしらは新しい村を作る場所を見つけた。そこはあまりいい場所ではなく、女たちはきれいな水を得るために、何時間も歩かねばならなかった。だがわしらはそこに落ち着くことにした。そんな遠くなら、誰にも見つかるまいと思ったからだ。一年が過ぎたころだった。あるときピューマの足跡を追ったわしは、えらく遠出をしてしまい、兵隊たちが野営しているすぐそばまで行ってしまった。ひどく疲れていたし、何日も食べ物を口にしていなかったために、頭の働きが鈍ってたんだ。兵隊たちがいることが分かったとき、踵《きびす》を返すかわりに、眠り込んでしまった。わしは兵隊たちに捕まったよ。ところが連中は、わしらが仲間の兵隊どもを棒で殴りつけたことを問題にしなかった。実のところ何も訊《き》かなかったよ。おそらく仲間じゃなかったか、わしがワリマイだと知らなかったんだろう。わしはゴムの採集業者のところへ連れて行かれ、働かされた。そこには他の部族の男たちもたくさんいて、ズボンをはかされ、望みなど無視されて、無理やり仕事をさせられていた。ゴム栽培にはうんと手間ひまがかかるが、そのあたりには十分な人手がなかった。それでわしらは力ずくで連れて行かれたんだ。そのころは自由がまるでない時期で、そのときのことは話したくもない。わしは何か覚えられるかと思ってそこにいただけなんだが、そのうち自分の仲間のもとへ帰るだろうことが、最初から分かっていた。戦士をその意志に逆らって長いあいだ引き留めておくことなど、誰にもできやしない。

お天道様が昇ってから沈むまで、働きっぱなしだった。ゴムの木を痛めつけ、一滴ずつ命を奪っている者がいれば、集めた液を煮つめ、大きな玉にしている者もいた。外の空気は焼けたゴムの臭いでくさかったし、共同の寝室は人の汗の臭いでくさかった。そこじゃ思い切り息を吸うことなんてできなかった。食事にはトウモロコシとバナナそれに缶詰に入った妙な物をもらったが、体にいい物が缶の中で育つわけがないから、わしは決して手をつけなかった。野営地のはずれに大きな小屋が建てられていて、そこには女たちが囲われていた。ゴムの仕事を二週間続けると、監督は紙きれをくれ、女のところへ行けと言った。それからコップ一杯の酒もくれたが、わしはそいつを地面に撒《ま》いてしまった。その水が人の頭をおかしくすることが分かってたからだ。みんなに倣って、わしも列に並んだ。わしはしんがりで、小屋に入る番になったときには、日はもう暮れて、夜になりかけ、ヒキガエルやインコがけたたましく鳴いてたよ。

娘はイラ族の出だった。心の優しい部族で、思いやりにかけちゃそこの娘たちが最高だ。イラ族のところまで何か月もかけて出かけていく男たちもいるほどで、女を手に入れたくて、贈り物を持っていったり、狩りの獲物を貢いだりするんだ。見かけは蜥蜴《とかげ》みたいだったがイラ族の娘だと分かったのは、わしのお袋もイラ族の出だったからだ。娘は裸で、ござの上にいた。踝《くるぶし》を鎖で縛られ、地面にしっかりつながれていて、アカシアの嗅ぎ煙草を鼻から吸い込んだように身動きひとつせず、病気の犬みたいな臭いのする体は、わしの前に乗っかった男どもの露で濡れていた。大きさは生まれて何年もたたない男の子ぐらいで、骨は川の中の小石に似た音を立てた。イラ族の女は体の毛をまつげにいたるまですっかり剃り落とす。耳は鳥の羽と花で飾り、頬っぺたと鼻に磨いた串を刺し、オノトの木から採った赤と、椰子の紫、炭の黒で体中を模様で埋め尽す。だがその娘の体には何も残っていなかった。わしは山刀を地面に置くと、鳥のさえずりや川の水音をまねて、娘に兄妹の挨拶をした。娘は答えなかった。そこで、胸を思い切り叩いてみた。娘の魂が胸の中でこだまするかどうかと思ってな。だがこだまは聞こえなかった。娘の魂はすっかり弱っていたんで、答えられなかったんだ。わしは娘の脇にしゃがんで、ちょっぴり水を飲ませてから、お袋の言葉で話しかけてみた。すると娘は目を開け、じっと見つめたよ。わしにはその意味が分かった。

わしは何よりもまず、きれいな水を無駄に使わないようにしながら体を清めた。口にたっぷり水を含むと、そいつを両手に吹きかけ、手をこすり合せた。それから顔をこすってきれいにした。次に娘にも同じことをして、男どもの露を取ってやった。わしは監督にもらったズボンを脱いだ。腰に巻いた縄には火を起こすための棒やいくつかの鏃《やじり》、自分で巻いた煙草、先に鼠の歯をつけた木のナイフ、毒《クラーレ》を少しばかり入れ、口をきつく縛った革袋が吊り下げてあった。わしはその練った毒をナイフの先にちょっとつけると、娘の上にのしかかり、そいつでもって首に傷をつけた。命というのは神々からの授かり物だ。狩人が動物を殺すのは家族を養うためで、自分が仕留めた獲物の肉は食べないように努め、他の狩人がくれる肉を食べる。ときには不幸にも、戦いの中で男が他の男を殺してしまうことがある。しかし、女や子供は決して傷つけてはならないのだ。娘は大きな、蜜みたいに黄色い瞳でわしを見つめた。まるで感謝の気持ちをこめて微笑もうとしてるように見えた。その娘のためにルナ一族のご法度を犯してしまったので、わしはその恥の報いに、罪を償う仕事をたくさんしなければならなかった。娘の口に耳を近づけると、娘は自分の名をつぶやくように言った。わしはその名をしっかり覚えるように、頭の中で二度繰り返した。けれど声に出すことはしなかった。なぜなら、死者の名を呼ぶのは、安らぎを乱すことになるので禁じられているからだ。たとえまだ心臓が動いていたとしても、娘はもう死んでいた。やがてお腹、胸、手足の筋肉がこわばり、息が途絶え、色が変わった。最後の吐息をもらすと、娘の体は赤ん坊が死ぬみたいに、抵抗することもなく死んだよ。

そのとたん、娘の魂が鼻から抜け出し、わしの体の中に入って、胸の骨にしがみついたのが分かった。娘の重みが加わったので、わしは立ち上がるのに苦労した。水の中のように、ふらつくんだ。わしは娘の体を折り曲げ、膝と顎《あご》をくっつけて、最後の眠りの姿勢にしてやると、ござの藁を紐にして縛り、ござの残りで巻いた。それから棒を使って火を起こした。ござが燃え上がるのを見届けると、わしは小屋をそっと抜け出した。そして野営地の囲いを、娘が下へ引っ張るんでえらく苦労してよじ登り、森に向かったんだ。非常事態を知らせる鐘が聞こえたときには、もう森の入口に着いていた。

一日目はいっときも休まずずっと歩き続けた。二日目に、弓と何本かの矢を作り、それでもって娘と自分のために、狩りをすることができた。別の人間の命の重さが加わっている戦士は、十日間断食しなければならない。そうすれば死者の魂は衰弱し、ついには戦士から離れ、霊界へと去って行く。だがもしそうしなければ、魂は食べ物のせいで太り、戦士の体の中で大きくなって、その息を止めてしまう。わしは勇気ある男がそうやって死ぬのを見たことがある。しかし、必要なことをする前に、わしはイラ族の娘の魂を、人に絶対に見つからないような草木の暗がりへと連れて行かなければならなかった。わしは娘を二度死なせないように、ほんの少ししか物を食べなかった。食べ物を口に入れるたびに腐った肉の味がし、水を含めば苦い味がしたが、それでも二人の滋養になるように、無理矢理飲み込んだ。月の満ち欠けがひと巡りするあいだ、日ごとに重さを増す娘の魂と一緒に、わしは森の中に入っていった。わしらはたくさん話をした。イラ族の言葉は自由奔放、木々の下で響き渡り、長い木霊《こだま》となって返る。わしらは体全体で、目で、腰で、足で、歌いながら気持ちを伝え合った。わしはお袋や親父から教わった物語や自分の過去のことを話してやった。すると娘は自分の過去の最初の方を話してくれた。兄弟たちと泥の中を転げ回ったり、木のてっぺんで枝を揺すったりして遊んだ、陽気な小娘だったころのことだ。だが、不幸と恥に満ちた最後のころのことは、礼を欠くと思って、話しちゃくれなかった。わしは白い鳥を捕ると一番いい羽根を抜いて、娘に耳飾りを作ってやった。夜になると小さな焚き火を焚きっ放しにした。娘が寒がったり、ジャガーや蛇がやってきて娘の眠りを邪魔したりしないようにな。川では気をつけながら、水浴びをさせた。灰と突きつぶした花でもってよくこすり、悪い想い出を取り去ってやったんだ。

ある日ついに目的の場所に辿り着き、もう歩き続ける必要がなくなった。そこは木や草がびっしり茂っていて、前に進むために山刀で切り払ったり、歯で嚙み切ったりしなけりゃならないほどだった。時の静けさを乱さないように、わしらは小声で話す必要があった。わしは小さな流れのそばを選ぶと木の葉で屋根をふいて小屋を建て、長い木の皮三本で娘にハンモックを作ってやった。それからナイフで髪を剃り、断食を始めたんだ。

一緒に歩いたあいだに、わしと娘は強く愛し合うようになり、もう離れたくなかった。だが人間は、自分のものでさえ命を司《つかさど》ることはできない。だからわしは義務を果たさねばならなかった。何日ものあいだ、水を少しすすった以外、何も口に入れなかった。力が弱まるにつれ、娘はわしの体から離れていった。魂はだんだんと薄れ、前ほど重くなくなった。五日目のこと、わしがうつらうつらしていると、娘は初めてわしのまわりを歩いた。しかし独りで旅をするにはまだ無理で、わしのところへ戻ってきた。そんなふうにして、何度も歩いてみるうちに、だんだん遠くに行くようになった。娘が行ってしまうことを思うと、わしの心は火傷《やけど》みたいにひどく痛んだ。そこで名前を声に出して娘を呼び戻し、死ぬまで娘に取り憑《つ》かれないよう、わしは親父から受け継いだ勇気を精一杯奮い起こした。十二日目のこと、娘が木の梢の上を鳥のオニオオハシみたいに飛んでいる夢を見た。目を覚ますと体が軽く、泣きたい気持ちがした。娘は完全に去って行った。わしは武器をつかむと、何時間も歩き、川の流れに辿り着いた。そこで腰まで水につかり、木の銛《もり》で小魚を突くと、鱗《うろこ》も尻尾も残らず食べた。それからいきなり、ちょっぴり血の混じったそいつを吐いた。そうすることになってるんだ。わしはもう哀しくなかった。そのとき、死の力の方が愛より強いこともあると知った。それからわしは狩りに出かけた。手ぶらで村には帰れないからな。

（Walimai, 1989）

大帽子男の伝説

ミゲル・アンヘル・アストゥリアス

ミゲル・アンヘル・アストゥリアス（一八九九〜一九七四）

グアテマラの小説家。インディオの血をひく判事の父と、教師だったインディオの母のあいだに、首都グアテマラシティーに生まれる。キューバのアレッホ・カルペンティエールとともに、《魔術的リアリズム》の創始者とされる。幼いころからインディオたちと交わり、かれらの珍しい話や伝説を聞いて成長する。大学進学後は過激な学生運動に身を投じ、当時の独裁者の不興を買って、二十五歳のときにロンドンに逃れ、その後パリに渡り、ソルボンヌ大学で古代メソアメリカの宗教・文化の研究に専念した。マヤ＝キチェー族の創世神話『ポポル・ヴフ』のスペイン語訳を完成させてグアテマラに帰国後、代表作の一つ『大統領閣下』（一九四六）を刊行し、名声を確立。晩年はフランス大使をつとめた。その他の作品に『とうもろこしの人間』（一九四九）、『緑の法王』（一九五四）など。「大帽子男の伝説」は、『グアテマラ伝説集』（一九三〇）所収の一篇。一九六七年には、ラテンアメリカの小説家として初めてノーベル文学賞を受賞した。

大帽子男が家から家を巡り歩く……

はるか彼方、世界の片隅に、狂気の船乗りが女王に約束した土地がある。そこへ修道士たちが、美しいことこのうえない寺院を建てた。山や火山の巨体に風を遮られ、少し前まで偶像崇拝――神の目にはもっとも忌まわしい罪と映る――の証だった神像がいくつも並ぶ、その隣りである。

信仰を務めとし、獅子の心臓を持つ仔羊でありながら、修道士たちは、人間的弱さ、知識に対する飢え、新世界を前にしての虚栄心ゆえに、あるいは航海者や聖職者たちがもたらした精神的伝統への配慮から、美術の育成にかまけ、科学や哲学の研究に耽る一方で、自らの責任と義務をなおざりにした。その様たるや、いずれ神の審判で明らかになるだろうが、ミサを知らせておきながら寺院の扉を開け忘れ、ミサが終わっても扉を閉め忘れるほどだった……。

最も博学な者たちが、聖書はもとより種々《くさぐさ》の珍本、稀覯本《きこうぼん》からの思いつく限りの引用を交えながら、連日連夜、侃々諤々《かんかんがくがく》やり合うのだが、その有様は見ても聞いても面白く、とにかく知るに値した。

また、詩人たちの穏やかな集い、音楽家たちの心地好い陶酔、画家たちの切羽詰まった仕事ぶり、誰もかれもが、芸術の伝達性と特権を用いて摩訶不思議な世界を作るのに夢中であるその様は、見ても聞いても面白く、とにかく知るに値した。

だが、不揃いな書体で膨大な注記が書き込まれた古い年代記には、哲学者や賢者の会話が何ひとつ成果をもたらさなかったと、はっきり記されている。なぜなら、全知全能の神の声が、名前の詳《つまび》らかでない彼らの耳許で響き、著作に時間を費してはならぬと命じて彼らを恐縮させたからだ。彼らは一世紀もの間会話をしながら決して理解し合ったことがなく、書き物も何ひとつ残さなかった。一説によれば、彼らはひどく罪深い考えにうつつを抜かしていたという。

画家についても知られているのはこの程度であり、音楽家のこととなると、皆目知られていない。みずみずしい空と数限りない火山の連なる不思議な風景に向かって開かれた教会の窓の下には、暗色を背景に顔や姿が浮かんで見える肖像画がいくつも埃《ほこり》を被って転がっていた。画家の中には聖像の彫刻を手掛ける者もいて、彼らが残したキリストや悲しみの聖母の像から推し量ると、いずれも悲嘆にくれるスペイン人だったにちがいなく、その腕は賞賛に値する。文学者たちは韻文を用いていたのだが、その作品については片言隻語《へんげんせきご》が知られているにすぎない。

話を進めよう。私は古いことにこだわってきた。それは他の史家に、つまり史家たちが行なっていることに反駁を加えるのが目的で書かれた史書、『ヌエバ・エスパーニャ征服史』の著者であるベルナル・ディアス・デル・カスティーリョのひそみに倣ったものだ。

さて、修道士たちのことだが……。

賢者や哲学者がいれば芸術家や狂人もいる中に、一人、ただ〈修道士〉とだけ呼ばれている者がいた。こう呼ばれたのは、信仰に対する情熱と神を畏れる敬虔な心の持ち主であり、賢者らの談論にも芸術家らの娯楽にも決して加わらなかったばかりか、彼らのすべてを悪魔の手に掛かった犠牲者とみなしてさえいたからだ。

この〈修道士〉は祈りを上げつつ、穏やかで健康な日々を過ごしていた。そんなある日、修道院の周りの塀に沿った道を、偶然にも男の子が一人、小さなゴムまりをつきながら通りかかった。

するとき……。

ひと息継がせていただくが、するとそのまりが、なんと僧坊のたったひとつの小窓から中に飛び込んでしまったのだ。

「受胎告知」のことを古い本で読んでいた〈修道士〉は、奇妙奇天烈《きてれつ》な物体が入り込んできたのを見てうろたえた。それは床と壁、壁と床の間を測りながら軽やかに飛び跳ねると、やがて力を失ない、死んだ小鳥のように彼の足下に転がった。奇跡の産物だ！背筋を冷たいものが走った。

大天使ガブリエルを前に「受胎告知」を受けて呆然としている聖母さながら、心臓は早鐘のように鳴っていた。けれどただちに我に返った彼は、小さな球体を見やると微笑んだ。本を閉じず、椅子から立つこともせず、体をかがめて床からまりを拾い上げると、それを投げ返そうとした、そうしようとしたまさにそのとき、何とも言えない歓びがこみ上げ、彼は考えを変えざるを得なくなった。それに触れたとたん、聖人の法悦、芸術家の喜悦、子供の歓びが彼のうちに生じたのだ……。

驚いた彼は、熱く澄み切った眼差しの、象のように小さな目を見開きもせず、あたかも愛撫する者のように、手の中のまりをそっと握りしめたが、たちまち、熾《おき》を手放す者のごとく、それを落としたのだった。ところが気まぐれでなまめかしいまりは、床でひと跳ねすると、いとも軽々としかも即座に彼の手に戻ってきたので、それをつかむが早いか彼は、罪を犯した人間さながら、独居房の一番暗い隅に駆け込み、身を隠したのだった。

やがてこの信心深い男の胸に、小さなまりみたいにぴょんぴょん跳ねてみたいという狂気にも似た思いが少しずつ生まれてきた。初めはそれを返すつもりでいたものの、今は考えが変わり、果実のような丸味を指で撫でさすったり、白イタチを想わす白さを楽しんだり、それを口許に近づけて、煙草のヤニで汚れた歯に押し当てたいという気にさえなった。彼の口蓋の空で、数限りない星が震えていた……。

「創造主の手の中では、地球はきっとこんなものにちがいない！」と彼は思った。その考えを口にする暇はなかった。まりが突然彼の手から落ちたからだ。しかしそれはひと跳ねすると、不安の塊が弾むように、不可思議な意志によってたちまち戻ってきた。

「不可思議というべきか、はたまた悪魔的というべきか？……」

彼はいぶかしげに歯ブラシのような眉を寄せ、徒《いたず》らに恐れおののいていたが、やがて天に舞い上がりたいと願う弾む心によって、彼はもとよりありとあらゆるまともな魂に似つかわしい小球と和解した。

こうして、美術に打ち込む僧がいれば科学や哲学に専心する僧もいる修道院にありながら、件《くだん》の〈修道士〉は廊下でまりつきをしていた。

雲、空、タマリンドの木……。けだるい道に人影はない。時折見かけるとすれば、それは日曜日の静けさを食い荒しつつ通り過ぎる姦《かしま》しい女たちの群れだった。一日が、牛の鼻面から、白く、熱く、芳しく生まれるところだった。

ミサの知らせを終えた後、寺院の入口で信者たちのやってくるのを待ちながら、〈修道士〉は想像で、僧房に忘れてきたまりと戯れていた。あの軽さ、すばしこさ、あの白さときたら！……と彼は心の中で繰り返していたのだが、そのうちそれが声に出てしまった。すると木霊《こだま》が寺院の中であたかも思考のように跳ねて戻ってきた。

あの軽さ、すばしこさ、あの白さときたら！……もし失くしたりすれば、さぞかし悲しいことだろう。こう考えると辛かったが、どうにか気持ちを切り換えて、よもやあれを失くしはしまい、自分の行ないは不信心ではないだろう、埋葬のときはあれと一緒にちがいないと確信したのだった……、あの軽さ、すばしこさ、あの白さときたら……。

だが、もしもあれが悪魔だとしたら……。

微笑とともに彼の疑念は氷解した。なぜなら芸術や科学や哲学ほどには悪魔的でないからだ。そこで不安が疑念を呼び戻さぬよう、さきほどの夢想に返ってまりと戯れ、それが弾むたびに、心が洗われるのだった……、あの軽さ、すばしこさ、あの白さときたら……。

舗装されていない道を――絞首刑を司《つかさど》る役人が設計したこの都市に街路はまだ存在しなかった――華やかな衣装をまとった男や女がぞくぞくと寺院にやってきたにもかかわらず、陶然と夢想に耽《ふけ》っていた〈修道士〉は、それに気づかなかった。寺院は大きな石で造られていた。だが空の深みの中では、その塔も円屋根も重さを失い、軽く薄っぺらに見えた。正面入口には三つの大扉、その間には螺旋《らせん》飾りのついた柱の列、中に入ると金色の祭壇があり、丸天井と床は淡い青だった。水中を想わす輝きの中で、聖人たちはじっと動かぬ魚のように見えた。

穏やかな空気のそこかしこから、愛を語らう鳩の声、家畜どもの鳴き声、軽快な蹄《ひづめ》の響き、ラバ追いの声が聞こえてきた。その掛け声は、投げ縄の輪のように限りなく広がり、翼、口づけ、歌声と、ありとあらゆるものを捕えていった。丘を登る羊の群れが白い道を作り、その先は見えなかった。白い道、動く白い道、白煙の道が青い朝、ひとりの修道士を夢へと誘う……。

「お早うございます、修道士さま！」

女の声に〈修道士〉は夢想から現実へ引き戻された。女は悲しそうな顔の男の子の手を引いていた。

「修道士さま、こうして参りましたのは、あなたさまのお力で、この子を助けていただきたい一心でございます。というのも何日も前から泣き続けておりまして、ちょうどこの修道院の脇でまりを失くして以来でございます。ご承知でしょうが、近所の者たちが申すには、あれは間違いなく悪魔の化身だと……」

（……あの軽さ、すばしこさ、あの白さときたら……）

あまりの驚きにくずおれかけた〈修道士〉は扉で身を支えた。それから母親と子供に背を向けると、両手を高く揚げ、涙ぐみ、何も言わずに僧房めざして逃げ出した。

部屋に着くが早いか彼はまりを放り投げた。

「この悪魔めが、ここから消え失せろ！」

まりは修道院の外に落ち——放たれて喜ぶ仔羊の跳ね回り——、特大の跳躍を見せたかと思うと、後を追って走ってきた子供の頭上で、あたかも魔術のごとくぱっと開いて黒い帽子になった。それは悪魔の帽子だった。
こうして大帽子男がこの世に誕生した。

(Leyenda del Sombrerón, 1930)

トラスカラ人の罪

エレーナ・ガーロ

エレーナ・ガーロ（一九二〇〜九八）

メキシコのプエブラ生まれ。劇作家・小説家。幻想的な作風ゆえ、《魔術的リアリズム》の作家とされるが、本人はこの用語を商業的なレッテルであるとして拒否しつづけた。メキシコ国立自治大学でスペイン文学を専攻したあと、バレエ、振付、演劇の世界にも進出。一九三七年、オクタビオ・パスと結婚し、外交官の夫とともに、アメリカ、フランス、インド、日本などに暮らす。五九年、離婚。代表作に長篇小説『未来の記憶』（一九六三）、短篇小説集『七色の一週間』（一九六四）、自伝的小説『マリアナに関する証言』（一九八一）などがある。「トラスカラ人の罪」は、『七色の一週間』所収の一篇。幼い頃、家で働く先住民の使用人との交わりによって先住民文化に影響を受けた彼女の世界観がよく現われた作品である。

誰かが台所の戸を叩く音が聞こえ、ナチャは動きを止めた。また聞こえたので、戸をそっと開け、闇を見つめた。するとラウラ夫人が、静かにというように唇に指をあてて現われた。焼け焦げがあり泥と血がこびりついた白いドレスをまだ着たままだった。

「若奥さま！……」と言って、ナチャは安堵のため息をついた。

ラウラは忍び足で入ってくると、何かを問うような目で料理人のナチャを見た。そして安心するとストーブのそばに座り、自宅の台所をそれまで見たことがなかったかのように眺めまわした。

「ナチャ、コーヒーを一杯ちょうだい……。寒いの」

「若奥さまったら、旦那さまに……旦那さまに殺されますよ。わたしたちはてっきり、若奥さまはもう亡くなったと思い込んでたんですから」

「亡くなったですって？」

ラウラはびっくりして、台所の白タイルのモザイク模様を見るともなく見つめた。それから両脚を椅子の上に引き上げ、膝を抱えて考え込んだ。ナチャはコーヒーを淹れるために湯を沸かし始め、横目で女主人を見た。他に一言も言葉が出てこない。夫人は頭を膝に乗せ、ひどく悲しげだった。

「ねえ、ナチャ、わかる？　悪いのはトラスカラ人だってこと」

ナチャは答えなかった。それよりまだ沸騰しない湯の加減を見たかったのだ。

外では闇が庭のバラの輪郭をぼかし、イチジクの樹を黒い影に変えていた。その枝葉のはるか後ろでは近くの家々の明かりの点《とも》った窓が輝いている。台所は、目に見えない悲しみの壁、待つ身が刻む時のリズムによって、世界から隔てられていた。

「そう思わない、ナチャ？」

「はい、若奥さま……」

「あたしはあの連中と同じ。裏切り者なの……」と言ってラウラはふさぎ込んだ。

ナチャは腕組みをして湯気が上がるのを待った。

「で、あんたは、ナチャ、裏切り者？」

ラウラは期待するかのように料理人の女をじっと見た。もしナチャも自分と同じ裏切り者という性質を備えているなら、理解してくれるだろう、それにその晩ラウラは自分のことを理解してくれる誰かが必要だった。

ナチャはほんの少し考えると振り返り、ぐらぐら音を立て始めた湯を見た。そこでコーヒーの粉に熱湯をそそいだ。熱い香りが立ち上り、おかげで彼女は女主人のそばでくつろいだ気分になれた。

「はい、わたしも裏切り者ですよ、若奥さま」

彼女は満足そうに、白いカップにコーヒーをつぎ、角砂糖を二個添えて、ラウラの前のテーブルに置いた。女主人は物思いにふけったまま、二口三口コーヒーをすすった。

「ねえ、ナチャ。あたしたちが例のグアナファト旅行でなぜあんなに事故に遭ったのかやっとわかったわ。ミル・クンブレスでガソリンが切れちゃって。もう暗くなりかけていたから、お義母さまは焦ってた。でもトラックの運転手がガソリンを少しばかり、モレリアに行ける分だけ分けてくれたの。クイツェオでは白い橋を渡ろうとすると、突然車が止まっちゃったのよ。お義母さまはあたしに腹を立てた、ほら、お義母さまったら人気のない通りやインディオの目を恐がるものだから。旅行者でぎっしりの車が通りかかると、お義母さまはそれに便乗して村へ修理工を探しに行っちゃったから、あたしは白い橋の真ん中に置いてきぼりにされたの。橋の下は干上がった湖で、底は白い石だらけだった。光は真っ白で、橋も底の石も、車も、そのなかに浮かび始めたわ。そのうち光は割れていくつものかけらになり、数えきれないほどの小さな点になるとぐるぐる回り出して、ついに止まって肖像画みたいになったの。時間は完全にひっくり返っていた。ほら、絵葉書を見たあと、裏に何が書いてあるか見ようと引っくり返すみたいにね。そんな具合にして、クイツェオの湖で、あたしは少女のころの自分にまで戻ったの。太陽が白くなって、人がその光の真っ只中にいると、光がとんでもないことを引き起こすんだわ。自分が考えていることも数限りない点になって、目眩に襲われるの。あたしはその瞬間、着ていた白いドレスの布に目をやった、するとそのとたん、あの人の足音が聞こえたのよ。でも驚かなかったわ。目を上げるとあの人が来るのが見えたの。そうしたら、自分がどれほどの裏切りをしたのかも思い出した、すると恐くなって、逃げ出したくなったわ。だけど、時があたしの周りで閉じてしまって、そのただひとつの時も束の間のものに変わった。そしてあたしは車のシートから動けなくなった。『いつかおまえはあの石みたいに、もはや取り消せない石に変わってしまったおまえの行ないと面と向き合うことになるだろう』子供のころ、神の像を見せられそう言われたわ、いまじゃどんな神だったか覚えてないけど。すべては忘れられてしまう。でしょ、ナチャ。だけど忘れられるのはある時期だけ。あのときも言葉が石でできてるみたいに思えたわ。ただし、流れる水のような透明な石なの。その石はそれぞれの言葉が終わるごとに、それが時のなかに永遠に刻みつけられるように固まるのよ。あんたの先祖の言葉もそういうのじゃなかった？」

ナチャはちょっと考えてから、納得してうなずいた。

「そうでしたよ、若奥さま」

「恐ろしいことに、その瞬間わかったの、信じられないことって、すべて本当のことなんだって。そこへあの人がやってきた、橋の縁を進んでくるの、肌は日に灼け、剝き出しの肩に敗北の重みを担いでたわ。足音は枯れ葉の音みたいだった。目がきらきら輝いていてね。遠くからでも黒い火花がこっちまで届くのよ。出会ったときの真っ白な光のなかで黒い髪が波打つのが見えたわ。避けようとする前に、もうあたしの目の前にいたの。足を止めて、車の取っ手をつかむとあたしをじっと見たわ。左手に切り傷があり、髪の毛は埃だらけ、肩の傷からは黒く見えるくらいの真っ赤な血がしたたっていた。あの人は何も言わなかった。けれど、負けて逃げているところだってわかったわ。あたしが死に値すると言いたかったのね、それにあたしの死は自分自身の死も招くとも言ったわ。ひどい怪我を負いながら、あたしを探して歩き回っていたのよ。

『悪いのはトラスカラ人よ』とあたしは言ってやった。

あの人は振り返って空を見上げたわ。それからまたあたしの目をじっと見つめるの。

『何してるんだ?』とあの深い声で訊《き》いたわ。あたしは結婚したとは言えなかった。だってあの人とは夫婦なんだから。言えないことだってあるわよ、わかるでしょ、ナチャ。

『他の人たちは?』とあたしは訊いた。

『生きて逃げた者たちはおれと同じ様《ざま》だ』ひとこと言うたびに舌が痛いんだってわかったから、あたしは訊くのをやめて、自分の裏切りがどんなに恥ずかしいことなのか考えたの。

『もうわかってるでしょ、あたし恐いの、だから裏切るんだってこと……』

『それはわかってる』とあの人は答えてうなだれたわ。彼とあたしは幼馴染なの。彼、あたしのお父さんとあたしのお父さんは兄弟で、あたしたちは従兄妹同士なの。彼のことをずっと愛してた、少なくともそう言ったわ、それでみんなそう信じてたの。橋の上であたし恥ずかしかった。彼の胸をつたって血がしたたってたわ。あたしは一言も口をきかずにハンドバッグからハンカチを出して、血を拭いてあげた。あたしもずっと彼を愛してたのよ、ナチャ、だってあの人はあたしと正反対だったから。恐がったりしないし、裏切り者でもない。彼、あたしの手を取ると、じっと見つめたわ。

『ずいぶん白っぽくなったじゃないか、まるで奴らの手みたいだ』とあの人は言った。

『長いこと日に当たっていないの』と答えると、目を伏せて、手を放したわ。そして二人はそのまま黙っていた。あの人の胸を流れる血の音が聞こえていた。彼、何も咎《とが》めなかったの、あたしが何かしかねないことをよく知っていたからだわ。だけど流れ出た血が細い筋になって、彼の胸に、おれの心はおまえの言葉と体を守り続けると書いていた。そこでわかったのよ、ナチャ、時と愛はひとつのものだって。

『で、あたしの家は？』と彼に訊いた。

『見に行こう』と言って、熱い手で盾をつかむみたいにあたしの手をつかんだわ。でも盾を持っていないことに気づいたの。『逃げる間になくしたんだ』と思って、連れて行かれるままになった。彼の足音はクイツェオの光のなかで、もうひとつの光のなかとよく似た音だった。静かで響きがないのよ。二人は湖の畔《ほとり》の燃えている町を歩いたわ。あたしは目をつぶった。さっき言ったでしょ、ナチャ、あたしは臆病だって。それか、もしかすると煙と埃《ほこり》が目に入って、涙が出てきたからかもしれない。あたしは石の上に座り込み、両手で顔を覆ってしまったの。

『もう歩けない……』とあの人に言ったわ。

『もう着く』って彼は答えた。そして隣りにしゃがみ込むと、指先であたしの白いドレスを撫でるの。

『町がどうなったか見たくなかったら見なくていい』とそっと言った。

あの人の黒い髪があたしの上に影を作ってた。彼、怒ってはいなかったわ。ただ悲しそうにしてただけ。あたし、それまで自分からキスしようとすることはなかったんだけど、いまは男の人を敬わないことを覚えちゃったでしょ、だから彼の首に両手を回して、口にキスしたの。

『おまえはいつもおれの胸の一番大事な場所にいる』と言ったわ。そして、うつむくと、乾いた石だらけの地面を見た。それから石をひとつ拾って平行な線を描きはじめ、ずっと延ばしていって、最後に二本を交わらせて一本にした。

『これはおまえとおれだ』目を上げずにそう言ったの。ナチャ、あたし何も言えなかったわ。

『時が尽き、二人がただひとつになるまであとわずかだ……、だからおまえを探してたんだ』あたし忘れてたの、ナチャ、時が尽き果てるとき、あたしたち二人はお互い相手のなかに残り、ひとつになって真の時のなかに入っていかなければならないことを。あの人がそう言ったとき、あたし彼の目をじっと見たわ。前は抱かれるときにしかそんな大それたことしなかったんだけど、でもいまは、さっき言ったように、男の人の目を敬ったりしないことを覚えちゃったの。それに、自分のまわりで起こっていることを見たくなかったことも確か……あたしすごく臆病なんだもの。あの悲鳴を思い出したの、あれがまた聞こえたのよ。朝のさなかに、燃え上がるような甲高い叫びが。それに石がぶつかる音も聞こえたし、頭の上をびゅんびゅん飛んでいくのも見えたわ。あの人はあたしの前にひざまずくと、あたしの頭の上で腕を組んで、覆いを作ってくれたの。

『これは人の終わりね』とあたしは言った。

『そうだ』とあの人の声があたしの声に重なるみたいに答えた。すると彼の目と体のなかにあたしがいるのが見えたの。あたしを山の斜面まで連れていってくれたのは鹿だったのかしら？　それとも空にしるしを描くようにあたしを高く飛ばした星だったのかしら？　あの人の声はあたしの胸に血の跡を残したものだから、それで白いドレスが赤と白の虎みたいに縞模様になったのよ。

『夜になったら戻る、待っていてくれ……』そう言って彼はため息をついたわ。そして盾をつかんで、うんと上からあたしを見つめた。『おれたちがひとつになるまであと少しだ』といつもみたいに礼儀正しくつけ加えたわ。

あの人が行ってしまうと、また戦いの叫び声が聞こえたから、あたしは石の雨のなかを走りだし、あちこち迷った末に、クイツェオの湖の橋の上に止まっていた車のところにたどり着いたのよ。

『いったいどうしたの？ あんた怪我してるの？』あたしが戻ると、お義母さまがそう叫んだわ。彼女はぎょっとして、あたしの白いドレスについた血に触ったり、唇にも血がついてるとか髪の毛に泥がついてると言ったわ。もう一台の車からはクイツェオの修理工が死んだみたいな目であたしを見てた。

『野蛮なインディオどもめ！……あいつらがいるから、ご婦人をひとりになんかできるはずがないのに！』その人、あたしたちを助けにこようとしたみたいで、車を飛び降りるなりそう言ったわ。

夜になるころ、あたしたちはメキシコシティーに着いた。そうしたらすっかり変わり果ててるのよ、ナチャ、信じられないくらいに！　昼の十二時にはまだ戦士たちがいたのに、そのときにはもはや歩いた跡もなかったの。残骸もなかった。しんと静まり返ってて寂しいソカロを通ったんだけど、見たはずの広場は跡形もなく、別の広場になってるじゃない！　お義母さまは訝《いぶか》しげな眼であたしを見てた。そして家に着くと、あんたが戸を開けてくれたというわけ、覚えてるでしょ？」

ナチャはうなずいた。若奥さまのラウラと大奥さまのマルガリータがグアナファトへ車で出かけてからまだ二週間かそこらだというのは確かだった。二人が戻った夜、女中のホセフィーナと彼女つまりナチャが、若奥さまのドレスに血がついていて、その目が虚ろであることに気づいたのだが、大奥さまは二人に黙っているようにと身振りで合図した。彼女はひどく心配しているようだった。後になって、ホセフィーナは大奥さまに、食事のときに旦那さまが若奥さまを不機嫌そうにじろじろ見ながらこう言ったと話した。

「なぜ着替えなかったんだ？　嫌なことを思い出すのが好きなのか？」

大奥さまは、起こったことをもう息子に話してあったから、「おだまり、かわいそうでしょう！」と言いたげな仕草をした。若奥さまは何も答えずに唇を撫で、何か隠し事があるみたいに微笑んだ。すると旦那さまはまたロペス・マテオス大統領のことを話し始めた。

「旦那さまが口を開けばその名前が出てくることはあんたも知ってるわね」とホセフィーナは軽蔑のこもった調子で言い足した。

彼女たちは心の内で、若奥さまは、夫が四六時中大統領のことやその公式訪問について話すのを聞いて、さぞかしうんざりしているだろうと考えていた。

「とにかく、ナチャ、あの晩くらいパブロにうんざりしたことはなかったわ！」と若奥さまはそっと膝を抱えたまま言って、ホセフィーナとナチャの思っていたことを裏づけた。

料理人のナチャは腕組みをしてうなずく。

「家に入るなり、家具や大きな花瓶や鏡がのしかかってきて、家に着くまでよりも悲しくなった。従兄が迎えにくるまで、まだ何日、何年待たなくちゃならないんだろう？そう思って、自分が裏切ったことを後悔したわ。夕食の最中に、パブロが言葉じゃなく文字でもって話すってことに気づいた。そこで、あの大きな口と死んだみたいな目を見ながら、その数をかぞえはじめた。すると急に黙っちゃったの。ほら、あんたも知ってるように、あの人は何もかも忘れちゃうのよ。腕をだらりと垂らして。『この新しい夫には記憶がなくて、頭にはその日のことしかないんだ』ってあたし思ったわ。『おまえの夫は頭がすっかり混乱しているんだぞ』と彼はあたしのドレスの染みをまた見て言ったの。かわいそうなのはお義母さまで、困り果てちゃって、二人がコーヒーを飲んでいたから、ツイストのレコードを掛けようと立ち上がったわ。『あなたたちを元気づけようと思って』と言った。たぶんにっこりしながら。喧嘩が始まると思ったのね。

あたしたちは黙ってた。家中にレコードの音が鳴り響いたわ。あたしはパブロを見た。『似てる……』と言いかけたんだけれど、誰に似てるかを思い切って言ったりはしなかった。考えてることを読まれちゃまずいと思ったから。本当にあの人に似てるのよ、ナチャ。二人とも水、それに部屋の空気が爽やかな家が好きなの。二人とも午後になると空を見上げるし、髪が黒くて歯が白いし。でもパブロは話が飛んだり、何でもないことでかっとなったり、絶えずあたしに訊いたりするの。『何考えてるんだ?』って。従兄の夫はそんなことはしないし、何も訊かない」

「おっしゃるとおりですよ！　旦那さまがやっかいな方だというのは本当です！」とナチャは不愉快そうに言った。

ラウラはほっとため息をつくと、料理人のナチャを見た。彼女が信頼できる味方でよかったと思った。

「夜、パブロにキスされながら、あたしは何度も考えていたの。『あの人は何時に迎えにきてくれるんだろう』って。あの人の肩の傷から血が出てるのを思い出して、泣きそうになったわ。それに、あたしの頭の上で腕を組んで覆いを作ってくれたことも忘れられなかった。それと同時に、あの朝従兄があたしにキスしたことをパブロが気づくんじゃないかと心配だった。だけど何も気づかなかったし、ホセフィーナに朝ぎょっとさせられなければ、パブロには決して知られなかったはずよ」

ナチャも同じ考えだった。すべてはスキャンダルに目がないあのホセフィーナのせいだった。そのことでナチャは彼女に釘を刺したのだったが。「お黙り！　後生だから黙ってて。わたしたちの叫び声が聞こえなかったとしたら、何かわけがあるはずだよ！」しかし、期待も空しく、ホセフィーナは、主人夫婦の部屋に朝食のトレーを運び込んだとたん、言わずにおくべきだったことをぶちまけた。

「若奥さま、ゆうべ男が若奥さまの部屋の窓からなかをうかがっていましたよ！　ナチャとあたしは大声で叫びまくったんです！」

「ぼくらには何も聞こえなかったな……」と旦那さまはびっくりして言った。

「あの人だわ……！」と若奥さまは愚かにも叫んだ。

「あの人というのは誰なんだ？」と旦那さまは、若奥さまを殺さんばかりの形相でにらみつけながら訊いた。少なくともホセフィーナはあとでそう言った。

若奥さまは震え上がり、口を手で覆ったが、旦那さまがますます怒りを募らせながらふたたび同じことを訊くと、こう答えた。

「インディオよ……。クイツェオからメキシコシティーまであたしの後を追ってきたインディオ……」

そんなふうにしてホセフィーナはそのインディオのことを知り、ナチャにそのように話した。

「今すぐ警察に知らせなくちゃだめだ！」と旦那さまは叫んだ。

ホセフィーナは見知らぬ男が部屋のなかをうかがっていた窓を教え、パブロはそれを注意深く調べた。すると窓の敷居にまだ新しい血の跡があった。

「怪我をしているぞ……」とパブロは不安げに言った。そして寝室のなかを何歩か歩くと妻の前で立ち止まった。

「あれはインディオでしたよ、旦那さま」とホセフィーナはラウラの言葉を裏づけるように言った。

パブロは白いドレスが椅子の上に投げかけてあるのを見つけ、それを乱暴につかんだ。

「この染みがどうしてできたのか説明してくれ」

若奥さまは口をきかずに、ドレスの胸についた血の染みを見つめていた。すると旦那さまは握りこぶしでタンスを叩いた。それから若奥さまに近づいて、頬にすさまじい平手打ちを食らわせた。ホセフィーナはその様子を見たし、音も聞いたのだった。

「夫の振る舞いは乱暴だし、することときたら言うことと同じでまるっきりその場しのぎなんだから。自分が負けを認めたからといって、別にあたしのせいじゃないわ」とラウラは蔑むように言った。

「まったくです」とナチャは相槌を打った。

それから台所では長い沈黙が続いた。ラウラは指先をカップに突っ込み、底にたまったコーヒーの黒い滓《かす》を取り除いた。それを見たナチャは、また熱いコーヒーを注いでやった。

「コーヒーを召し上がってください、若奥さま」と彼女は女主人の哀しみに胸を痛めながら言った。結局、旦那さまは何が不満なんだろう？　遠くから見たってラウラさまはあの方向きの女性ではない。

「あたし高速道路《ペリフェリコ》を走っているときにパブロに恋したの。そのときは思い出せなかったけれど、あたしの知ってる誰かに似てると思った瞬間だったわ。それからもときどき、パブロが似ている人に変わりそうなあの瞬間が戻ることがあった。でも、それは違ってたわ。彼はたちまち記憶のないくだらない人間に戻ってしまって、メキシコシティー中の男たちの振る舞いを繰り返すばかりなの。そのインチキに気がつくなと言っても無理よ。腹を立てると、あたしが外に出るのを許さないし。あんたも知ってるはずよ！　映画館やレストランで何度騒ぎを起こしたことか。知ってるでしょう、ナチャ。それに引き替え、従兄のほうの夫は、決して、そうなの、決して女性に腹を立てたりしないわ」

ナチャは、いま若奥さまが自分に言っていることは確かだとわかっていた。だからこそあの朝、怯えきったホセフィーナが大声で、「大奥さまを起こして。旦那さまが若奥さまを殴ってるよ！」と言ったとき、ナチャは大奥さまの部屋に走って行ったのだった。

母親が現われると、パブロはおとなしくなった。インディオのことを聞くと、マルガリータはひどく驚いた。なぜなら彼女はクイツェオ湖でインディオなど見なかったし、わたしたち全員が見ることのできた血を見ただけだったからだ。

「たぶん湖で日射病にかかったんでしょうよ、ラウラ、それで鼻血が出たんだわ。いいこと、パブロ、あたしたちはオープンカーに乗ってたわね」とマルガリータは何を言っていいかほとんどわからずに言った。

旦那さまと大奥さまがあれこれ議論するのをよそに、若奥さまはベッドに腹ばいになると何か考え事に耽《ふけ》ったのだった。

「ねえ、ナチャ、あの朝、あたしが何を考えていたかわかる？　ゆうべもしパブロがあたしにキスしているのをあの人に見られたとしたらってね。すると泣きたい気持ちになったわ。その瞬間思い出したのよ、男と女が愛し合っていても、子供がなければ、二人でひとりの人間になることを運命づけられてるって。あの人の父親に水を持って行ってあげたときに、あたしたち夫婦が寝る部屋の扉を見ながら父親がそう言ったの。そのとき言われたことが今、全部実現しかかってるわ。横になっていると、パブロとマルガリータが話すのが聞こえたけれど、くだらないことばかりだった。だから『あの人を探しに行こう』と思ったの。『でもどこへ？』もっとあとになって、あんたがまたあたしの部屋に入ってきて、食事はどうしましょうかと訊いたとき、あることを思いついたの。

『そうだ、カフェ・デ・タクーバに行こう！』って。だけどそのカフェには行ったことがなかったのよ、ナチャ、話に聞いてただけで」

ナチャはまるで目の前にいるかのようにそのときの若奥さまを思い出した。彼女は血のついた白いドレスを着るところで、それは台所にいる今身にまとっているのと同じものだった。

「お願い、ラウラ、そのドレスは着ちゃだめ！」と大奥さまは言った。だが若奥さまは言うことをきかなかった。血がついているのを隠すために白いセーターを着ると、首のところまでボタンを掛け、挨拶もせずに外に出て行った。そのあと最悪なことが起こったのだった。いや、最悪ではなかった。もし大奥さまが目を覚ましたりすれば、最悪なことは今台所で起こるのだ。

「カフェ・デ・タクーバには誰もいなかった。あそこってやけに寂しいところなのよ、ナチャ。ウエイターがやってきたわ。『何にいたしましょう？』何もほしくなかったけれど、何か頼まなくちゃならなかった。『ココナツケーキ《コカーダ》をひとつ』従兄とあたしは小さいころよくココナツを食べたから……。カフェでは時計が時を刻んでいた。『町という町で少しずつ時間が減っていっているにちがいない。やがて透明な膜だけになったとき、あの人がやってくる、そして描かれた二本の線が一本になり、あたしはあの人の胸のなかの一番大切な寝床に住みつくんだ』ココナツケーキを食べながら、そう自分に言い聞かせていたの。

『今何時かしら？』とあたしはウエイターに訊いた。

『十二時ですよ、お嬢さん』

『一時にパブロが帰ってくる』とあたしは思った。『もしタクシーに高速道路を通ってと頼めば、まだ少し待っていられる』でも待たなかった。そして外に出た。太陽は銀色に輝いていて、あたしの考えはきらきら光る塵《ちり》になり、現在も過去も未来もなくなった。従兄は歩道にいて、あたしの前に立ちはだかった、悲しそうな目をしていて、長いことあたしを見つめてたわ』

『何してるんだ』とあの深い声で訊いた。

『あなたを待ってたの』

あの人は豹みたいにじっと動かずにいた。黒い髪と肩の赤い傷口が見えた。

『こんなところにひとりでいて恐くないのか？』

また石や叫び声があたしたちの周りを飛び交い、後ろで何かが燃えているのを感じたの。

『見るな』ってあの人は言った。地面に片膝をついて、燃え出したドレスの火を自分の手で消してくれたわ。あの人、ひどく悲しげな目をしてた。

『ここから連れ出して！』と力の限り叫んだわ、だって父の家の前にいたことや、家が燃えてたこと、あたしの後ろには死んだ両親それに弟や妹がいることを思い出したからよ。あの人が地面に膝をついてドレスの火を消してくれているあいだに、何もかもがあの人の目に映っていたのよ。あたし、あの人の上に倒れかかったら、腕で抱きとめてくれた。そして熱い手であたしの目を覆ったわ。

『これは人の終わりだわ』とあたしは手で目隠しされたまま言った。

『見るんじゃない！』

あの人はあたしを胸に抱きしめてくれた。心臓の音が山の上でごろごろ鳴り響く雷みたいに聞こえた。時が尽きていつでもこの心臓の音を聞けるようになるまで、あとどのくらいかかるんだろう。あたしは町が燃える熱であつく火照《ほて》っているあの人の手を涙でもって冷ましてあげた。二人は叫び声と石の雨に取り囲まれていたけれど、あたしはあの人の胸に守られていたの。

『おれと一緒に眠るんだ……』とあの人はとても小さな声で言った。

『ゆうべあたしを見た?』とあたしは訊いた。

『見たよ……』

燃える町の熱のなかで朝の光に包まれて、二人は眠った。目覚めると、あの人は起き上がって、盾をつかんだわ。

『夜が明けるまで隠れているんだ。迎えに来るから』

あの人はむき出しの脚で軽々と走り去った……。そこであたしはまた逃げ出したのよ、ナチャ、だってひとりきりで恐くなったんだもの。

『お嬢さん、気分が悪いんですか?』

通りの真っ只中で、パブロの声にそっくりな声がこっちに近づいてきた。

『失礼ね! よけいなお世話よ!』それからタクシーを拾い、高速道路を通って家に着いたの……」

ナチャは若奥さまが帰宅したときのことを思い出した。彼女自身が戸を開けたのだった。そしてこの若奥さまに情報を伝えたのも彼女だった。ホセフィーナが階段を転げるように下りてきたのはその後だ。

「若奥さま、旦那さまと大奥さまが警察に行かれましたよ!」

ラウラは驚き、黙ったままナチャを見つめていた。

「どこにいらしたんですか、若奥さま?」

「カフェ・デ・タクーバに行ったの」

「でもそれは二日前ですよ」

ホセフィーナは「ウルティマス・ノティシアス」紙を持ってくると、大きな声で読み上げた。「アルダマ夫人は依然行方不明。クイツェオから彼女を追ってきた先住民らしき不審人物は性的異常者《サディスト》と思われ、警察はミチョアカン州ならびにグアナフアト州を捜索中」

若奥さまはホセフィーナの手から新聞をひったくると、怒りにまかせてそれを引き裂いた。そして自分の部屋に向かった。ナチャとホセフィーナはあとを追った。彼女をひとりきりにしないほうがいいと思えたからだ。彼女はベッドに横たわり、目を大きく見開いたまま夢を見ているようだった。二人が考えたことは同じだった。そのあと台所で口ぐちにこう言い合った。「どうやら若奥さまは恋していなさるみたいだね」。旦那さまが帰ってきたとき、二人はまだ女主人の部屋にいた。

「ラウラ！」と彼は叫んだ。そしてベッドに駆け寄ると、妻を腕に抱きしめた。

「大事なおまえ！」旦那さまはすすり泣いた。

若奥さまはほんの一瞬気持ちが和らいだようだった。

「旦那さま！」とホセフィーナが大声を上げた。「若奥さまのドレスがひどく焦げてますよ」

ナチャは咎《とが》めるように彼女を見た。旦那さまは若奥さまのドレスと脚を調べた。

「本当だ……靴底も焦げている。おまえ、いったい何があったんだ？　どこにいた？」

「カフェ・デ・タクーバよ」と若奥さまは平然と答えた。

大奥さまは揉み手をすると、嫁に近寄った。

「おとといそこに行って、ココナツケーキを食べたことは皆もう知ってるわ。そのあとは？」

「そのあとタクシーを拾って、高速道路を通ってここに帰ってきたの」

ナチャは目を伏せ、ホセフィーナは何か言おうとするように口を開き、マルガリータは唇を噛んだ。それに対し、パブロは妻の肩をつかみ激しく揺さぶった。

「馬鹿なこと言うのはやめろ！　この二日間どこにいた……？　なぜ焼け焦げたドレスを着てるんだ？」

「焼け焦げてる？　あの人が消したはずなのに……」と若奥さまは口を滑らせた。

「あの人だと？……あの汚らわしいインディオのことか？」パブロは怒りにまかせてまた彼女を揺さぶった。

「カフェ・デ・タクーバを出たとき出くわしたのよ……」若奥さまはすっかり怯えきり、泣きじゃくった。

「おまえがそんなに見下げた女だとは思いもしなかった！」と旦那さまは言って、若奥さまをベッドに突き飛ばした。

「誰なのか言ってちょうだい」と大奥さまが声をやわらげて訊いた。

「そうでしょ、ナチャ、それはあたしの夫ですなんて言えるわけがないでしょ？」とラウラは料理人の同意を求めるように尋ねる。

ナチャは女主人の機転を褒め、あの昼、若奥さまの立場を気の毒に思い、自分がこう意見を述べたことを思い出した。

「クイツェオのインディオはたぶん魔術師ですよ」

しかし大奥さまは彼女の方に向き直ると、目をぎらつかせ、ほとんど怒鳴るようにして言ったのだった。

「魔術師？　人殺しだと言いなさいよ！」

その後、彼らは何日ものあいだ、ラウラを外出させなかった。旦那さまは屋敷の扉や窓を見張るように命じた。彼女たち使用人は、ひっきりなしに若奥さまの部屋に入っては彼女に目を配った。ナチャはこの件で決して自分の意見を表に出したりしなかったし、驚くべき異常なことだと言ったりもしなかった。だが、誰もホセフィーナを黙らせることはできなかった。

「旦那さま、明け方、あのインディオが窓のそばにいましたよ」と朝食の盆を運んでいったとき、彼女は知らせた。

旦那さまは慌てて窓辺に飛んで行き、ふたたび新しい血の跡を見つけた。若奥さまは泣き出した。

「可哀そうよ！……可哀そう！……」と若奥さまはむせび泣きながら言った。

旦那さまが医者を連れて戻ったのはその日の午後だった。それ以来医者は毎日午後になるとやってきた。

「先生はあたしの子供のころのことや、お父さん、お母さんのことを訊くの。でもね、ナチャ、知りたがっているのがどの子供時代のことか、どの父のことか、どの母のことか、わからないの。だからあたし、メキシコの征服のことを話してあげたのよ。あたしの言っていることわかるわね？」とラウラは黄色い鍋をじっと見つめながら訊いた。

「ええまあ、若奥さま……」とナチャは落ちつかない様子で、窓のガラス越しに庭を窺った。夜の闇のために庭はほとんど見えなかった。ナチャは、夕食を前にした旦那さまの浮かぬ顔と、母親の困惑しきった眼差しを思い出した。

「母さん、ラウラは先生にベルナル・ディアス・デル・カスティーリョの何とかという歴史の本を頼んだそうだよ。それがただひとつ興味のあるものだと言って」

大奥さまは握っていたフォークを落としてしまった。

「ああ、可哀そうなわたしのパブロ、おまえの嫁は頭がおかしいわ！」

「大テノチティトランの崩壊のことしか話さないんだ」とパブロは憂鬱そうに言い添えた。

その二日後、医者、大奥さま、それにパブロは、若奥さまは閉じこもっているとますます気がふさいでしまうと判断した。彼女は外の世界に触れ、自分の責任と向き合わなければならない。その日以来、旦那さまは車を差し向け、妻が家を出てチャプルテペックの森を散歩できるようにした。大奥さまが嫁の外出に付き添い、運転手は二人をしっかり見張るように命じられていた。だが、ユーカリの香る空気を浴びても、彼女の具合はよくならなかった。というのも、若奥さまは家に戻るやいなや自分の部屋に閉じこもり、ベルナル・ディアスのメキシコ征服に関する本を読み始めたからだ。

ある朝、大奥さまはチャプルテペックの森からひとりきりで悄然とした様子で帰宅した。

「あの頭のおかしい娘が逃げちゃったわ！」彼女は家に入るなり大声で叫んだのだった。

「それがね、ナチャ、いつものベンチに腰かけたとき、あたしはこう思ったの。『あの人はあたしがやったことを赦してくれない。男の人は一度、二度、三度、四度の裏切りは赦せるけれど、永遠の裏切りは赦せない』って。そう考えたらすごく悲しくなっちゃって。暑かったんでお義母さまはバニラアイスを買ったけど、あたしはほしくなかった。そうしたらお義母さまは車に乗り込んでアイスを食べたの。彼女があたしにうんざりしているのがわかったわ。こちらも同じだったけど。あたし、見張られるのがいやだから、お義母さまがアイスを食べながらこっちを見ているのが目に入らないように、他のものを見ようとした。アウエウエーテ松から枯草が垂れ下がっているのが見えた。するとなぜだかわからないけれど、その朝がアウエウエーテ松と同じくらい悲しく感じられちゃったの。『あの木々もあたしも同じむごたらしい出来事を見たんだ』と思ってね。人気《ひとけ》のない道を時間だけが通り過ぎて行く。あたしはそんな時間と同じだった。誰もいない道にひとりきり。あたしの夫は窓越しにあたしの永遠の裏切りを見ちゃったのよ。だから、実際には存在しないものでできた道に、あたしを置き去りにしたのね。トウモロコシの葉の匂いとあの人の穏やかな足音を思い出したわ。『枯葉が二月の風に石の上を運ばれるときのリズムで、あの人は歩いたものだった。前は、あの人がそこにいて、あたしの背中を見つめているのを確かめるために、振り返る必要もなかった』……。そんな悲しい思いに耽っていると、太陽が動きを速める音が聞こえて、落ち葉が場所を変え始めたわ。あの人の息遣いが後ろから近づいてきたと思ったら、あたしの目の前にいたの、あたしの足の前に、あの人の裸足の足があるのが見えたのよ。膝に引っ掻き傷があったわ。目を上げるとあの人の目があたしを見下ろしていた。二人とも長いこと黙ったままでいたわ。あの人を敬って、あたしは彼の言葉を待っていた。

『何してるんだ?』とあの人は言った。

彼が動けないこと、それに前にも増して悲しそうなのがわかったわ。

『あなたを待ってたの』とあたしは答えた。

『もう最後の日がやってくるぞ……』

あの人の声はいくつもの時の奥のほうから響いてくるみたいだった。肩からはまだ血が流れ出ていたわ。あたしは恥ずかしさでいっぱいになっちゃって、目を伏せるとバッグを開け、ハンカチを出して胸を拭いてあげた。そしてまたしまったの。あの人はあいかわらず動きもせずにあたしを見つめていた。

『タクバの出口へ行こう……。裏切りがいくつも起きている……』

あの人はあたしの手をつかみ、二人は人々のあいだを縫って歩いた。みんなは泣き叫んだり、呻《うめ》いたりしていたわ。運河の水には死体がたくさん浮かんでるの。草の上に座って、その死体を眺めている女たちがいた。どこもかしこもいやな臭いがして、親とはぐれた子供たちが四方八方を泣きながら走り回っていた。あたしは見たくなかったのに、何もかも見てしまったの。すっかり壊されたカヌーは誰を運ぶこともなく、ただ悲しげに見えるばかり。夫はあたしを折れた木の下に座らせた。そして片方の膝を地面につけて、周りで起こっていることを用心深く見張っていたわ。少しも恐がっていないの。そしてあたしを見た。

『おまえが裏切り者だということはわかってる、そしておれを愛していることも。善いことは悪いことと一緒に育つのだ』

子供たちの叫び声のせいであの人の声はやっと聞こえる程度だった。その叫び声は遠くから聞こえるんだけど、昼の光を破るほど激しかった。泣けるのはそれが最後だと思えるほどだったわ。

『幼い者たちだ……』とあの人は言った。

『これは人の終わりね』とあたしはまた言った。だって、ほかに考えつかなかったから。

あの人はあたしの耳を両手で覆ってから、あたしを胸に抱き寄せた。

『裏切り者だとわかったが、それでもおまえを愛した』

『あなたは不運に生まれついたのよ』とあたしは言った。そして従兄に抱きついた。あの人は涙がこぼれないように目を閉じたわ。二人はピルーの折れた枝の上に横たわった。戦士たちの叫び声や石が飛ぶ音、そして子供たちの泣き声が、そこまで聞こえてくるの。

『時が尽きようとしている……』と言って夫はため息をついた。

日付どおりには死にたくない女たちが時の裂け目のひとつから逃げ出していた。男たちの列はひとつまたひとつと倒れていったわ。まるで、手をつないでいるために一撃で全員倒されるみたいにして。なかにはすごく激しい悲鳴を上げる者もいて、その悲鳴は死んだあともずっと聞こえていた。

二人が永遠にひとつになるのにあと少しというときに、従兄は起き上がり、木の枝を集めて小さな覆いを作ってくれた。

『ここで待っていてくれ』

あの人はあたしをじっと見つめると、全滅しないことを祈って、戦いに出かけた。あたしはじっとしゃがみこんでいた。つられて自分も逃げ出したくなるといけないから、逃げていく人たちを見たくなかったの。それに、泣かないように、水に浮いている死体も見たくなかったし。だから切られた枝についている木の実を数えはじめた。もう干からびていて、指で触ると赤い皮が剝けたわ。なぜだかわからないけれど、それがよくない兆しみたいな気がしたから空を見上げてみた。すると空が暗くなりだした。初めは黒っぽい茶色になって、やがて運河の水死体の色に変わり始めたのよ。あたしは他の日の午後の色を思い出そうとしたの。でもその日の午後はどんどん紫色に変わり、ふくらみ続け、今にも破裂しそうだった。時が尽きたんだって、あたしにはわかったわ。もしも従兄が戻らなかったら、あたしはどうなるんだろう？　もしかすると、もう戦いで死んじゃったかもしれない。そう思うと、あの人の運命なんかかまっていられなくなって、恐さのあまり、そこから思い切り走って逃げたの。『あの人が戻ってきて、あたしを探したら……』そんなこと考えて答えを出す暇はなかったわ。だってそのときには夕暮れのメキシコシティーにいたからよ。『お義母さまはもうバニラアイスを食べ終えているだろうし、パブロはきっとかんかんになっているにちがいない』……。で、タクシーが高速道路を通ってあたしを運んでくれたというわけ。それがね、ナチャ、高速道路は死体だらけの運河だったの……、だから家に着いたとき、あたしはあんなに悲しそうにしていたのよ……。それでね、ナチャ、あたしがあの日の午後、夫と一緒に過ごしたことはパブロに話さないでちょうだい」

ナチャは薄紫色のスカートの上に手を置いた。

「パブロさまがアカプルコに行かれてからもう十日になります。調査が何週間も続いたんですっかりお痩せになりましたよ」とナチャは嬉しそうに説明した。

ラウラは驚くこともなくナチャを見て、ほっとため息をついた。

「上にいらっしゃるのは大奥さまです」とナチャは台所の天井に目をやりながら言い足した。

ラウラは膝を抱え、窓ガラスの向こうの、夜の闇に消されたバラや次々に明かりの消え始めた隣り近所の窓を見つめた。

ナチャは手の甲に塩を乗せ、美味しそうになめた。

「なんていうコヨーテどもなんだろう！　騒々しいったらありゃしない！」と彼女は塩だらけの声で言った。

ラウラは少しの間、聞き耳を立てていた。

「いやらしい獣たちだわ、この午後、あなたはたぶんあの獣どもを見たわね」と彼女は言った。

「あの方が来られる邪魔をしないでほしいものですよ、それかあいつらが道を間違えてくれるといいんですけれど」とナチャが怯えながら言った。

「あの人が恐がったことなんか一度もないのに、どうして今夜は恐がるというの」とラウラはむっとして返した。

ナチャは、突然二人の間に生まれた親しみをさらに深いものにするために、女主人のそばに寄った。

「あいつらはトラスカラ人よりもたちが悪いんですよ」と彼女は声を潜めて言った。

二人の女はじっと動かずにいた。ナチャはもう一握りの塩をちびちびなめ、ラウラは夜を満たすコヨーテの遠吠えを不安げに聞いていた。彼がやってきたのを見て、窓を開けてやったのはナチャだった。

「若奥さま！……お迎えに見えました……」と彼女はラウラにしか聞こえないような小声でささやいた。

その後、ラウラが永遠に夫とともに去ってしまうと、ナチャは窓についた血を拭い、コヨーテどもを追い払った。すると獣どもは、その瞬間に尽きようとしていた二人の時代に帰っていった。それから彼女は遠い昔から物事を見続けてきたその目でもって、何もかもがきちんと片づいているかどうかを確かめた。コーヒーカップを洗い、口紅のついたタバコの吸い殻をゴミ箱に捨て、コーヒーポットを食器戸棚にしまい、明かりを消した。

「ラウラさまは、今あるこの時に属する方でも、旦那さまのための方でもなかったとわたしは思いますよ」とナチャは、朝がきて、大奥さまに朝食を運んでいったときに言った。

「もうアルダマ家にゃいられない。他の働き口を探すことにするよ」とナチャはホセフィーナに打ち明けた。そしてこの女中がうっかりしているすきに、給料も受け取らずに出て行ったのだった。

(La culpa de los tlaxcaltecos, 1964)

日蝕

アウグスト・モンテローソ

アウグスト・モンテローソ（一九二一～二〇〇三）

グアテマラの作家。ホンジュラスの首都テグシガルパ生まれ。幼少期はホンジュラスとグアテマラを行き来する生活であったが、一九三六年、グアテマラに家族とともに永住することになった。一九四四年、当時の大統領の独裁政治に対する地下活動が原因で、メキシコシティーに国外追放される。以後、外交官としてボリビアやチリで過ごしたこともあるが、その後の人生の大半は、メキシコで過ごす。簡潔で喚起力のある文体、洗練されたユーモアを特色とした、掌篇とよぶほうがふさわしい短篇を多数発表した作家で、スペイン語でわずか七語からなる、世界でもっとも短い短篇「恐竜」が有名。主要な作品集として、『全集とその他の物語』（一九五九）、『黒い羊とその他の寓話』（一九六九）、『永久運動』（一九七二）など。「日蝕」は、『全集とその他の物語』所収の一篇。

　自分が道に迷ったと知ったとき、バルトロメ・アラソラ師は、もはやこれまでと覚悟を決めた。草木が勢いよく茂るグアテマラの密林は彼を情け容赦なく捕え、決して逃がそうとはしなかった。土地勘がない以上、今はただ静かに坐って死を待つばかりだった。彼はぽつんと独りその場所で何の期待もせず、遠いスペインのこと、とりわけアブロホスの修道院のことをひたすら思いつつ死ぬつもりだった。その修道院ではかつて国王カルロス五世が、わざわざ高所から下り、救いのために労を惜しまぬ彼の宗教にかける熱情を信頼すると言ってくれたのである。

　目を覚ますと、彼は無表情な顔をした先住民の一群に囲まれていた。祭壇の前で生贄《いけにえ》にされようとしていたのだ。彼にはその祭壇が、ついに恐怖や運命や自分自身からさえも解放してくれる寝台のように思えた。

　この国に三年間いたので、先住民の言葉がそこそこ理解できるようになっていた。そこで試しにいくつか言葉を話してみると、通じた。

　すると頭にある考えがひらめき、彼はそれを自分の才能、普遍的教養、アリストテレスについてのひとかたならぬ知識にふさわしいと思った。その日皆既日蝕が起きることを思い出し、その知識を利用して、自分をひどい目に遭わせようとしている者たちをだまし、死を免れる魂胆だった。

「私を殺したりすれば」と彼は言った。「私は空にある太陽を隠してしまうぞ」

先住民たちは彼をじっと見つめた。バルトロメは彼らの目に不信の色が浮かんでいるのを認めた。彼らは集まると何事か相談した。彼はいくらかさげすみながら、自信をもって待った。

二時間後、バルトロメ・アラソラ師の心臓は、生贄を捧げる石の上で盛んに血を滴らせていた。(石は日食のために薄らいだ光を浴びて輝いた)。そのかたわらでは先住民のひとりが、抑揚のない声で日蝕と月蝕が起きる数限りない日付を、ひとつずつゆっくりと読み上げていた。それはマヤ族の天文学者が、アリストテレスのありがたい助けを借りることもなく予知し、すでに古文書に記録してあった日付だった。

(El eclipse, 1959)

II

暴力的風土・自然
マチスモ・フェミニズム
犯罪・殺人

流れのままに

オラシオ・キロガ

オラシオ・キロガ（一八七八～一九三七）

ウルグアイのサルト生まれ。近代派とE・A・ポー、あるいはドストエフスキーなどの影響のもとに創作を始め、アルゼンチン北部のジャングル地帯で生涯の大半を過ごす。奥地の密林地帯に生きる人々の孤独や不安、自然との闘いを描いた作品、あるいは身の毛もよだつような恐怖譚を収めた『愛と狂気と死の物語』（一九一七）で新大陸最初の短篇作家と評される。ほかに、『子ども向けのジャングル物語』（一九一八）、『野性の男』（一九二〇）、『アナコンダ』（一九二一）、『追放された人々』（一九二六）など。「流れのままに」は、『愛と狂気と死の物語』所収の一篇。

男は何かやわらかいものを踏んだ。そのとたん、何かに脚を嚙みつかれた気がした。前方にひとっ飛びすると、悪態をつきながら後ろを振り返った。見ると毒蛇が一匹とぐろを巻いて、ふたたび襲いかかろうと身構えている。

男は自分の脚をちらっと見やった。血の滴《しずく》が二つ、ゆっくりとふくらんでいく。彼は腰の山刀を抜いた。毒蛇は危険を察し、とぐろの真ん中に頭を沈めた。だが山刀は大きく振り下ろされ、蛇をとぐろごと断ち切った。

男はかがんで、嚙まれた箇所の血の滴を拭うと、しばらく傷を眺めた。二つの紫の点から鋭い痛みが起こり、しだいに脚全体に広がっていく。彼は慌ててくるぶしをハンカチで縛り、自分の小屋をめざして小道を歩き続けた。

脚の痛みはさらに増し、腫れてつっぱった感じがした。すると突然、刺すような痛みが二度三度と走った。それは傷に始まり、稲妻のごとくふくらはぎの半ばまで達した。男は苦労しながら脚を動かした。喉は渇いてこわばり、やがて焼けるように熱くなった。そこでまた悪態をついた。

ようやく小屋にたどり着くと、圧搾機の輪の上に両腕を伸ばした。二つの小さな紫の点は今は消えていたが、脚全体がおそろしく腫れあがっている。ぴんと張った皮膚は薄くなったように見え、今にもはち切れそうだった。彼は妻を呼ぼうとしたが、渇き切った喉から出る声はかすれていた。彼は喉の渇きに苦しんだ。

「ドロテア！」死に際の人間のような声で彼は叫んだ。「酒をくれ！」

妻が酒を満たしたコップを持って飛んできた。男はそれを三口で飲み干した。だが、なんの味もしなかった。

「酒と言っただろ、水じゃない！」彼はまた叫んだ。「酒をくれ！」

「でもそれはお酒よ、パウリーノ！」妻はびっくりして言った。

「いや、水をよこした！　酒がほしいと言ってるんだ！」

妻は今度は酒瓶を持って急いで戻ってきた。男は二杯飲み、さらにもう一杯飲んだが、喉に何も感じなかった。

「こいつがだめになる」暗紫色に変わり、早くも壊疽《えそ》を思わす光沢を帯び始めた自分の脚を見ながら、彼はつぶやくように言った。深く食い込んだハンカチの脇から肉がはみ出した脚は、特大の血入りソーセージのように見える。絶えず襲う激痛は、今は腿にまで達していた。それと同時に、息に熱せられるのだろうか、喉の渇きもますます激しくなった。体を起こそうとすると、急に吐き気を催したので、彼はしばらく木製の輪に額を押し当てたままでいた。

だが死にたくなかった。そこで川岸まで下りて行き、カヌーに乗った。そして艫《とも》に腰を下ろすと、パラナ川の中ほどへ向かって舟を漕ぎ出した。流れに乗ってしまえば、そこからイグアス近郊を六マイル下ったところにあるタクルプクに、五時間もかからずに着くはずだった。

男は心もとない力を振りしぼり、なんとか川の真ん中まで舟を進めることができた。しかしそこまでくると手がしびれ、オールをカヌーの中に放り出した。それからふたたび吐くと――今度は血だった――太陽に目をやった。日はもう山の向こうに沈みかけている。

腿の途中まで、脚全体が固い塊となり、ズボンが張り裂けそうだった。男はナイフで縛ってあったハンカチを切り、ズボンを裂いた。腫れあがった下腹に大きな青紫の斑紋が現われ、おそろしく痛かった。彼は独りでは決してタクルプクまで行けないと思い、長いこと仲たがいしてはいたが、友人のアルベスの助けを借りることにした。

川の流れは速く、今はブラジル側へ向かっていたので、舟をたやすく岸につけることができた。彼は上り坂になった森の小道を脚を引きずって歩いた。だが二〇メートル進んだところで力尽き、仰向けに横たわった。

「アルベス！」声を限りに叫び、耳を澄ましたが、返事はなかった。

「おおい、アルベス！　頼むから助けてくれ！」地面から頭を起こし、もう一度叫んだ。密林は静まり返り、物音ひとつ聞こえなかった。彼は残った力を振りしぼり、カヌーのところまで引き返した。舟はふたたび流れのままに急流を下り始めた。

そのあたりのパラナ川は、巨大な盆地の底を流れていた。両側には百メートルはある壁がそそり立ち、川に暗い影を投げかけていた。黒い玄武岩の塊に縁取られた川岸から、これも黒い森が、壁を上るように続いている。前にも横にも後ろにも陰鬱な壁が永遠に立ちふさがっている、その底を、泥まじりの水が絶えず泡立ち、渦を巻きながら、勢いよく流れていた。風景は攻撃的で、死の静けさが支配している。ところが夕暮れともなれば、その陰りを帯びた穏やかな風景は、美しさとともに類まれな気品さえ示し始めるのだった。

カヌーの底に半ば身を横たえていた男が、激しく身震いしたとき、日はすでに落ちていた。突然、彼は驚いて、頭を重そうにもたげた。気分がよくなっている。脚はほとんど痛まなかったし、喉の渇きも治まっていた。胸は楽になり、ゆっくりと息を吸うことができた。

毒が消えかかっているにちがいなかった。体の調子もほぼ元通りになり、手を動かす力はなかったが、露が降りればすっかり治るだろうと思った。あと三時間もしないうちにタクルプクに着くはずだった。

気分がよくなるにつれ、眠気がさしてきた。すると過去の記憶があれこれ甦ってきた。もう脚もお腹も痛くはなかった。友人のガオナはまだタクルプクに住んでいるだろうか？　昔の主人のミスター・ドゥガルドや製材所の引取人にも会えるかもしれない。すぐに着くだろうか？　西の空がぽっかり開いて、金の扇のように輝き、川も金色に染まっていた。パラグアイ側の岸辺はすでに暗くなっていたが、山から川へ向かって、たそがれどきの涼気が、柑橘類や野生の蜜の鋭い香りを運んでくる。コンゴウインコが二羽、はるか上空をパラグアイの方へ音もなく渡っていった。

下の金色の川面では、急流に身を委《まか》せたカヌーが、泡立つ渦の前で、しばらく輪を描いていた。舟の中の男はますます気分がよくなる一方で、昔の主人のドゥガルドに正確にはどのくらい会っていないかを考えていた。三年だろうか？　おそらくちがう、それほど長くはない。二年と九か月？　そうかもしれない。八か月半？　そうだ、まちがいない。

突然、胸まで冷え切っていることに気づいた。どういうことだ？　それに息もまた……。ミスター・ドゥガルドの配下の木材引取人、ロレンソ・クビージャをプエルト・エスペランサで知ったのは、聖金曜日だった……。金曜日？　そうだ、それとも木曜日だったか……。

男はゆっくりと手の指を伸ばした。

木曜日に……。

そして息絶えた。

（A la deriva, 1912）

決闘

マリオ・バルガス＝リョサ

マリオ・バルガス＝リョサ（一九三六〜　　）

ペルー南部のアレキパ生まれ。サン・マルコス大学で文学と法律を学ぶ。ガルシア＝マルケス、コルタサル、フエンテスなどとともに、一九六〇年代に起こったラテンアメリカ文学の〈ブーム〉を代表する作家のひとり。軍人養成学校での体験を反映させた『都会と犬ども』（一九六三）でビブリオテカ・ブレベ賞を、ペルー沿岸部の砂の町とアマゾン奥地の密林を舞台に、様々な人間たちの姿と現実を浮かび上がらせた『緑の家』（一九六六）でラテンアメリカの文学賞で最も権威のある賞の一つとされるロムロ・ガジェーゴス賞を受賞。一九七六〜七九年には国際ペンクラブ会長をつとめた。二〇一〇年、「権力構造の地図と、個人の抵抗と反抗、そしてその敗北を鮮烈なイメージで描いた」ことにより、ノーベル文学賞を受賞。「決闘」は、一九五九年に刊行された短篇集『ボスたち』所収の一篇。

俺たちが土曜日、いつものようにビールを飲んでいると、バー・リオの入口にレオニダスが姿を見せた。顔を見ただけで何かあったなと察しがついた。

「どうした？」とレオンが訊《き》いた。

レオニダスは椅子を引きずってきて、俺たちの横に腰かけた。

「喉がからからだ」

コップにビールをなみなみと注いでやると、泡があふれてテーブルの上に溜まった。レオニダスはふっと息を吹きかけ、あぶくがぷつぷつはじけるのを物思いに耽《ふけ》るようにじっと見つめていた。それから一気に飲み干した。

「フストが今夜、やるんだよ」と呟《つぶや》くように言った。

俺たちはしばらく黙っていた。レオンはビールを飲み、ブリセーニョは煙草に火をつけた。

「おまえさんたちに知らせるように頼まれた」とレオニダスは付け加えた。「みんなに来てほしいそうだ」

ブリセーニョがまず口を切った。

「どんな具合だったんだ？」

「昼過ぎに、カタカオスでばったり出くわしたのさ」レオニダスは手で額の汗をぬぐい、その手を団扇《うちわ》のように振った。汗が指を伝ってポタポタ床に落ちた。

「あとはお察しのとおりさ……」

「そうか」とレオンが言った。「どのみち二人がやらなきゃならなかったんなら、その方がいい。掟《おきて》どおりにきれいにやるんだ。ひるむことはない。フストならどうすりゃいいかわかってるさ」

「ああ」とレオニダスは間の抜けた調子で同じことを言った。「多分、その方がいい」

瓶はもう空《から》になっていた。風が少しあり、広場で演奏していたグラウ兵営の楽隊の音はしばらく前に聞こえなくなっていた。橋は野外演奏会から帰る人々でごった返していた。暗がりを求めてマレコンにいたカップルたちもまたその隠れ家を離れようとしていた。バー・リオの前を人が大勢通り、なかには店に入ってくる者もいた。テラスはたちまち声高に話したり笑ったりする男女でいっぱいになった。

「もうかれこれ九時だ」とレオンが言った。「おみこしをあげた方がいいな。行こうぜ」

「じゃ、みんな」とレオニダスが言った。「ビールをありがとうよ」

「〈筏《いかだ》〉でだな？」とブリセーニョが訊いた。

「そうだ。十一時にな。十時半にここでフストがみんなを待ってるはずだ」

じいさんはじゃあと言って手をあげると、カスティーリャ通りを遠ざかっていった。じいさんは町はずれの、砂っ原が始まるところに、町の見張りのようにぽつんとある掘立て小屋に住んでいた。俺たちは広場の方へ歩いていった。人気はほとんどなかった。観光ホテルのそばで、若い連中が何人か怒鳴り合っていた。その脇を通り過ぎようとすると、中に女の娘《こ》がひとりいて、にやにやしながら言い合いを聞いているのが見えた。きれいな娘で、まるで喧嘩を楽しんでいるみたいだった。

「あいつ、ちんばに殺《や》られちまうぜ」とブリセーニョが出し抜けに話しかけた。

「うるせえ。黙ってろ」とレオンが言った。

教会の角で俺たちは別れた。俺は急ぎ足で家に帰った。誰もいなかった。作業服にセーターを二枚着こむと、ズボンの後ろポケットにハンカチでくるんだナイフをしのばせた。家を出ようとすると、戻ってきたかみさんと鉢合わせになった。

「また出かけるの？」とかみさんは言った。

「ああ。ちょっと片づけなきゃならないことがある」

坊主はかみさんの腕の中で眠りこけていた。まるで死んじまったようだった。

「あんたったら、早起きしなくちゃいけないのに」とかみさんは強く言った。「日曜も仕事があること忘れたの？」

「心配するな」と俺は返事をした。「二、三分で戻るって」

バー・リオに取って返し、カウンターに腰かけた。ビールとサンドイッチを注文したが残してしまった。食欲がなくなっていた。誰かに肩を叩かれた。店主のモイセスだった。

「やるってのは確かかね？」

「ああ、〈筏〉でだ。他人《ひと》に言わないでくれよ」

「あんたから教わる必要なんてないよ」と彼は言った。「ちょっと前に聞いた。フストにゃ気の毒だが、ちんばの奴、だいぶ前から口実を探してたんだ。知ってのとおり、あいつは気が短いからな」

「まったく、ちんばの野郎にゃへどが出る」

「昔はおまえさんと馴染みだったが……」モイセスは言いかけて止めた。テラスの誰かに呼ばれて彼はそっちへ行ったが、すぐにまた俺のところに戻ってきた。

「俺も行こうか?」と彼は言った。

「いや、俺たちだけで十分だ。ありがとうよ」

「そうか。じゃ、何か手伝えることがあったら知らせてくれ。フストは俺の馴染みでもあるんだからな」

彼は俺に断りもせずにビールをぐいっとやった。「ゆうべ、ちんばが仲間と一緒にここにいたんだ。フストの話ばかりしてたよ。ずたずたにしてやる、なんて言ってた。俺は、おまえさんたちがここへ寄ろうなんて気を起こさないように祈ってたよ」

「ちんばの顔を拝みたかったな」と俺は言った。「かっとなったときのあいつの顔ときたら、まるでひょっとこだ」

モイセスは笑った。

「ゆうべはまるで鬼みたいだったよ。なにせ醜男《ぶおとこ》だからな、あいつは。じっと見てるとむかついてくる」

ビールを飲み干すと、俺は店を出てマレコンをぶらついた。だがすぐに戻った。バー・リオの入口から、フストがひとりでテラスにすわっているのが見えた。彼はゴムのサンダルを履き、色褪《あ》せたセーターの襟《えり》を耳のところまで引き上げていた。横から見ると、周囲の暗がりに浮き出て、まるで子供か女のような感じだった。その向きからの顔つきは優しかった。彼は俺の足音を聞きつけて振り向いた。すると口元から額にかけて顔のもう半分を台無しにしている紫色のあざがもろに見えた（チンピラとやり合ったときに殴られた跡だという者もいたが、レオニダスは、大水の出た日に生まれ、お袋が家の戸口まで水が押し寄せるのを見て仰天したためにできたのにちがいない、と言っていた）。

「今来たところだ」と彼は言った。「ほかの連中はどうした?」

「じきに来る。もうこっちに向かってるはずだ」

フストは面と向かって俺を見た。口元がほころびかけたようだったが、ひどく真顔になると元通りに向き直った。

「今日の午後のことだが、どうだったんだ?」

彼は肩をすくめあいまいな顔をして、

「〈ポンコツ〉で出くわした。俺は一杯ひっかけに入った。すると、ちんばとその仲間と鉢合わせになっちまったんだ。うまい具合に司祭が通りかからなかったら、その場でバラされるところだったたよ。犬みたいに俺に飛びかかってきやがって。狂犬みたいにな。それを坊主が分けてくれたってわけさ……」

「貴様、それでも男か?」とちんばが怒鳴った。

「てめえよりはな」とフストがやり返す。

「静まれ、獣どもめが」と司祭が言った。

「じゃ、今夜〈筏〉でやるか?」とちんばが叫んだ。

「よし」とフストが言った。それですべてだった。

バー・リオの客ももうまばらだった。カウンターにはまだ何人か残っていたが、テラスにいるのは俺たちだけだった。

「こいつを持ってきたぜ」と言って俺は彼にハンカチを手渡した。

フストはナイフの刃を出して測った。刃は手首から爪の先まで、彼の手の長さと寸分違わなかった。それから自分のポケットから別のナイフを取り出して較べてみた。

「同じだ」と彼は言った。「俺のだけありゃいい」

彼はビールを注文し、俺たちは煙草をやりながら黙って飲んだ。

「時計がねえんだ」とフストが言った。「だがもう十時をまわってるに違えねえ。みんなと落ち合おう」

橋の袂《たもと》まで来るとブリセーニョとレオンに会った。二人はフストに声をかけ、彼の手を握った。

「兄弟」とレオンが言った。「奴を小間切れにしちまいな」

「そんなこと言うんじゃねえ」とブリセーニョが言った。「ちんばはおまえにゃ何もしやしねえよ」

二人ともさっきと同じ服を着ていた。彼らはフストの前では、なんの危険もないことをほのめかし、陽気に振る舞おうと、あらかじめ示し合わせていたようだった。

「ここから下りようぜ」とレオンが言った。「その方が近い」

「駄目だ」とフストが言った。「まわるんだ。今は脚を折ったりしたくねえからな」

そんなふうに心配するなんておかしかった。というのは俺たちはいつも、橋を支えている鉄の桁を伝って川原へ下りていたからだ。通りを一ブロックほど先へ行ってから右へ曲がり、かなりのあいだ黙って歩いた。川原の方へ細道を下っていくときブリセーニョが躓《つまず》き、悪態をついた。砂は温かく足がもぐった。まるで綿の海の上にいるようだった。レオンがおもむろに空を見上げた。

「雲がずいぶん出てら」と言った。「今夜は月があまり役に立ちそうもねえな」

「火を焚くんだ」とフスト。

「気でも狂ったのか?」と俺は言った。「サツを呼びてえのか、おまえ?」

「話をつけちゃあどうだ」とブリセーニョがためらいがちに言った。「明日に延ばせると思うがな。こう真っ暗じゃ、やれねえぞ」

誰も答えなかったのでブリセーニョは黙ってしまった。

「〈筏〉はあそこだ」とレオンが言った。

いつだかわからないが、あるとき川原にイナゴマメの樹が倒れた。それは河床の幅の四分の三にも達するほど巨大なものだった。重すぎて水には浮かず、ただ何メートルか引きずられただけだった。それで〈筏〉は年ごとに町から離れていくのだった。誰が〈筏〉という名をつけたのか知る者はいなかったが、ともかく、みんなはそう呼んでいた。

「奴ら、あそこにいるぞ」とレオンが言った。

俺たちは〈筏〉から五メートルほどのところで止まった。夜の薄明かりの中で、俺たちを待ち受けている奴らの顔を見分けることはできず、わかるのは人影だけだった。五つあった。俺はちんばを捜し当てようと一つずつ数えてみたが無駄だった。

「おまえ行け」とフストが言った。

俺は何食わぬ顔をしてゆっくりと倒木の方へ進んだ。

「静かにしろ！」と誰かが怒鳴った。「誰だ？」

「フリアンだ」と俺は大声を張り上げた。「フリアン・ウエルタスだ。てめえたち盲か？」

俺の前に小さな人影が出てきた。チャルーパスだった。

「俺たちはもう引き上げるところだったんだぞ」と奴は言った。「フストの野郎が助けてもらおうとサツに駆け込んだと思ってな」

「俺は男しか相手にしねえんだ」俺は奴には答えずに怒鳴った。「こんなへなちょこ相手は御免だぜ」

「勇ましいことを言うじゃねえか」とチャルーパスがすっとんきょうな声を出した。

「うるせえ」とちんばが怒鳴った。奴らはみんな前に出ていて、ちんばがさらに俺の方へ歩み寄ってきた。奴はそこにいた連中の中で背が抜きん出ていた。暗がりの中で見えはしなかったが、そのにきび面、のっぺりした濃いオリーブ色の肌、角張った頰骨の出っぱりで仕切られた肉塊の中に二個の点みたいにもぐった目、そしてイグアナみたいにとがった三角の顎《あご》から垂れ下がった、指のようにぶ厚い唇を想像することができた。ちんばは左足を引きずっていた。人の話によれば左の脚には十字形の傷があり、それは奴が寝ているときに豚に嚙まれた跡だということだが、見た者はいない。

「なんでレオニダスを連れてきたんだ?」とちんばがかすれた声で言った。

「レオニダスだと? 誰がレオニダスを連れてきた?」

ちんばは傍らを指さした。そこから二、三メートル先の砂の上にじいさんがいて、自分の名が出たのを聞いて近寄ってきた。

「わしがどうしたってんだ!」とじいさんは言った。ちんばをきっと見据えていた。「連れてきてもらう必要なんかねえ。わしはひとりで来たんだ。この足でな。そうしたかったからさ。おまえ、それは口実で、ほんとはやりたくないんならはっきりそう言いな」

ちんばはちょっと返事をためらった。俺は奴がじいさんをこけにすると思って尻のポケットに手をやった。

「あんたの出るまくじゃねえよ、じいさん」とちんばは声を和らげて言った。「あんたとやる気はねえんだ」

「わしがもうろくしたなんて思うなよ」とレオニダスは応じた。「おまえより手強い奴を何人も倒してきたんだ」

「わかったよ、じいさん」とちんばが言った。「信じるよ」。それから俺の方に向き直った。「用意はいいか?」

「ああ。仲間に手を出すなと言ってくれ。手出しをすれば痛い目に遭うぜ」

ちんばは笑った。

「フリアン、貴様にゃよくわかってるはずだ、俺に助っ人は無用だってことは。とくに今日はだ。心配するな」

ちんばの後ろにいた一人もまた笑った。ちんばは俺に何かよこそうとした。俺は手を伸ばした。奴のナイフはむき出しになっていて、俺はその刃をつかんでしまった。手の平が少し切れた感じで、俺は身震いした。鋼は氷のかけらみたいだった。

「マッチあるかい、じいさん?」

レオニダスはマッチを一本擦《す》り、炎が爪をなめるまで待っていた。束の間の明かりで俺はナイフを念入りに調べ、幅と長さを測り、刃と重さを確かめた。

「いいだろう」と俺は言った。

「チュンガ」とちんばが言った。「こいつと一緒に行け」

チュンガはレオニダスと俺にはさまれて歩いた。みんなのところへ来ると、ブリセーニョが煙草をふかしていて、一服吸うたびに、唇を結んだフストの無表情な顔、草の茎か何かを噛んでいるらしいレオンの顔、そしてブリセーニョ自身の汗ばんだ顔が光って見えた。

「誰が来てくれと言った?」フストが厳しい調子で訊いた。

「誰も言いやしないさ」レオニダスは大声できっぱり答えた。「来たかったから来たまでだ。わしも数に入れてくれるか?」

フストは答えなかった。俺は彼に合図をして、少し後ろの方にいたチュンガを指さした。フストは自分のナイフを取り出すとそれを放ってよこした。チュンガの身体のどこかにナイフが当たり、奴は身をすくめた。

「ごめんよ」と俺は言って、ナイフを見つけるために砂地を探った。「取り損ねちまってな。おっ、ここだ」

「甘い顔していられるのも今のうちだぞ」とチュンガが言った。

それから、俺がしたようにマッチの明かりをたよりにナイフの刃を調べると、何も言わず俺たちに返してよこし、〈筏〉の方へ大股で戻っていった。熱い微風にのって橋のあたりまで漂う近くの棉畑《わた》の香りを吸いながら、俺たちはしばらく黙っていた。背後の町の灯が川原の両側にまたたいていた。物音は何ひとつしなかった。時折、犬の遠吠えか驢馬《ろば》のいななきが不意にその沈黙を破った。

「いいぞ!」と向こう側から声がした。

「いいぞ!」と俺も叫んだ。

〈筏〉の横にいた一団が動き、ささやきが聞こえた。影が一つ、びっこを引きながら、二つのグループに挟まれた真ん中まですーっと動いた。ちんばが足で地面を探るのが見えた。石ころや窪みがないか確かめているのだった。俺は目でフストを探した。レオンとブリセーニョが彼の肩に手をやった。フストはつと二人から離れて、俺のそばに来るとにっこり笑った。俺は彼に手をさし出した。彼は向こうへ行きかけたが、そのときレオニダスが飛び出して彼の両肩をつかんだ。じいさんは背中に羽織っていたマントをとった。彼は俺のそばにいたのだ。

「ちょっとでも奴に近づくなよ」じいさんは噛んでふくめるように言った。「いつも距離を置くんだ。奴にばてるまで踊らせろ。腹と顔にだけは気をつけろよ。腕はいつも伸ばしておけ。腰をかがめて足はしっかり地面につけろ。もし足をすべらせて転んだら、奴が離れるまで両足で蹴りまくるんだ……さあ、行け。男らしくやるんだぞ！」

フストはレオニダスの言うことを頭を垂れて聞いていた。じいさんを抱きしめるかと思ったが、いきなりその手からマントをひったくり、腕に巻きつけただけだった。それからフストは離れていった。胸を張って、しっかりした足取りで砂の上を歩いた。俺たちから遠ざかっていくあいだ、彼の右手で短い金属片が光っていた。フストはちんばから二メートルのところで止まった。

二人はしばらくじっと黙ったままだったが、その目はいかに互いに憎み合っているかをはっきりと物語っていた。そして互いに、服の下でこわばっている筋肉と怒りをこめてナイフを握りしめた右手に視線を注いでいた。遠くからは、生温かな夜の闇に半ば隠れて、今まさに闘わんとしている二人の男というよりは、黒い素材で鋳造した形のはっきりしない彫像か、あるいは二人の若者と岸辺にはえるイナゴマメの樹の影が、砂の上でなく空中に映っているように見えた。突如、促す声に答えるかのように、二人はほとんど同時に動き出した。おそらくフストが最初だったろう。一瞬早く、その場で膝から肩へと身体が揺れ始めた。するとちんばも彼にならい、足を地につけたまま身体を揺らした。二人はまったく同じ姿勢をとった。右腕を突き出し、肘《ひじ》をやや外に曲げ、手は相手のど真ん中を狙っていた。マントを巻きつけられて無恰好に大きくなった左腕を、盾代わりに顔の前で横にかまえていた。初め動いていたのは胴だけで、頭と手足は止まったままだった。二人は背筋を伸ばしたままやや前かがみになっていった。水中に飛び込もうとするように膝を曲げていた。最初に仕掛けたのはちんばだった。いきなり飛び出した奴の腕が素早く輪を描いた。ナイフが空に描いた線はフストをかすめたが傷つけはしなかった。その線がまだ消えないうちに、動きのいいフストはぐるぐるまわり始めた。ガードを固めたまま砂の上を激しいリズムでなめらかにすべり、相手のまわりに囲いをめぐらしていった。ちんばの方はその場でまわっていた。いっそう前かがみになり、相手に合わせて回転しながら、催眠術にでもかかったように相手を目で追った。突然、フストがすっくと立ったかと思うと身体ごと相手にのしかかり、あっという間にバネ仕掛けの人形のようにふたたび自分の場所に跳びのくのが見えた。

「やった!」とブリセーニョが呟いた。「奴に切りつけたぞ」

「肩だ」とレオニダスが言った。「だが、ほんのかすり傷だ」

ちんばは声をあげることもなく、相変わらず前と同じ恰好で舞っていた。だがフストの方はただひたすら輪を描くというのではなかった。マントを揺すりながらちんばに近づくかと思うとまた離れ、ガードを解いたり固めたり、身体をさらしたり隠したり、恋に狂った女のようにさりげなく素早い動作で相手に挑みかかるかと思うとまた拒むといった具合だった。フストは攪乱戦法に出たのだが、ちんばの方が一枚上手だった。前かがみのまま後退して輪を断ち切り、フストの動きを止め、自分に従わせてしまったのだ。フストは前のめりの恰好で腕に巻いたマントで顔を守りながら、じりじりとちんばを追った。ちんばの方は、膝が砂にこすれそうなくらい身をかがめ、足を引きずって逃げた。フストは二度腕を突き出したが、二度とも空を切っただけだった。芋虫のように縮んで平たい奇妙な形となった人影が、みるみる元の背丈を取り戻し大きくなって身を躍らせたかと思うと、フストの姿が見えなくなった。その瞬間、「あんまり近寄るな」とレオニダスが俺のすぐそばで言ったが、小さな声だったので俺にしか聞こえなかった。一秒、二秒、おそらく三秒は息を止め、俺たちは取っ組み合った二人がもつれ合うのを見ていた。すると短い音がした。闘いだしてから初めて聞こえたその音は、まるでおくびみたいだった。一瞬の後、ばかでかい影の脇から、すらっと細い影が現われた。その影は二度跳ねると、闘う二人の間にふたたび目に見えぬ壁を築いた。今度はちんばがまわりだした。右足を動かし、左足は引きずっていた。俺は闇を通して、二人が恋人みたいにくっつき合い、一つの身体になったその三秒の間にフストの皮膚がどうなったのか見きわめようとしたが無駄だった。「そこから離れろ！」レオニダスが噛んでふくめるように言った。「なんでそんなにくっついたままやるんだ？」不思議なことに、吹いていた微かな風にその秘密の伝言を運んでもらったかのごとく、フストもちんばと同様に跳ねだした。取っ組み合い、注意深く、また激しく、防御から攻撃に移り、ふたたび稲妻のごとく素早く防御に戻る。だが別にはっとさせるようなことはなかった。ひとりの腕が石を投げようとするようにすっと伸びる。それは相手を傷つけるのではなく、一瞬ペースを乱してまごつかせ、防御を崩そうとするもので、他方はその場を動くことなく相手の素早い動きに応じて自動的に左腕を上げる。俺には二人の顔は見えなかった。だが目を閉じると二人の間にいるよりもっとはっきり見ることができた。ちんばは汗をにじませ、口をへの字に曲げ、瞼《まぶた》の裏で豚のように小さな目が燃えている。皮膚はぴくぴく動き、獅子鼻と幅広の唇は武者震いにわななく。フストの方は怒りのために普段にも増して相手をさげすんだ顔つきをし、唇は興奮と疲労で濡れている。目をあけると、まさにフストが狂ったように、やみくもに、相手めがけてぶつかっていくところだった。頭をもたげ身を曝して、あれでは相手を利するだけだった。腹立ちとじれったさに身を起こした彼は空を背にしてすくっと立ったかと思うと、どっと相手に襲いかかった。この突然の無謀な攻撃にちんばはぎょっとしたにちがいなかった。奴は一瞬ためらったが、低く身構えると矢のように腕を伸ばした。惑わされながらも俺たちが目で追っていた白く光る奴のナイフが見えなくなった。そのとき俺たちは、フストの気違いじみた仕草も全く無駄ではなかったことを知った。二人がぶつかり合うと、あたりを包んでいた闇は争う二人が火花のように発する鋭く深い呻《うめ》きに充ちた。組み合った二人が次々と形を変える塊となってからどのくらいたつのか、またいつまでそうしているのか、もはやわからなかった。だが、どっちがどっちとも区別がつかず、攻撃の応酬の中で誰の腕が切られたのか、こだまのように絶えず聞こえる呻きが誰の喉から発せられているのかわからなかったけれど、天を指して空中で震えるかと思えば、闇の中で下に、あるいは右に左に見え隠れし、闇にまぎれたり揺れたりするナイフの白刃を幾度となく目にした。まるで魔術でも見ているようだった。

俺たちは息を止め、目を見開き、おそらくわけのわからぬことを呟きながら、じりじりして待たねばならなかった。すると目に見えぬナイフで真ん中を切り裂かれたように、人間ピラミッドが二つに分かれた。二人は同時に、同じ力で背中を引っ張られたように離れた。そして一メートルの間を置いて喘いでいた。

「二人を止めるんだ」とレオンの声がした。「もう十分だ」。だが俺たちが動こうとする前に、ちんばは流星のように飛び出した。フストはその急な攻撃をかわせず、いっしょに地面に転がった。砂の上でもつれ合いながら二人は上になり下になった。ナイフが空を切り、荒い息遣いが聞こえた。今度の闘いはほんの短いあいだだった。二人はすぐに静まり、長々と川原に横たわった。俺が二人のところへ駆け寄ろうとしたとき、おそらく俺の意図を察したのだろう、一人が不意に起き上がると、酔っぱらいよりもひどくふらつきながら倒れている者の横に立った。ちんばだった。

もみ合ううちに二人のマントは取れてしまい、少し向こうに落ちていたが、まるでごつごつした石のように見えた。「行こう」とレオンが言った。だが俺たちは、ふたたびその場に釘付けにされた。というのもフストが苦しそうに起き上がったからだ。フストは右腕で全身を支え、目の前から悪夢を取り除こうとするかのように空いた方の手で顔を覆っていた。彼が立ち上がると、ちんばは二、三歩退いた。フストはよろよろしていた。顔から腕を離さなかった。すると俺たちみんなの知ってる声がした。だが、それが真っ暗闇の中で突然響いたとしたら、誰の声だかわからなかっただろう。

「フリアン」とちんばが叫んだ。「そいつに降参しろと言ってくれ！」

俺はレオニダスを見ようと振り返った。だが、ぶつかったのはレオンの顔だった。彼は凄まじい形相でその場の有様を眺めていた。ふたたび二人の方に目を戻すと、彼らはまたもや取っ組み合っていた。俺が決闘から目を逸らしたその瞬間、フストはきっとちんばの言葉に刺激され、腕を顔から離した。そして苦痛と負けた悔しさから最後の力をふりしぼって相手に飛びかかったにちがいない。ちんばは後ろへ飛び退いて、その感情的で無意味な攻撃を難無くかわした。

「ドン・レオニダス！」ちんばはもう一度激しく、しかも哀願するような調子で叫んだ。「そいつに降参しろと言ってくれ！」

「黙って続けろ！」とレオニダスはためらうことなく怒鳴った。

フストはまた攻撃を仕掛けようとしたが、俺たちのなかでも年配で、これまで数多くの決闘を見てきたレオニダスの目にはもはや打つ手のないことは明らかだった。フストの腕には、ちんばのオリーブ色をした皮膚を引っ掻くだけの力さえ残っていなかった。

最も奥深いところから出てくる苦悶のために口は渇き、目はうるんでいたが、それでも俺たちは、二人がまだしばらくのあいだスローモーションのようにもがき合うのを見た。闇がもう一度切り裂かれた。一方がどたっと地面にくずおれた。

俺たちがフストの倒れているところへ駆け寄ったときには、ちんばはもう味方の方に引き上げていて、全員口もきかずに揃って立ち去るところだった。フストの胸に顔を押し当てると何か熱いもので首と肩が濡れたような気がした。かまわず服の裂け目から腹や背中を手で探ると、ぐったりし、よどんだ泥水に濡れて冷たくなった身体は時々へこんだ。ブリセーニョとレオンは上着をぬいで注意深くその身体をつつみ、足と腕を抱えて持ちあげた。俺はレオニダスのマントを探した。それは数歩向こうにあった。俺は目をそむけたまま手探りで、そいつでもって顔を覆ってやった。それから三人ずつ二列になり棺のようにフストを肩にかつぐと、足並みを揃え、川岸をのぼって町に通じる道の方へ歩いていった。

「泣くなよ、じいさん」とレオンが言った。「あんたのせがれくらい度胸のある奴は見たことないぜ。本当だって」

レオニダスは答えなかった。俺の後ろだったので姿は見えなかった。

カスティーリャの最初の集落まで登ったところで俺は訊いた。

「あんたの家まで運ぼうか、ドン・レオニダス？」

「ああ」じいさんは俺の言ったことを聞いていなかったみたいに、あわてて答えた。


(El desafío, 1958)

フォルベス先生の幸福な夏

ガブリエル・ガルシア＝マルケス

ガブリエル・ガルシア＝マルケス（一九二七〜二〇一四）

コロンビアのカリブ海沿岸アラカタカ生まれ。《魔術的リアリズム》の旗手として、世界中の作家に影響を与えた二十世紀ラテンアメリカ文学最大の存在。祖母の語り口をまねたスタイルで架空の町マコンドを舞台にした代表作『百年の孤独』（一九六七）は、二十世紀世界文学の金字塔とされる。大学中退後「エル・エスペクタドール」紙の記者となり、一九五四年には欧州特派員として活躍した。新聞廃刊後は、パリでの窮乏生活をへて、一九六一年にメキシコに移住。この地で長年あたためていた『百年の孤独』の構想が一気にまとまったという。「現実的なものと幻想的なものを結び合わせて、一つの大陸の生と葛藤の実相を反映する、豊かな想像の世界」を創造したことが評価され、一九八二年、ノーベル文学賞受賞。他の代表作に、『族長の秋』（一九七五）、『コレラの時代の愛』（一九八五）、『予告された殺人の記録』（一九八一）など。「フォルベス先生の幸福な夏」は、『十二の遍歴の物語』（一九九二）所収の一篇。

午後、家に戻るとぼくたちは、首を扉のかまちに釘づけされた巨大なウミヘビを見つけた。そいつは黒びかりし、目にはまだ生気があり、大きく開けた口にはノコギリみたいな歯が生えていて、まるでジプシーの呪いを想わせた。そのころ九つだったぼくは、その化け物があんまり怖かったので、声も出せなかった。けれど二歳年下の弟は、酸素ボンベと水中マスクと足ビレを放り出し、悲鳴をあげると逃げ出した。その声を、桟橋から家まで岩肌をうねうねとのぼる石畳の道で聞きつけたフォルベス先生は、真っ青な顔で、息せき切ってぼくたちのところへ駆けつけた。そして先生は、扉に釘づけされたウミヘビを見ると、ぼくたちが怖がった理由をただちに了解した。子供が二人一緒のときは、片方がしたことでも責任は二人にある、と口癖のように言っていた彼女は、弟が悲鳴をあげたことでぼくたち二人を叱り、さらにぼくたちの自制心の無さをとがめた。家庭教師になるときの契約では英語を使うことになっていたのに、彼女がドイツ語で話したのはたぶん、自分もぞっとしたことを認めたくなかったからなのだろう。だが元気を取り戻すとたちまち、ごつごつした英語を使う、いつもの教育者に戻ったのだった。

「ギリシア・ウツボです」と先生は言った。「古代ギリシア人にとっては神聖な動物だったのでそういう名前がついたのです」

突然、フウチョウボクの茂みの陰からオレステが現われた。彼は土地の青年で、ぼくたちにダイビングを教えてくれていた。額に水中マスクをつけ、小さな海水パンツをはいた彼は、腰の革バンドに様々な形と大きさのナイフを六本並べていた。彼に考えられる水中での漁法はただひとつ、生き物と格闘することだけだったからだ。年は二十歳ぐらい、陸《おか》でよりも海の底で過ごす時間の方が長く、いつでも体じゅうにエンジン・オイルを塗っていたので、まるで彼自身が海の生き物のように見えた。フォルベス先生は彼をはじめて見たとき、ぼくの両親に、彼より美しい人間なんて考えられないと言った。けれどその美しさをもってしても、先生の厳しさを免れることはできなかった。ウツボを扉に吊した理由が子供たちを脅かすためでしかありえないというので、彼もまた先生のイタリア語のお説教を我慢して聞かなければならなかったのである。それからフォルベス先生は彼に、神話に出てくる生き物なのだから大事にしなければいけないと言って、ウツボを釘からはずすように命じ、ぼくたちには夕食なので着替えるようにと言った。

ぼくたちはひとつもミスを犯さぬよう気をつけながら、すぐに言われたとおりにした。

というのも二週間の経験で、フォルベス先生の管理の下で過ごすことがいかに困難であるかを学んでいたからだ。ぼくたちは薄暗い浴室でシャワーを浴びた。そのときぼくは、弟がまだウツボのことを考えているのに気づいた。「人間の目みたいだったね」と弟は言った。ぼくもそう思ったけれど、弟にはぼくが賛成していないと思わせ、シャワーを浴び終えるまでには話題を変えることに成功した。なのにぼくが先に出ようとすると弟は、出ないで一緒にいてほしいと頼んだ。「まだ昼間じゃないか」とぼくは弟に言ってやった。

カーテンを開けた。夏もたけなわの八月、窓の向こうには、燃え立つ月世界のような土地が島の反対側まで広がっているのが見え、太陽は空で動きを止めていた。

「そうじゃないよ」と弟は言った。「怖くなるのが心配なんだ」

けれど食卓に着くころにはすっかり落ち着きを取り戻しているように見えたし、身なりもきちんと整えていたので、弟はフォルベス先生からうんとほめられたうえ、その週の成績が二点上がった。それにひきかえぼくの方は、せっかく稼いだ五点のうち二点を引かれてしまった。というのも、食堂に駆けつけたのは時間ぎりぎり、それも息を切らしてという有様だったからだ。点数が五十点になるとぼくたちは、デザートを二人前もらう権利ができるのだったけれど、二人とも十五点を越せなかった。それは本当に残念なことだった。なぜなら、ぼくたちはその後、フォルベス先生が作るのよりもおいしいプディングに出会うことがなかったからだ。

夕食を食べる前に、ぼくたちは空《から》のお皿の前に立ち、お祈りを捧げなければならなかった。フォルベス先生はカトリックではなかったが、契約で、ぼくたちに一日六回お祈りを上げさせることになっていて、義務を果たすためにカトリックのお祈りをすでに覚えていた。お祈りを終えるとぼくたち三人は席に着く。彼女がぼくと弟の行ないを重箱の隅をほじくるように点検するのを、二人は息を殺して待つ。そしてすべて合格となったときはじめて、彼女はテーブルのベルを鳴らす。すると賄い婦のフルヴィア・フラミネアが、あのおぞましい夏の定食だったヌードル・スープを持って入ってくるのだった。

ぼくたち兄弟と両親しかいなかったはじめのころの食事ときたら、まるでパーティーのようだった。生まれついてのお祭り女のフルヴィア・フラミネアは、けたたましい声で笑ったり喋《しゃべ》ったりしながらテーブルのまわりを給仕して回り、最後にぼくたちと並んで席に着くと、みんなに配った料理から少しずつはねたものを食べるのだった。ところが、フォルベス先生にぼくたちの運命が委ねられてからというものは、給仕の仕方が陰気臭くなり、あまりの静けさに鍋の中でスープのたぎる音が聞こえたほどだった。ぼくたちは背骨を椅子の背もたれにぴったりくっつけて夕食を食べた。口の中に入れたものを片側で十回、反対側で十回嚙み、そうしながらも、礼儀作法をそらで講義する堅物で生気のない中年の女性から目を離してはならなかった。それはまるで日曜日のミサみたいだったけれど、こちらには聖歌の合唱という唯一の慰めすらなかった。

ぼくたちが扉にウツボが吊り下げられているのを見つけた日、フォルベス先生は祖国に対する義務について話をした。スープが終わるとフルヴィア・フラミネアがおいしそうなにおいのする白身の魚の炭火焼ステーキを運んできた。彼女は先生の声に満ちた部屋の中を力なく漂っているように見えた。他のどんな海の幸山の幸よりも魚が好きだったぼくは、グアカマヤルの我が家を思い出させるその魚料理に心がなごんだ。ところが弟は味見もせずに皿を退けた。

「ぼくは嫌いだ」と弟は言った。

フォルベス先生は講義を中断した。

「味見もしないのに分かるはずがありません」と彼女は言った。

それから警戒するような目で賄い婦を見たのだが、もはや手遅れだった。

「ウツボは世界一上等な魚ですよ、坊《フィーリオ・ミオ》っちゃん」とフルヴィア・フラミネアは言った。
「食べてみれば分かります」
フォルベス先生は動揺しなかった。彼女は情容赦のない教授法を用い、はるか昔には
ウツボが王様の食べ物だったことや戦士たちが超自然的な力を与えてくれるというので
その肝臓エキスを奪い合ったことを話した。そして次に、短い期間に耳にたこができる
ほど聞かされた文句だが、すぐれた味覚は先天的なものではないし、何歳《いくつ》になっても教
えることはできない。それは子供のときから覚えさせられるものだとまた繰り返した。
したがって食べずに済ます正当な理由はもはや存在しなかった。それがウツボだと知る
前に味見をしてしまったぼくは、ジレンマに陥った。というのも、そいつはぼくをちょ
っぴり憂鬱にさせるもののなかなかいける味だったからだ。けれど扉のかまちに釘づけ
にされたヘビのイメージは、ぼくの食欲よりも強烈だった。弟は最初の一口をひどく骨
を折って食べたが、結局我慢し切れず吐いてしまった。
「洗面所に行って洗ってきなさい。それから食事に戻りなさい」フォルベス先生はう
ろたえることなく言った。
ぼくは弟のことでとても悩んだ。暗くなり始めた家の中を突っ切っていき、洗うあい

だずっと独りで洗面所にいることが、弟にとってどんなに大変なことか、分かっていたからだ。けれど弟はきれいなシャツに着替え、青ざめてはいたがびくついたところも見せず、あっという間に戻ってきて、きれいになったかどうかを調べる厳しい検査にも見事堪え抜いた。するとフォルベス先生はウツボを一切れ切り分け、また食べるよう命じた。ぼくはやっとのことで二口目を飲み下した。ところが弟は、ナイフとフォークを手に取りさえしなかった。

「ぼくは食べません」と弟は言った。

あまりにきっぱりしていたので、フォルベス先生は弟の決意を翻させようとはしなかった。

「分かりました。でもデザート抜きですよ」と彼女は言った。

弟のほっとした様子を見たら、ぼくも勇気が湧いてきた。食事を終えるときにしなくてはならないこととしてフォルベス先生が教えたとおり、ぼくはナイフとフォークをお皿の上に交わるように置いてから言った。

「ぼくもデザート抜きです」

「テレビもだめです」と彼女は言い返した。

「テレビも見ません」とぼく。

フォルベス先生はナプキンをテーブルに置き、ぼくたち三人は立ち上がってお祈りをした。すると彼女はぼくたちに寝室に行くよう命じ、彼女が食事を終えるまでに寝なさいと言い添えた。ぼくたちの稼いだ点数はすべて帳消しになり、彼女お手製のクリーム・ケーキ、バニラ・タルト、最高においしいプラム・ケーキ(彼女の作るお菓子以外をぼくたちは決して食べられない運命にあった)に再びありつけたのは、点数が二十点を越えてからだった。

遅かれ早かれ、あの破局は訪れなければならなかったのだ。丸一年のあいだぼくたち兄弟は、シチリアの南端にあるパンテレッリア島でのびのびと過ごす夏を待ち焦がれてきたのだったが、実際、両親が一緒だった最初のひと月はそのとおりになった。今でも夢のように思い出す、あの月世界みたいな溶岩の土地、果てしなく広がる海、入口の階段まで漆喰を塗った家。風のない晩には窓からアフリカの灯台の光の矢が見えた。島の周囲の静かな海底を父と探検したときには、第二次大戦のときの黄色い魚雷が数珠つなぎになって沈んでいるのを見つけたり、口に花模様の刻まれた高さが一メートル近くもあるギリシアの壺を引き揚げたりした。その壺の底にははるか昔の有毒なワインのおり、が溜まっていた。それからぼくたちは、よどんだ水が湯気を立てているところで水浴びをしたが、そこの水は踏んで歩けそうなほど塩分が濃かった。けれどぼくたちを何よりも驚かせたのは、フルヴィア・フラミネアの存在だった。さながら陽気な司教を思わせる彼女のまわりにはいつでも、眠そうな顔をした猫たちがいて、彼女が歩くのを邪魔するのだった。しかし彼女は、可愛いからではなく自分がネズミどもに食べられるのを防いでくれるから我慢しているのだと言っていた。夜、両親がテレビの成人向きの番組を見ているあいだ、フルヴィア・フラミネアは、ぼくたちの家から百メートルと離れていない彼女の家にぼくたち兄弟を連れていき、チュニジアからの風に乗って聞こえてくる遠いアラビア語や歌声や泣き声を聞き分けることを教えてくれた。夫は彼女に比べるとやけに若く、夏の間は島の反対側にある観光ホテルで働いていて、家には寝に帰ってくるだけだった。オレステはもう少し離れたところに両親と一緒に住んでいた。現われるのは常に夜で、数珠つなぎにした魚や捕ったばかりのロブスターを入れた籠を持ってきて、フルヴィア・フラミネアの夫に次の日ホテルで売ってもらうために台所に吊しておくのだった。それから彼は再びダイバー用のライトを頭につけると、台所の残飯をあさりにくる、兎みたいに大きな山のネズミを狩りにぼくたちを連れていってくれた。時には、戻ってくると両親がもう寝てしまっていることもあり、そんなときは中庭でネズミが残飯を奪い合うのがうるさくて、ぼくたちはほとんど眠れなかった。けれどそんな騒ぎでさえぼくたちにとっては、不思議なことに、その夏をさらに楽しくするための材料でしかなかった。

ドイツ人の女性家庭教師を雇うなどということは、父にしか思いつかなかったはずだ。父はカリブ海地方出身の作家で、才能よりも自惚れの方がまさっていた。ヨーロッパの栄光の燃えかすに目のくらんでいた父は、自分の本においてもまた実生活においても、その素姓について弁解するのに必死になり過ぎているように見え、自分の過去の痕跡が子供たちにはまったく残っていないという幻想を抱いていた。一方、母の方は、アルタ・グアヒラのあちこちで教員を務めていたときと同様相変らず控え目で、自分の夫が神の思し召しに反したことを考えつくなどということは想像だにしなかった。そんなわけで、自分たちが四十人の流行作家とともに、エーゲ海の島々を巡りながら催される五週間の文化会議に参加しているあいだに、ヨーロッパ社会のもっとも古めかしいマナーを叩き込むことを請け負ったドルトムント出身の女軍曹とぼくたちの生活がどんなものになるのかについては、父も母も真剣に考えなかったにちがいない。

フォルベス先生は七月の最後の土曜日に、パレルモから定期船のフェリーボートでやってきた。彼女をひと目見たときから、ぼくたちは宴が終わったことを悟った。南国の暑さにもかかわらず彼女は軍靴にダブルのスーツを着込み、髪は男のように短く、フェルトの帽子を被っていて、猿の小便臭かった。「ヨーロッパの人間はみんな、とくに夏はそんな臭いがする。フォルベス先生は、軍人みたいな身なりをしていたものの、痩せて青白かった。だから、もしもぼくたちがもっと大きいか先生に少しでもやさしいところがあったなら、ぼくたちはたぶん彼女に同情していただろう。文明の香りだ」と父は言った。先生が来たことで世界は一変した。夏の始まり以来絶えずぼくたちの想像力を掻き立ててくれていた、海で過ごす六時間は、たったの一時間に減らされ、それも大抵の場合は変わり映えのしないものになった。両親と一緒のころは、時間を全部使ってオレステと泳ぎに行き、彼がナイフだけを武器にスミと血で濁った水の中でタコと戦うその腕と大胆さに、目をみはったものだった。彼はその後も、いつもそうしていたように、モーターが外についたボートに乗って、十一時にやってきた。けれどフォルベス先生は、ダイビングの授業に必要な時間以外には、一分たりとも彼がぼくたちと一緒にいることを許さなかった。ぼくたちがフルヴィア・フラミネアの家から夜帰ることも、使用人と親しくしすぎるという理由で禁じられ、以前はネズミ狩りを楽しんだ時間はシェイクスピアの講読に当てなければならなかった。グアカマヤルで他所《よそ》の家の中庭のマンゴーを盗んで歩いたり、焼けつく街路でレンガをぶつけて犬を殺したりすることに慣れ親しんでいたぼくたちにとって、その当時の生活よりもっとひどい苦痛を想像することなど不可能だった。

ところがまもなくぼくたちは、フォルベス先生が自分に対しては他人に対するほど厳格でないことに気づいた。それが彼女の権威にひびが入った最初だった。初めのうち彼女は、オレステがダイビングをぼくたちに教えているあいだ、軍服のまま色鮮やかなビーチパラソルの陰でシラーのバラードを読んでいた。そしてその後でぼくたちに、社会での良い行いについて、昼休みになるまでえんえんと蘊蓄を傾けるのだった。

ある日先生はオレステに頼んで、モーターボートでホテルの観光客用の売店に連れていってもらい、アザラシの毛皮みたいに黒光りのするワンピースの水着を着て帰ってきた。けれど決して海には入らなかった。ぼくたちが泳いでいるあいだ、浜で肌を焼いていたが、水洗いしないタオルで汗を拭くものだから、三日もすると殻を剝いたロブスターのようになり、彼女の文明の香りは耐えがたいものになった。

先生にとり、夜は気晴らしの時だった。彼女の命令が始まったころから、ぼくたちは、誰かが家の暗がりの中を手探りで歩く気配を感じていた。そして弟はついに、それがフルヴィア・フラミネアからさんざん聞かされていたさまよう水死人ではないかと思って怖がるようになった。けれどぼくたちはすぐに、その正体がフォルベス先生で、昼間はさんざん非難していた独身女の暮らし方で夜を過ごしていたのだということを知った。ある明け方、ぼくたちは先生が女学生の寝間着姿《シュミーズ》で台所にいるのを偶然見つけた。彼女は小麦粉で顔まで真っ白になりながら、全身を使って、すばらしいデザートを作っている最中で、もう一人のフォルベス先生が見たら大騒ぎしそうなだらしなさで時折ポートワインのグラスを口に運んでいた。そのころには、みんなが寝た後も彼女が自分の寝室に行かず、こっそり泳ぎに下りて行くか、居間で未成年者には禁じられているテレビ映画を、音を消したままとても遅くまで見ていることやそのときタルトをいくつも食べたり、父が何かの記念のときまでと大事にとっておいたとびきり上等のワインを丸々一本空けたりすることを、ぼくたちはもう知っていた。厳しさと自制心を説く自分自身の言葉に反して彼女は、抑制の利かない情熱に衝き動かされたようにがつがつ飲み食いするのだった。その後、彼女が自分の部屋で独り言を言っているのが聞こえたり、『オルレアンの娘』の一節を耳に快いドイツ語で完璧に朗読しているのが聞こえたり、歌うのが聞こえたり、寝床で夜明けまですすり泣いているのが聞こえたりした。そして朝食のときになると、泣き腫らした顔で現われるのだが、その表情は日ごとに暗く専横的になっていった。弟もぼくもそのころほど惨めな思いをしたことはない。けれどぼくは、最後まで我慢するつもりだった。というのも、とにかく理屈を言えばぼくたちが負けることは分かっていたからだ。ところが弟は、持ち前の負けん気で彼女に反抗し、ぼくたちの幸福な夏は一転して地獄に変わった。ウツボのエピソードはその寸前のできごとだった。その晩、寝静まった家の中でフォルベス先生がひっきりなしに行き来する音がぼくたちの寝床まで聞こえてきた。すると突然弟は、胸にわだかまっていた恨みつらみのすべてをこめて叫んだのだ。

「あいつを殺してやる」

その言葉よりも、夕食のときから偶然自分も同じことを考えていたことに、ぼくはびっくりさせられた。けれどぼくは、なんとか思い止まらせようとして、弟に言った。

「首を切られるぞ」

「シチリアにギロチンはないよ」と弟は答えた。「それに誰がやったか分からないさ」

ぼくは海から引き揚げたギリシアの壺のことを考えていた。それには毒性のワインのおりが入っていた。父がそれを取っておいたのは、毒の性質を調べるためにもっと本格的な分析にかけさせたかったからだ。その毒は単に時の経過から生じたものとは思えなかった。それをフォルベス先生に使うのはきわめて簡単だった。誰だって事故か自殺だと思うだろう。そこでぼくたちは、夜が明けるころ、夜通し騒いだ彼女がすっかり疲れて寝床に倒れ込む音が聞こえると、父の特別なワインの罎《びん》に壺のワインを注いだ。聞くところによると、それだけの量があれば馬でさえ十分に殺せるはずだった。

九時きっかりにぼくたちは台所で朝食を食べた。フルヴィア・フラミネアが朝早くオーヴンに入れておいたスイート・ロールを、他ならぬフォルベス先生が運んできた。ワインを入れ替えてから二日後、みんなが朝食を食べていると、弟ががっかりしたような目で、毒入りの罎が食器戸棚の中に手つかずのままあることをぼくに気づかせた。それは金曜日のことだったが、罎は週末の間ずっと手つかずのままだった。けれど火曜日の夜、フォルベス先生はテレビの淫らな映画を見ながら、半分飲んでしまった。

それにもかかわらず先生は、水曜日の朝食にいつものとおり時間ぴったりにやってきた。例によって苦しい夜を過ごした顔をしていて、ぶ厚い眼鏡の奥の目はいつものように不安そうだったうえに、ロールパンを入れた籠の中にドイツの切手を貼った手紙があるのを見つけるとさらに不安そうになった。彼女はコーヒーを飲みながらその手紙を読んだ。だが、それは彼女がぼくたちに、してはならないと口を酸っぱくして言ってきたことだった。読んでいるうちに、書かれた言葉の刺激で頭が冴えるのか、時々顔がぱっと輝いた。それから、フルヴィア・フラミネアの夫のために、封筒から切手を剝がし、余ったロールパンの入った籠に入れた。起き抜けの不機嫌のなおった彼女はその日、ぼくたちの海底探検についてきた。塩分の薄い海の中をあちこち泳いでいるうちに、ボンベの酸素がなくなりかけたので、ぼくたちは礼儀作法についての授業を受けずに家に帰った。フォルベス先生は一日中ご機嫌だったばかりでなく、夕食のときにはいつになく元気そうだった。がっかりした弟はもはや我慢できなくなり、食事を始めるよう命じられるが早いか、ヌードル・スープの皿を脇へやり、挑むような顔をした。

「このミミズ入りの汁で金玉まで一杯だ」と弟は言った。

それはテーブルの上に手榴弾を投げたようなものだった。フォルベス先生は真っ青になり、唇をこわばらせた。やがて怒りの炎がおさまると、彼女の眼鏡は涙で曇った。彼女は眼鏡をはずし、ナプキンで拭いた。そして席を立つ前にそのナプキンを、不名誉な降伏を余儀なくされたくやしさをこめてテーブルに置いた。

「二人とも勝手になさい」と彼女は言った。「私は失礼します」

先生は七時から自分の部屋に閉じこもってしまった。けれど真夜中にならないうちに、ぼくたちは彼女が歩くのを見た。ぼくたちがもう寝たものと思った彼女は女学生の寝間着姿《シュミーズ》で、チョコレート・ケーキ半分と毒入りワインが指四本分以上残っている壜を、自分の寝室に運んでいった。ぼくは哀れを感じて身振いした。

「可哀そうなフォルベス先生」とぼくは言った。

弟は息苦しそうだった。

「今夜死ななかったら、可哀そうなのはおれたちだよ」と弟は言った。

夜明けが近づくころ、彼女はまた長い間独り言を言い、妄想に駆られてシラーを大声で暗唱し、家中に響き渡る叫びをあげるとそれを終えた。次に胸の底から深々と何度もため息を吐き、最後に漂流船を思わせる悲しげな口笛を長々と吹くと、寝床に倒れ込んだ。目を覚ましたときぼくたちは、夜通しの緊張でまだくたくただった。ブラインドから日の光が幾筋も差し込んでいたけれど、家は池の底に沈んでいるみたいだった。そのとき、もう十時になることに気づいた。目覚めたのは、フォルベス先生が毎朝きまってする一連の行動によってではなかった。八時にトイレの水を流す音も、洗面所の水道の音も聞かなかったし、ブラインドの音も、ブーツの踵《かかと》の鋲《びょう》の音も、奴隷商人のように冷酷にドアを掌《てのひら》で三度叩く例の人を絶望させる音も聞かなかった。弟は壁に耳を押し当て、息を止めて、隣りの部屋に生きている人間の気配があるかどうかを窺った。そしてついに、ほっとため息を吐いた。

「やったぞ！」と弟は言った。「波の音しか聞こえない」

ぼくたちは十一時ちょっと前に自分たちで朝食を作り、猫どもを引き連れたフルヴィア・フラミネアが家の掃除に来ないうちに、酸素ボンベをそれぞれ二本、それからスペアを二本ずつ持って海岸に下りていった。オレステはもう桟橋にいて、六ポンドもある捕ったばかりのクロダイのはらわたを取り除いていた。ぼくたちは彼に、フォルベス先生を十一時まで待ったけれど、まだ寝ているようなので、二人だけで海に来ることにしたのだ、と言った。さらに、前の晩彼女が食事のとき突然泣き出したことや、たぶんよく眠れなかったのでまだ寝床にいたいらしいということを言い添えた。思ったとおりオレステは、ぼくたちの説明にあまり興味を示さず、一時間ばかり海底の散歩に付き合ってくれた。それから彼はぼくたちに昼食に帰るようにと言って、自分はモーターボートで観光ホテルへクロダイを売りに出かけた。家に上っていこうとしていると思わせるために、崖の曲がり角で彼の姿が見えなくなるまで、ぼくたちは彼に向かって手を振り続けた。それから酸素をたっぷり詰めたボンベを背負い、誰の許しも得ずに泳ぎ続けた。

その日は曇りで、水平線のあたりで鈍い雷の音がしていた。けれど海は凪《な》ぎ、水は透明だったので、ライトがなくても十分明るかった。ぼくたちはパンテレッリア灯台と一直線になるまで水面を泳ぎ、それから右に曲がって百メートルほど泳ぐと、夏の初めに魚雷を見つけた場所と目星をつけたあたりで水中に潜った。魚雷はそこにあった。数は六つ、真っ黄色に塗られ、通し番号のついたそれは無傷のまま、すり鉢の底に偶然とは思えないほどきちんと並んで横たわっていた。それからぼくたちは、灯台のまわりを回り続け、フルヴィア・フラミネアから幾度となくその驚異を聞かされていた海底都市を捜したけれど、見つからなかった。二時間後、不思議なものはもうありそうもないと思ったぼくたちは、最後の酸素を使って海面に出た。潜っているあいだに、夏の嵐が迫ってきていた。海は波立ち、猛禽類の鳥の群れが波打ち際の死にかけた魚の上を、荒々しい声で鋭く鳴きながら旋回していた。しかし午後の光は今生まれたばかりのように新鮮に感じられた。フォルベス先生のいない生活はすてきだった。ところが、断崖の階段をやっとのことで上り終えると、家の中に大勢の人がいて、門の真ん前に警察の車が二台止まっているのが見えた。そのときはじめてぼくたちは、自分たちのしたことを自覚した。弟は震え出し、引き返そうとした。

「おれは入らない」と弟は言った。

それにひきかえぼくの方はなんとなく、死体を見るだけならとくに怪しまれることもないだろうという気がした。

「落ち着け」とぼくは弟に言った。「深呼吸して、ただこう思うんだ。おれたちは何も知らない」

誰もぼくたちのことを気にとめなかった。玄関に酸素ボンベとマスクと足ビレを置くと、ぼくたちは脇の通路を通った。そこには男が二人いて、担架のそばの地面に腰を下ろして煙草をふかしていた。そのとき、裏玄関に救急車が止まっていることや、銃を持った兵士が何人もいることに気がついた。居間では、壁際に置かれた椅子に腰掛けた近所の女たちが、方言を使ってお祈りを唱えており、男たちは中庭に集まって、死者とは無関係の雑談をしていた。ぼくは弟のこわばった冷たい手をぎゅっと握りしめ、裏玄関から家の中に入った。ぼくたちの寝室は開いていて、朝のままの状態だった。隣りのフォルベス先生の寝室にはやはり銃を持った憲兵がいて、人が入らないように見張っていたが、扉は開いていた。ぼくたちは胸を締めつけられる思いで中をのぞこうとしたが、そうする暇もなく、フルヴィア・フラミネアが台所からすっ飛んできて、恐怖に駆られた声で叫びながら扉を閉めてしまった。

「坊っちゃんたち《フィリオーリ》、絶対見ちゃいけませんよ！」

だがもう手遅れだった。あの一瞬の光景をぼくたちは生涯忘れられないだろう。私服の男が二人、巻尺で寝台から壁までの距離を測っている一方で、別の男が公園の写真屋が使うような黒布のついたカメラで写真を撮っていた。フォルベス先生は乱れた寝台の上にはいなかった。彼女は裸で、部屋の床一面に広がる乾いた血の海の中に脇腹を下にして倒れていた。体はナイフで滅多突きにされていた。致命傷は二十七もあり、その数と残虐な手口が次のことを物語っていた。つまりその刺し傷は、抑えようのない激しい愛によるものであり、フォルベス先生もまた激情に駆られながらナイフを受けたので、叫びもしなければ泣きもせず、例の兵士の美声でシラーを暗唱していた、そしてそれが自分の幸福な夏の代償であることを、彼女は知っていたにちがいない、と。

(El verano feliz de la señora Forbes, 1982)

物語の情熱

アナ・リディア・ベガ

アナ・リディア・ベガ(一九四六〜　)

プエルトリコのサントゥルセ生まれ。七歳で詩作を開始。プエルトリコ大学で外国語教授法を学び、一九七八年、プロヴァンス大学でフランス文学の博士号を取得。帰国後、プエルトリコ大学で物語作家のカルメン・ルゴ・フィリッピに出会い、一九八一年、彼女と共同で、プエルトリコの植民地的でマチスモが支配する環境におけるフェミニズムの風景を描いた短篇集『処女と殉教者』を出版し、好評を博す。第二作の『カリブの空は曇り空とその他の難破の物語』で、一九八二年、カサ・デ・ラス・アメリカス賞を受賞。「物語の情熱」は、フアン・ルルフォ国際短篇賞を受賞した『物語の情熱、その他の情熱の物語』(一九八七)所収の一篇。

「ドラマとは結局のところ、日常から退屈な部分をカットしたものなのだ」
アルフレッド・ヒッチコック

I

ビルマがくれた手紙は、人工呼吸さながら、歴史的タイミングで間一髪間に合い、いつもの癖でまたはまってしまったもめ事から、私を引き出してくれた。

栄養過多のエゴ同士が最後にぶつかり合った後、私はマヌエルと別れたところだった。別離にともなう古典的な心の痛手などどうでもいいと自分が思っているのには、我ながら驚いた。それどころか、〈別の女〉というのが他ならぬ彼の正妻であることを知ったとき、私はもう少しで感涙にむせぶところだった。二人のどちらが相手より粗暴だったかは分からない。安っぽい嫉妬を装って、空手チョップの衝撃を弱めようとした私か、それともアカデミー最優秀助演男優賞もののくさい演技で、悔悛した恋人を演じた彼の方か。

私は身の回りのものを詰めたスーツケースをつかむと、さっさとリオピエドラスに移り、バス、玄関こそ独立しているけれど部屋とは名ばかりの小さな部屋をひとつ借りた。賃貸料と教員である私のお笑い種《ぐさ》の給料からすれば、必ずしも悪くはなかった。場所はウマカオ街、反逆的な下宿人が多いところで、たまに溢れた下水の芳しい香りが漂うことがあった。何はともあれ、とてもバージニア・ウルフっぽい個室ができた。ついに執筆に専念できる。それはまさに私が望んでいたことだった。幸福とは言えないまでも、少なくとも比較的落ち着いた気分を私は味わっていた。

けれどどこの気分は、もちろん長続きしなかった。

そのころ私は、ちょっと前にアトレイの中級コンドミニアムで起きた情熱的犯罪を題材に、半ばドキュメンタリー、半ば推理小説という作品を書いているところだった。それは有名な「マレン事件」を扱っているのだが、この事件については、とりわけ血腥《ちなまぐさ》いその性格と淫奔な女性に対する反動的教訓性ゆえに、国のイエロー・ジャーナリズムがさんざん書き立てていた。そのシナリオはさして目新しいものではなかった。恋人にふられた男が、自分の親友とその恋人がよろしくやっているところを不意討ちした。刺し傷の異常に詳しい描写や刺された場所の説明の背後には、見えすいたメッセージが読み取れた。曰く、女とは生まれつき悪しき存在なのである。

私が興味を持ったのは、その報道の言外に存在するピューリタン的要素のためであって、ハイウェイで哀れな人間の無惨な死体が処理されるのを見るために人に車を止めさせるような、暗い好奇心のせいではないと思いたい。実を言うと、「ボセロ」紙の第一面に犯人のそれと並べて掲載されたマレンの写真を見たとたん、私は彼女の虜になってしまった。ローラ・フローレスを思わすウェーブのかかった髪、ふっくらした唇、翳《かげ》りを帯びた眼差しの、世にも稀な美女だった。男がこれまたハンサムで、眉をひそめてはいるものの、義務それも恐るべき義務をついに果たした者の満足そうな顔をしていた。

ある偶然が生じなければ、それがすべてだっただろう。もっとハッピーな結末にふさわしいふたつの写真、そしてもうひとつのありふれた情熱の物語。ところが、偶然は、殺人鬼にサルバドール(救世主)という名をつけたのと同じ意地の悪さで、なんと我が母が借りているコンドミニアムが殺人の舞台となることを望んだのだった。哀れな母は正真正銘の嘆きの壁となり、この建物には間違いなく呪いがかかってる、赤ん坊がエレベーター・ホールに落ちたかと思えば、堕胎をやってたカップルが水子を次々と水洗便所に流すし、今度は、夜中に廊下を素っ裸で歩き、日替りで男を相手にしてたあの尻軽女が、自業自得であなるし、と嘆き節を歌った。次から次へと珠数つなぎになって出てくるぐちのお蔭で私は、数知れない新聞ネタに交じって、隣近所の失業者たちが漏らした噂が存在するのを知った。それが伝える詳細は、新聞が描いてみせた身の毛のよだつ光景を、なぞると同時に歪めてもいた。

殺人犯がアパートのドアを「蹴破った」とき、マレンはその元恋人の親友と「目一杯のボリューム」でレコードを聴いていたのだった。犯人が廊下の窓を叩く金属的な音にも、キッチンの闇の中に猫のように下り立つ音にも二人が気づかなかったのは、おそらくそのためだろう。彼らはリビングルームのソファーベッドで、「すっぽんぽん」のまま、事の後に決まって襲われる空腹感から豚の皮のカラ揚げをつまみにビールを飲んでいた。闖入者は単独で闖入したわけではなかった。彼は刃渡り十五センチの匕首《あいくち》を同伴していた。自分の身に起きようとしていることを彼女が悟る間に、裏切り者の友人は一目散に逃げ出した、チャオ・チャオ・バンビーナ、おまえとはこれでおさらばだ、おとつい来るぜ。殴打、罵り、刃物沙汰。マレンは死んだふりをしたが、さして役に立たなかった。殺人鬼は、もうひとりの男の後を追った。マレンはやっとのことで立ち上がると、明かりを落とした廊下をよろよろ歩き、階段を朱《あけ》に染めながら、下の階まで下りた。

無駄な追跡をあきらめて戻ってきたサルバドールが血の跡に気づいたとき、やがて故人となる女性のほうは、なけなしの力を振りしぼり、閉まっている廊下のドアをつぎつぎ叩いた。トン、トン、誰もいない、応えたのは死神だけだった。

お祈りを上げてたから出なかったのよ、とコンドミニアム主婦の会が口を揃えて言えば、男《マッチョ》が手を組みゃ負け知らず連合は、翌日アトレイの警察署へ自首した犯人が英雄気取りで豪語した次の言葉を拾っている。「俺をコケにしたから刺したんだ」要するに、陳腐きわまりない都会版〈俺の女は俺のもの〉というわけだ。自分の身が危うくなるのを悟ってそそくさと立ち去った男が、治療にビタ一文使う必要がなかったのは一体なぜかと、疑問に思った人間はもちろんひとりもいなかった。それに、マレンが最後の助けを求めに来たときに、ドアを開けてやらなかった傍観者たちのワレカンセズ炎を非難する者もいなかった。カリブでもフランス語で言うように、仕方がなかった《セ・ラ・ヴィ》のだ。

少しずつ集めた新聞の切り抜きが、塵《ちり》も積もればでずいぶんたまった。それに、呪われたコンドミニアムへ行き、コインランドリーで衣類をだめにするたびに、噂好きの連中から聞き出した証言もかなり集まった。単なる嫉妬の物語にすぎない、不健康な切り抜き貼りの負担感を減らすために、私は繰り返し自分にそう言い聞かせた、実はどうということのない事件なのだ。ところがどうして、どういうことは大いにあった。外からは見えないがいささかよじれた、おぞましくも面白い、執念深い男性と禁断の女性からなる世界の出来事だったからだ。

そこで私はマレンの物語、マレンの小説を織り始めた。けれど日が経つにつれ、ばらばらの場面はますますもつれ、しかも常に何かが欠けていた。その何かとは、決定的な継ぎ目、ばらばらの場面に意味を与える糸だった。そんなことをしていたとき、探偵的資質が遺伝子に組み込まれている隣りの主婦がやってきて、宣誓供述したために、私の集中力は一時とぎれてしまう。

ドニャ・フィニは何日も前から戦闘開始寸前だった。その目は二門の大砲となって、ひとりの〈ごろつき〉に照準を合せていた。そいつは昼夜の別なくひっきりなしにうろつき回り、レイプできそうな若い娘を明らかにつけ狙っていた。ドニャ・フィニによれば、気がかりなのは、悪いことに車に乗ったその男が、不幸にも通りのほうを向いている私の部屋の窓から目を離さないことだった。そればかりか、推定上の欲望の曖昧な対象の目と鼻の先を通り過ぎるときは、厚かましくも止まりそうなほどスピードを落とすと言うのだ。ドニャ・フィニのせいで私は気が変になった。しとやかさを演出する踵《かかと》十センチチのピンヒールの内側で痛みに足の指をくるまれ、お腹の中で動き回るウワバミをなだめるためにキューバ風サンドイッチを早く貪りたいと思いながら、私が学校から戻るやいなや、彼女は調査結果の爆弾を浴びせまくったからだ。ちょっと、あんた、あの男、まともじゃないわよ、今日はあいつを見張ってて、時間から何から全部チェックしてたら、揚げてたインゲンを焦がしちゃったわ、だいじょうぶ、月末に請求書をあんた宛に送るから、で、今から話すことをよく聞いて、とにかく用心しなきゃだめ、あいつは七時に現われたわ、あんたが出かけたすぐ後よ、それから十時半ごろ、あたしがバルコニーでチャルリートのオムツを替えてたときだわ、次は十二時きっかり、お昼のショウ番組が始まったところだった、ダニ・リベラが最高に乗ってこう歌ったわ、ぼくは／みんなに／笑って／そして歌って／ほしい、そしていつもやるみたいにステージ狭しと飛び跳ねるの、そのときよ、あいつがまた現われたのは、それからしばらく休憩したみたい、揚げパイか何かを食べに行ったのよ、きっと、でも一時になると戻ってきたの、そして二時半にも、今し方も現われて、あんた、もう少しで鉢合わせするところだったわよ、ああ、聖母マリア様、どうかあたしたちをお守り下さい、この国に、恥じ知らずな男がうろついているのです……。

白状すると私は、ドニャ・フィニの思いがけない報告を聞いて、内心まんざらでもなかった。言い寄る男に事欠かず、などという経験をしたことが、それまで一度もなかったからだ。大学時代、男を騒がせる〈宿命の女《ファム・ファタル》〉は、親友のビルマだった。一方、私ときたら、愛敬よりはＩＱ、悩殺するかわりに脳殺することで戦わなければならないタイプに属していた。とはいえ、私の紛い物の純潔に大嵐が迫っているという警報に対して、不快の念を控え目に示してみせることは忘れなかった。それでこそ隣りの主婦の効果的監視も報われるというものだ。彼女の厳しい監視によれば、愉快なことに我が色魔《サチュロス》はその週、肩すかしを食わされっ放しだったらしい。私は現場を押さえることができなかった。というのも、まったくうんざりなのだが、学校のほうがまだ学期中で、私のスケジュールときたらそれこそ目茶苦茶だったからだ。正式な夏休みがやっと始まった土曜日のこと、ブラインドに鼻先をくっつけて思い切って外を見ると、そこで上映されていたのはなんのことはない、私が何度となく我慢して見てきた映画、「帰って来たマヌエル」だった。

私はがっくりきたが、それ以上に不愉快だった。一体どうやって私の居所を突き止めたのだろう。どんな権利があって厚かましくも私を見張ったりするのだろう。きっと次は人のゴミを漁って、しわくちゃのコンドームを見つけ、自分のアルバムに貼り付けるつもりだったにちがいない。

だから私はビルマからの手紙を受け取ったとき、あんなにも喜んだのだ。彼女は、費用はいいからフランス・ピレネーの小さな村で一緒に三週間過ごさないかと言ってきた。この北回帰線《ロス・トロピコス》の下で厄介事《トロピコス》を背負い込んだ哀れな人間にとって、それは異国情緒溢れる理想的《プラトニック》な思いつき《イデア》だった。ただし問題がひとつあると彼女は書いていた、ポールの両親の家に泊まることなの。だが、彼女はその後まさに楽園を思わす言葉を書き連ねて、そこで私が偉大なるプエルトリコ小説を孵化させることになる牧歌的夫婦の家のことを述べたてていた。

フランスで暮らし始めてからまだ五年にしかならなかったのに、ビルマは慢性ホームシックに罹っていた。彼女は大学時代の女友達四人を相手に文通していたが、その中のひとりが私で、教皇の訓示によれば、彼女の一番のお気に入りだった。その悲痛な調子の手紙は、彼女が言うところの「国民的ゴシップ」に関する質問集になっていた。宮廷内の陰謀にはさして興味のない私にとって、些細な事実に対するドラキュラ的渇きを癒してやるのは実に骨の折れる仕事だった。そこで大きな封筒に政治を扱った記事の切り抜きをしこたま詰めてやるとともに、彼女のもったいぶった言い方を真似れば「闘争と絶えず関わること」ができるように、愛読誌「クラリダー」を定期的に送ってやっていた。

滅多にないことだが、私は即座に決心した。学校の奴隷となって貯めた三年分の貯金を格安旅行のチケットに換えると、我がストーカーの追跡をまき、ドニャ・フィニを安心させるために母のところに一週間身を寄せ、そしてついに、片手にスミス・コロナのポータブル・タイプを持ち、マレン事件関係の資料を小脇に抱えると、征服者たちの海を越えたのだった。

II

飛行機と列車を使っての一日半の旅を終え、着いたのは夜だった。ところが我がカリブの体温調節器は、駅の寒さ用に調整されてはいなかった。だから大学で習った程度の怪し気なフランス語でポールに挨拶するはめになったとき、テレビの連ドラさながら唇がわななくのを、ほとんどごまかすことができなかった。ビルマは私を、ぼろをまとってやってきた本物の救世主のごとく迎えてくれた。

　暖かい車の中で私はお喋《しゃべ》りをしていたが、曲がりくねった道を揺られながら、エンジンの響きを聞いているうちに、何度も舟を漕いでしまったようだ。ツッパっているのかそれとも単に内気なのかは分からなかったが、ポールはほとんど口をきかなかった。けれど彼は、霧のたちこめた明かりひとつないハイウェイを飛ばすのを楽しんでいた。私たちが着いたとき、幸いポールの両親はすでに寝込んでいたので、挨拶の儀式は省くことができた。でなければ私はゾンビになっていただろう。ビルマが用意してくれていたのは最高に快適な部屋で、壁には山羊の頭の剝製なんぞが掛かっていた。さらに、残念ながら火は消えていたが、けばけばしい銅の器を並べた暖炉まであった。ここで彼女は威勢のよいファンファーレとともに最大のどんでん返し《クー・ド・テアトル》が起きることを告げた。そして見せてくれたのは、とても洒落た古い書き物机で、まさかと思うような小さな引き出しがたくさんついていて、塗り立てのニスの匂いがした。それは彼女がこの大物作家カローラ・ビダルのために特別に修復させたものだった。

「ここで何か生めなけりゃ、あんたはただの石女《うまずめ》ってことよ」私専用のダブルベッドにぶ厚いウールの毛布を掛けながら、彼女はそう言った。そんなふうにとてつもなく大きな責任を人に負わせると、彼女は私を疲れと夢と一緒に三者水入らず《メナージュ・ア・トロワ》にしてくれた。

翌朝早く起きた私は、窓を目一杯開け放った。その石造りの屋敷は、雲にカモフラージュされた灰色と青の山の斜面と斜面の間に開けた、アスプ渓谷の村の端にあり、あたりを睥睨していた。私は大きく深呼吸して、母国の首都サンフアンの大気汚染に三十年間痛めつけられた肺を清めると、毛布を取りに戻り、それをストール代りに肩から羽織った。そしてもう一度外を見ると、絵葉書そのものの風景があいかわらず目の前に広がっていたが、今度はそこに村人の姿がちらほら加わっていた。頭のてっぺんから爪先まで黒ずくめの老女の一群が、坂道を難儀そうに上って行くのが見え、坂道の先は背が高く間口の狭い家々の間に消えていた。そのとき絶妙のタイミングで鐘が鳴り、彼女たちの行き先が教会であることが分かった。その日が日曜日であることに気づいた私は、今は失なわれてしまったが、古い義務があれこれあった遠い昔の日曜日に漠然と感じた窮屈さを思い出した。

時計に目をやると、まだプエルトリコ時間を刻んでいた。私はグリニッジ標準時を罵った。人を六時間も老けさせたからだ。プエルトリコならまだ午前三時、車のクラクシヨンか人の叫び声かピストルの音が聞こえればしぶしぶ目を覚ますだろうが、そうでなければまだいびきをかいているところだ。けれどこの静かなピレネーは朝の九時、私の気分はすっきりしゃっきり、ここでは別の時間が流れていた。

私はしばらく部屋に留まり、スーツケースから衣類を出したり、机の上に書類や紙を並べたり、引き出しを開けたり閉めたりしていた。すると紛れもない国王夫妻が起き出す物音が聞こえた。そのとたん、ビルマがいかにも彼女らしくぶしつけに部屋に飛び込んでくるなり、鶏はもう鬨《とき》の声を上げたとか、休暇の間ずっといびきをかき続けるつもりなのかとか、その他突入の合言葉を数限りなく叫びまくった。

「早く仕度してちょうだい、下で彼の両親がお待ちかねよ」いくらかふざけた調子でそう言うと、彼女はドアの隣りにある軍のがっしりしたばかでかい衣装戸棚の鏡の前で、髪の分け目をいじった。下に降りると、実際に彼の両親がいた。父親は黒のベレー帽を被り、ステッキを握っていた。母親のほうはエプロン姿で、片手にコーヒーポットを持っている。二人はフランスのシャブロル地方で見かける、実に典型的な夫婦だった。私はビルマが義父には型通り両頬に頬ずりをして挨拶しながら、義母にはそうしなかったのに気づいた。そこで私はフェミニスト的本能に忠実に従い、彼女とは逆のことをした。

つまり、夫人の両頬にはムワ、ムワと二度頬ずりをしたが、ベレー帽のムッシュにはタンクの大きさの笑顔を作り、その手をぎゅっと握ってやっただけだった。すると二人は感情をこめて私に歓迎の言葉を言い、枝毛だらけの長い黒髪や肝炎の患者みたいに黄色い肌、その他、人をいつも窮地から救ってくれるプエルトリコ人の魅力のもろもろを褒めそやした。そんなふうにしてふたつの文化の魅力を互いに称え合いながら、私たちはカフェオレと温めたクロワッサンの朝食をとった。ポールはなぜか現われなかったが、ビルマが私に説明したところによれば、友人たちと釣りに出かけたとのことだった。が、私はすでに、壁に動物の剥製や銃がこれ見よがしに飾ってあるのを知っていた。だからポールというのは野外が好きな、動物の調教師ではないかと……。私にはそれが父親のベレー帽や母親のエプロンそして山の中の石造りの家とマッチした、彼にうってつけの仕事に思えた。

母親の私に対する評価が高まりつつあったので、それをさらに確実なものにするために、皿洗いを申し出たところ——幸いにも——断られてしまった。するとビルマは、セーターを取りに行くのも許さず、外の空気は新鮮だ、澄んでいる、と大げさな調子で言いながら、私を外に引きずり出そうとした。散歩をすれば体が温まるわよ。そして私は、昼下りの村を横切って行く、毛を刈り込まれた羊の一匹みたいに、おとなしく彼女に従った。私が無邪気でいられたのもわずかな間だけだった。この最初の散歩とともに、私の休暇は早々と幕を閉じることになった。私が薄々感づいていたことを、ビルマは打ち明けた。つまり、夫とはうまく行っていない、離婚さえ考えている、だからカリブのマダム・ソレイユに立ち合ってほしかった、と言うのだ。相談に乗るというのは決して楽しい仕事ではない。ことにビルマが相手となればなおさらだ。彼女の要求する「客観性」や「批評的スタンス」がどんなものであるかを私は十分すぎるほど知っていた。驀《ばく》進《しん》する演説という列車の前でガンジーのごとく横になって耳を傾けている者がどんなくたびれていようとお構いなしに、何時間も独りで喋り続ける人間がいるが、彼女はそのひとりだった。

初めの二年間は、映画のように幸福だった。トゥールーズでの留学生活、〈旧世界〉の発見、ロマンス、結婚、ボルドーへの引っ越し。ポールは彼女が働く権利を否定したけれど、それほど辛いことではなかった。問題が生じたのは、気晴らしをする権利をも否定したときだった。自分が帰ってきたときに、妻が台所でピレネーの両親から贈られた銅のお玉でもってスープをかき混ぜていなかったりすると、彼女の周りに途方もない口ーマの円形闘技場を築いてしまい、同じアパートに住む女性と話すことすらさせなかったのだ。

フランス人《ホモ・ガリクス》に対して私が抱いていたプレハブ仕立ての概念は、呆気《あっけ》なく崩れ去った。こういう問題については大いにソフィスティケートされていて、進歩的《エヴォリュエ》で、サルトルとボーヴォワール的なのだろうと、想像していたのに……。ビルマの亭主ときたら、赤ん坊とプエルトリコの最悪のマッチョを足して二で割ったみたいな奴だった。あのベニスのムーア人オセロをコーカソイドにしたこの男は、あらゆる物事、あらゆる人間を疑った。そんな具合だったので、控え目にではあったけれど私が彼の世界に侵入することを許可したのが不思議なくらいだった。しかし事はそれでは済まなかった。底意地の悪い猪狩りの猟師にさらわれたタイノ族の姫君は、その朝私にとても優しくしてくれた、コーヒーポットを手に持つエプロン姿の魔女から、侮辱的な扱いを受けていたのである。

「一緒に暮らしてないだけ運がいいわよ」私は彼女の期待に応えて慰めるように言った。

するとビルマは、いつもの強がりはどこへやら、義母から受けるヒットラー顔負けの手に負えない迫害について、こまごまと話し出した。彼女が言うには、義母は息子と手紙をやり取りするし、しょっちゅう電話をかけてくるし、手作りの料理を差し入れるという口実で突然稲妻のようにボルドーへやってくるし……という具合だった。義母は息子のポールの、プエルトリコ産の哺乳動物、混血の魅力たっぷりの庶民の娘ジョゼフィーヌ・ド・ソアルネとの結婚に決して好意を寄せてはいなかった。しかもマダム・ヨカスタには街中に張り巡らされた〈連絡網〉があって、ビルマがどこへ行こうと跡を追わせ、詳細な〈報告〉を提供させることができた。そして自分は自分でそれをポールの判断に委ねるのだった。

話があまりに異常で、陰謀の臭いがし、ダフネ・デュ・モーリエ的だったので、私はそれが友人の妄想による作り話ではないかと思い始めた。それほどまでに彼女のホームシックは重症なのだろうか。明らかな理由から私は何も言わなかった。それに彼女の語る話が――職業柄とは言えこうやって分けて考えるのには困ったものだ――あまりに魅力的だったからだ。ビルマ・ボヴァリーがその異常な話を続けている間、私の頭の中を、フランス文学および映画に登場する、退屈が原因で不貞を働くありとあらゆる女性たちが行進して行った。

「皮肉なことに、夏、こうして彼の実家にいるときが、一番ましなの。ここでなら少なくとも動くことができるもの。あの人たち、しっかり檻に入れて見張れると思っているわよ、きっと。それに——と彼女は昔と変わらない悪意のこもった調子でつけ加えた——ここには若い人間がいないし」

「義父の方はどうなの?」私はビルマがムッシュ・ベレーにダブルのキスをしたのを思い出しながら訊《き》いた。

「可哀そうな人」そう言って彼女はため息を吐いたが、その沈黙は多くを語っていた。私たちは腕を組み、輝く川面を思わせるハイウェイを歩き続けた。

ポールは午後遅く帰ってきた。あるいは夜だったかもしれない、というのもそこでは十時ぐらいまで昼間であり、明るさが変わらないので騙されてしまうからだ。覚えているのは、私たちがもう食卓につき、湯気の立つスープの中から野菜を拾い出しながら、ポールの両親と好意を国際的レベルで交わし合っていたことだ。私はひどく落ち着かなかった。つまり、ビルマの打ち明け話が、人をほっとさせるようなものではなかったからだ。私の感覚はおそろしく鋭くなっていた。もしかすると、私を酔わせようという悪意から、ムッシュ・ベレーがワインをたっぷり振る舞ってくれたせいかもしれなかった。

とにかく、台所の絵や猪の剝製さえもが、それらが意味する対象とは無関係の生を得て、生きているように見え出したのだ。

　彼が入ってきたとき、私はぎょっとして、あやうくスプーンを落としそうになった。私の了解するところでは、「ボンソワール」と言うべきところを、〈青鬚〉は「ボンジュール」と言い、母親、ビルマそして父親にキスをした。そこで私にもその光栄が回ってくると思ったが、それは私の間違いだった。彼はテーブル越しに、革手袋をはめた手の片方を私に差し伸べただけだった。それから、私には理解できなかったが何やら言い訳をすると――ビルマからは、彼らがときどきその地方でしか使われない方言のベアルヌ語で話をするということを聞かされていた――二階へ上がって行った。そして夕食は穏やかながらも張りつめた雰囲気の中で続いた。ラタトゥイユが格別だった。

　食事の後、今度は皿洗いをすることができた。ビルマがそれを拭き、夫人が片づけた。この家庭内平和《パックス・ドメスティカ》の中で――ああ、なんという皮肉――、私は朝、窓辺で経験した穏やかな気分をふたたび味わった。今、男たちはこの場面の外にいた。いるのは働く女三人だけで、教会の鐘の音が九つ鳴り響いていた。

　階段を上がってお休みを言うとき、ビルマはとても優しかった。私は熱いお風呂に長いことつかると、震えながら体を拭き、書き直しをしたわずかな原稿に手を入れるために――生むことなんて無理だった――机に向かった。

「……マレンはレコードを取り換えると、ソファーベッドに寝転ぶ。彼女は全裸で、その浅黒い肌は青い明かりを浴びて輝く。一糸まとわぬ彼女、掛かっているのは髪をグリーンに染め、首にチェーンを巻いた、ぎんぎんのパンク・ロックだ。電話が鳴る。声の主はラファエルで、もうすぐ行くからな、店が閉まり次第だ、時間はかからない、ビールと中華料理を持って行く、ソース臭くなるから炊事はするな、首に香水をつけるのもよせ、おまえの味が悪くなる。マレンは甘い声で同意する、お醤油と春巻を忘れないでね、早く来て食べないと、あたし、固ゆでになっちゃうわよ、三日前からサルバドールがあたしを見張ってるの、どこへ行っても車でついてくるし、ドアの真ん前の廊下におしっこで自分の名前や謎々みたいなメッセージを書き残したりするのよ。あん畜生、と彼がマレンの言葉を遮って言う、おまえはあいつの女じゃない、もう切れたんだ、別に食わせてもらってるわけでもなけりゃ、借金のかたに取られてるわけでもない、俺はあいつなんか怖くないぞ、それに万一に備えて、護身用にいい物を買った、これをぶっ放しゃ、あいつは墓場行きだ、じゃあな、マレン、いい女だよ、おまえにゃそそられる、俺の興奮が分かるか、後でたっぷり楽しもうぜ。マレンはレコードを止め、鏡に映った自分の姿をじっと見てからラジオをつけると、ソファーベッドに身を横たえる。彼女は生まれたままの姿で、その浅黒い肌は赤い明かりを浴びて輝く。オール・ヌードの彼女、今かかっている音楽は古いボレロだ、失恋を歌ったディピニのボレロ……」

薄明かりの中で原稿を読んでいると、マレンがトリュフォーの夢のように、黒い服をまとい始める。

III

人を肥やす食事と果てしない皿洗いと人目を忍ぶささやかな執筆を繰り返すうちに、一週間がゆっくり過ぎていった。人目を忍ぶというのは本当だ。なぜなら、二人の友情を再発見したビルマが、影のように私につきまとったからだ。彼女は浴室までついてきて、ポールとの憂鬱な生活について細々と喋った。そして、私だったらたとえ拷問されても自分の影にさえしないような内緒話まで聞かせるのだった。彼女には物語の才能があり、おかげで私は興味をそそられつい聞き入ってしまう。そしてその都度、意に反してひどく淫らな行為に加わっているような気がして、とても恥ずかしい思いをした。彼女はそれを知っていて、話をわざと引き延ばし、私が下品な好奇心を剝き出しにして質問できるように、もっともひどい場面になるとポーズを置いた。

「初めて叩かれたとき、あたしは冗談でやってるんだと思ったの。だから叩き返してやったら、前より強く殴るのよ。怖くなって、部屋の外に出ようとしたら、捕まえられて、ベッドまで引きずって行かれたわ……」

それはビルマ風サスペンスだった。そして私が予想したように、彼がフロイトの仰せのとおり結局彼女にあれを挿入するところで話は終わった。

あきれるべきか、それとも彼女を祝福すべきか、私には分からなかった。というのも、この話をしている間、彼女はなぜか嬉しそうだったし、怖がらせてほしいと思っている子供を怖がらせてやりたいと思っている人間みたいに妙に興奮していたからだ。

ポールの秘かな愉しみの他に、彼の母親の秘かな愉しみもあった。ビルマが語ったところでは——そしてこれは彼女の内緒話の中ではそれほど暗くないもののひとつだった——、義理の親の家に二人で泊ったある晩のこと、いつもの闘いの最中に、部屋から出ようとして彼女が閂《かんぬき》を上げると、何かがあるいは誰かがドアを外から押さえているのが分かった。邪悪な夫はありふれたジル・ド・レ・タイプの男みたいに腹を抱えて笑った。ビルマが誓って言うには、ドアの向こうで明らかに女性と分かる声が忍び笑いをしているのが聞こえたそうだ。「カローラ、あれは絶対彼の母親だったわ……」

夫人はポールがやっていることを楽しんでいたのだ……。

一週間が過ぎると、友人の派手な告白が苦痛をもたらすのに反比例して、私の好奇心は薄れていた。最悪だったのは、それが私の現実感覚に影響を及ぼしたことだ。何もかもが歪んでいた。夫人と話そうとするとどもってしまう。万一ポールが台所にちょっと顔を出そうなどという気になろうものなら、私はびっくり箱のピエロみたいに飛び上がる。私は彼の顔をまともに見ることができなかった。私にとって唯一の避難所となったのが、ムッシュ・ベレーだった。ただし、それはお粗末な避難所だった。なぜなら、この親父さんは、四六時中テレビばかり見ているか、そうでなければ暖房器具のそばで、当然のことながら赤ワインのグラスを片手に、舟を漕いでいたからだ。ところがビルマときたら、まったくの無関心を装っていた。その抑制された落ち着きぶりは、独りでいる私を捕まえては大量のたわ言をまくし立てるときの凄まじさと、著しい対照をなしていた。

土曜日、私はスイス式中立の原則を破り、どうして彼と手を切らないのかを敢えて訊いてみた。彼女は答えられなかった。

日曜日の午後、みんなでステーションワゴンに乗り、オロロン・サント・マリーに出かけた。

青鬚がハンドルを握り、助手席にビルマ、後ろの席にはムッシュ・ベレーと「白雪姫」の魔女、休暇の犠牲者であるこの私、そして犬どもが陣取った。車は——私に敬意を表し——映画に出てきそうな中世風の町の中を走り回った。中心街を横切る騒々しい川、不意に現われる階段は剣の決闘におあつらえ向きだ。祖父母を含むゴール族の大家族が何組も、巨大なシェパード犬に先導され、私たちみたいにどことというあてもなく歩き回り、オープン・エアのカフェに立ち寄る。そこには暇をもてあましたような田舎の若者たちがたむろしているが、家族連れが入ってきても、自分たちの社交もどきとは関係ないというように知らんふりをする。

私たちはおやつにホットチョコレートと一緒に最高においしいロシア・ケーキを食べ

た。ポールの母親が私に食べさせようと注文したのだ。ビルマは何も食べなかった。彼女はホットチョコレートから立ち昇る湯気越しに、私のことを面白そうに眺めていた。夫人は勢いづいて、フランスのお菓子の素晴らしさについて蘊蓄を傾けた。幸いにもそれは今、福音にも等しい真実のように思えた。彼女の言葉を夫は全然聞かず、ホットチョコレートのばかでかいカップにロシア・ケーキを浸すことに夢中になっていた。その手の社会的冒瀆を私が恥とみなしていることなど、彼は考えてもいなかった。ポールでさえ、ときおり温厚な夫の笑顔をこちらに向けてよこした。三人の厳しい視線を浴びながら、私は砂糖だらけになった顎をナプキンで拭き、私に対する度を越えた注目に報いるための言葉を探していた。

日曜日の儀式は、空がまだほのかに明るい、夜ならぬ夜の七時に終わった。私たちは嵐が丘に戻るために、またステーションワゴンにぎゅうぎゅう詰めになった。ビルマは後ろに座りたいと言って、義母と席を交代した。彼女のプエルトリコ的臀部に私はドアの隅へと押しやられた。帰りの車の中で交わされた会話は、世界のどこにでもいるありふれた家族が、義務になっている一家でのお出かけから戻るときのそれと何ら変わりがなかった。第三世界主義者の我慢強さで、私を救ってくれるチャンネルの切り替えもなく生涯続く連ドラのように延々とビルマが紡ぎ出す、例の奔放な情熱の物語と、懸命に私を歓待しようとしているこの温かく親切な人々とを結びつけることは、とても難しかった。

ポールは急にお喋りになった。彼は郷土愛に燃え、こちらの興味を惹きそうな場所を次から次へと教えてくれた。そして何食わぬ顔でときどきバックミラーに映った私を見るものだから、お蔭で彼が緑色の瞳をしていることやちっとも醜くないことが分かった。エスコーとかいう名の橋を渡ると、彼は厳かにこう告げた。我々はサランに入った。サンティアゴ・デ・コンポステラ巡礼路の宿駅であるサランは、深い峡谷を望むハイウェイの途中にある小さな目立たない村だった。サンティアゴ詣でに関してはちょっとした権威のポールが、外国人の私の耳に向けてその細々とした知識を披露する一方、ビルマが私の腕をつかみ、私のささやかなフランス語の知識によれば宿屋らしきことが読み取れる看板を指さして、私の耳許でこう言った。

「あそこに叔母のマイテが住んでいたんだけれど、夫と子供を捨てて、修理工と駈け落ちしちゃったの……」

その言い方にどこか強い調子がこめられていたので、私が思わずそちらに顔を向けると、彼女の目は踊っていた。

月曜日、この世を覆い尽くす大雨が降り、イギリス映画の霧が立ち込め、寒さが一段と厳しくなった。私はセーター二枚にヤッケを着込み、ストッキングはぶ厚いのを二枚、そしてビルマから借りたウールのズボンを穿いたけれど、それでもきりきり差し込むような寒さが骨身に応えた。はるか彼方の島に対する郷愁めいたものに襲われ、胸がキュンとなった。もしもポールが信じられないほど火を焚いて、救ってくれなかったとしたら、私は即座に電話をつかみ、火炎樹さえも神話化されたプエルトリコへの帰りを早めるところだった。

その日、私は一息つくことができた。ポールが家にいたので、ビルマが、女だけのときのように私にうるさくつきまとうのを止めざるをえなかったからだ。燃えさかる炎は私の空想を掻き立てた。薪《まき》が燃え尽きるのをじっと眺めながら、私はすっかり凍えてしまった作品を頭の中でくるくる回転させた。マレンの死についてどんなふうに語ればいいのか？　誰の口から語らせるか？　怖がってドアを開けなかった隣りの主婦か？　自首した殺人犯の言葉を感嘆の面持ちで聞いた留置場の見張りか？　ビールとニコチンの臭いをぷんぷんさせながら、尻切れとんぼになった夜会の結末をラジオで聞いている、その夜自分にお鉢が回ってきていた恋人か？　シーツを持ち上げ、ベッドの上のこの世にいない女性を見て、催眠術にかかってしまった医学生か？　マレンが死んでしまったとすれば、誰が彼女のことを語るのか？　誰が真実を話すのか？

その晩、妙なことが起きた。炊事をしたのがビルマだったのを覚えている。炊事は義母が独占していた以上、さんざん言い張った末のことである。その日は七月二五日、プエルトリコでまやかしの憲法ができた不幸な日にあたるばかりか、我らが穏やかな海岸にヤンキーが侵攻してきたという、もっと不幸な日でもあった。このいかがわしい過去の同月同日に起きた二つの事件に対する反記念において、食事はインゲン豆とライスと規定されているのだ、とビルマは公布した。彼女は台所へ入ると鍋やら釜やらでパーカッションの演奏をした。そして出てきたときには、半分固めたライスと私がスーツケースに入れて運んできたインゲンを盛ったばかでかい大皿を二つ持っていた。これはこの連中に爆弾をぶつけるみたいなものよ、と彼女は私に言うと、観念しきった義理の親と夫の皿に、我が国の偉大なる二種混合料理を、プロの手捌きで盛りつけた。

彼女の寸評があまりにおかしかったので、私はピレネーの歴史に残る大笑いをしてしまった。みんなのフォークが持ち上がるたびに、私たちの笑い声のボリュームも上がるのだった。今、振り返ると、あれは許しがたいテーブル・マナー違反だったと認めざるをえない。ビルマは笑いで息が詰まり、私たちは何度も彼女の背中を叩いてやらなければならなかった。私のほうは、キャハキャハ笑いたいのを押し殺そうとしたために、腸《はらわた》が痛くなってしまった。半ば驚き半ば気を悪くした両親は、私たちをじっと見ていたが、ひどく真面目くさったその顔が、状況をさらに悪化させた。私はもはや社会的に救われることへの期待を一切捨て去っていた。そのとき、ポールの「いい加減にしろ！《サ・シュフィ》」が、熟練したハンターが射った鉄砲の音みたいに、石造りの部屋に響き渡った。突然、沈黙が訪れた。私は誰も見ないですむようにインゲン豆をもう二、三粒拾ってから、そっと席を立ち、家中の熱が集まってくる二階の居間兼図書室へ上がった。爆発でも起きて、腕を失くしたりするのは真っ平だった。

　少し後でポールが上がってきた。彼は火に向き合う形でソファーに腰を下ろした。私は知らん振りをして、暖炉でぱちぱち燃える火をじっと見つめた。そして二人は黙ったまま、薪が燃え尽きるのを眺めていた。短いが濃密な時間だった。彼と私、まったくの外国人同士である二人が、他人の仕業と不幸によって、そこに一緒にいた。頭の中がぞっとするような物語で溢れそうな私と、頭の中にどんな計画が詰まっているのかさっぱり分からない彼、この二人が、居心地の悪さを感じながら、口もきかず、ただ火があることだけを口実に、そこにいた。

次の日私は、流産した古い物語で一杯のノートに、日記をつけ始めた。小説を放棄したことの代りとなる行為だったのか。何か重要なことが起きるのを予感したのか。直観というのは、時間のカードを点字《ブライユ》のように読み取るものだ。

Ⅳ

七月二六日
長雨が続いている。ポールはポーに出かけた。何の使命《ミッション》でかは不明。夫人に若インゲン(彼女が言うには青インゲン)のさや剥きをさせられた。楽しい仕事じゃないけれど、気晴らしにはなった。彼女は絶品のガルビュール・スープを作った。このいまいましい天気と味気ない雰囲気にはおあつらえ向きの料理だ。彼女とは気が合わないこともなさそうだ。

ビルマはこの寒さで神経質になり、家じゅうをうろつき回っては餌食を探している。彼女を落ち着かせようと、昼食の後で部屋に入れてやった。この家では、住人の腹時計で時が刻まれている。

ビルマはマイテの家出について詳しく話してくれた。模範的な夫婦、献身的な夫、家出が発覚したときには谷間じゅうが驚いたこと……。私は兎のシチューでお腹がすっかりくちくなったために、途中から自動操縦《オートマチック》の相槌に切り替えて、聖ビルマの福音の残りはパスしなければならなかった。自分のであれ、人から聞いたのであれ、彼女の話はモーリヤックの残酷な小説とさして変わらない。

ポールはポーから雑誌を二冊と「フランス・ディマンシュ」を持ってきてくれた。ビルマは彼に、私が三面記事《フェ・ディヴェール》マニアであることを話したのだろうか。

七月二七日

雨は鉄条網さながらに私たちを家の中に閉じ込めている。夜、ポールの両親が貸しているガレージの上の部屋の間借り人がやってきた。男はトゥールーズで医者をやっている。女のほうはどう見てもその妻だ。二人には六か月の赤ん坊がいる。新顔にお目にかかるのは楽しいものだ。みんなで一緒にシナの花のお茶を飲んだ。男はとても上手にスペイン語を話す。たぶん家系にスペイン人が混じっているのだろう。なかなか魅力的だ。当然ながら《ビアン・シュール》男はビルマが独占し、私に回ってきたのは女のほうだった。私は赤ん坊を膝に抱き、場を盛り上げようといきなり高い高いをしてやった。赤ん坊は泣き出した。ポールは何やら意味ありげに優しく微笑みながら、じっと私を見ていた。

七月二八日

ママから手紙。島のあれこれが甦る。島とともにマレンのことも。彼女は頭の上に果物籠を乗せ、腰に鳥の羽根をつけている。殺人鬼は刑務所にいる。自殺を図ったが阻まれた。フルトゥンゴ地区の出であることが判明。私にはもう分かってましたよ、と戦闘的階級主義者の母は容赦ない。

サルバドールが私につきまとう。私は彼と一緒に呪われたコンドミニアムの廊下をふたたびうろつく。彼がマレンの部屋のドアの前で立ち止まるのが見える。ハードな音楽。ブラインドが壊れている。マレンが開けるのを嫌がったその日、彼が自分でこじ開けたのだ。壊れたブラインド、中ではフェリーペ・ロドリゲスが傷ついたマッチョたちの嘆きを歌っている。

ママの興奮した声が聞えてくる。「ゆっくり休んで、この際だからあっちこっち見物しておいで。フランスはきっときれいなところにちがいないわ。ソコーロは行ったことがあって、とても素敵だったらしいの。私にもあんたみたいにチャンスが巡ってきてほしかったわ……」

愛すべき知らぬが仏の六十歳。

七月二九日

神々はそんなに耳が遠いわけでもなかった。太陽が姿を現わしたのだ。控え目ではあるけれど、とにかく現われた。ルソー夫妻がハイキングに行こうと言い出した。用意したのは焼き立てのパンとサラミのサンドイッチに土地のチーズ、バイヨンヌのハム、ワイン、水それに果物。運よく赤ん坊はポールの両親が預かってくれた。二組のカップルにはさまれて、なんだかゲームの規則を知らないレフェリーみたいにみそっかすになった気分だ。私のスニーカーは石の上をつるつる滑る。ほかのみんなはブーツを履いていた。

村のもう一方のはずれを過ぎると風景が変わった。最初は舗装道路だが、その後は細くて急な道が続く。大きな白い家々の青味がかった灰色の屋根が、次第に低くなっていく。ここでは色彩は恥じらいながら、画一的な風習の中に隠れてしまう。

石だらけの壁の穴に毒へビが絡み合っているのを見つけた。男どもが強がって、面白半分に棒で突っつくと、ビルマとルソー夫人は怖がって悲鳴を上げる。私は自尊心から一言も声を出さなかったけれど、別に面白くもなんともなかった。ビルマが叱っても、ポールはへビをからかうのを止めない。そこで私が口を開き、胆試し大会はお開きとなった。さあ、前進《アナヴァン》。

ルソー夫人とポールと私は一列縦隊になって進む。上のほうから、絶え間なく喋り続けるビルマのかまびすしい笑いとルソーの男性的な野太い声が聞こえてくる。ポールは動物の生態について話してくれた。常に追われる哀れな野生の山羊、絶滅しかけている猪、気ままに振る舞う巨大な熊、まるでレジスタンスみたいに脅され、森の中を永遠に逃げ回らなければならない動物たち。そこで彼に、あなたはなぜ狩りをするの、と訊いてやった。すると彼は、隅から隅まで矛盾だらけの説明を長々としながらこちらへ引き返してきた。彼によると、狩猟は男性本能を呼び覚まし、人と獲物を近づけ、犠牲者と加害者は獣性を備えていることにおいて相通じ、好ましい隔世遺伝やＤＮＡに組み込まれていた快楽欲求本能が甦るのだそうだ。ルソー夫人はすっかり感心し、彼に向かって嬉しそうに微笑んだ。でも私は納得できない。それは殺すために殺すにすぎない。けれど、そういう考え方はいかにも彼らしい。ビルマから聞いたポール像と一致する。もうひとりのポールが存在するのだろうか。

七月三〇日

ついてない。またどしゃ降りだ。おまけに調子が悪い。愚かにも風邪を引いてしまい、頭は熱でかっかしているし、鼻は真っ赤だ。ムッシュ・ベレーがくれた絵葉書にばかばかしいことを書いて気晴らしをする。絵葉書に使われているのは古い写真で、でっぷりした女たちが黒いストッキングと鶏の尻の穴みたいな口をこれ見よがしにしているところが写っている。この機会を利用すれば私の独房に居座ることができるのに、ビルマはなぜかそうしない。夜になってその訳《ブルクワ》が分かった。ルソー夫妻とオロロンへ買物に出かけたのだ。彼女はえらく興奮しながら帰ってきた。学生運動の闘士だったころの威勢を取り戻した彼女は、医者――今はジャン＝ピエールと名前で呼んでいた――を褒めちぎる一方、妻のことはくそみそにけなした。だってそうでしょ、プエルトリコがどこにあるのかも知らないんだもの、と彼女は言った。そして、いくらか誇らしげな笑いを浮かべてこうつけ加えた。彼女、たぶん嫉妬深い女だわ。

私は答えなかった。口に体温計をくわえていたからだ。微熱があった。

七月三一日

……私はブラインド越しに眺めている。マレンが甦り、これまでにないほどまばゆく輝いている。その裸体が放つ光は、あらゆるものを包む。すっかり様子の変わった廊下を勝ち誇ったように歩くと、ドアが次々に開き、彼女を中に入れようとする。おお、情熱の闇を司る女神、マレン様。戸口からのあからさまな誘いを無視し、彼女は平然と歩き続ける。ひとりの男が彼女に近づく。私にはその顔が見えない。男は肺炎患者みたいに荒い息遣いをしながら、彼女の腰を撫で回す。彼女は誘惑に負け、声を洩らし、呻《うめ》く。その両手は男の背中から肩、首へと這い上っていく。そして彼女は抱きしめる、優しく抱きしめる……。

ポールの母親が朝食をベッドに運んでくれた。ひどい風邪だ。ついに息をするのが苦しくなり始め、木造の家に住んでいたころの子供みたいになってしまった。ビルマはジャン＝ピエールに聴診させようとする。そんな厚かましいことは頼めない、彼は休暇中なのだ。けれど、彼女があああだこうだとしつこく言い張るものだから、とうとう私は折れた。

ジキル博士は私に喘息持ちかどうかをたずねると、胸の周りや背中に冷たい聴診器を当てた。ビルマは衣装戸棚にもたれかかっている。恥骨のあたりを突き出し、体にぴっと張りついたセーター、消防車みたいに赤い唇。私は遠くからでも彼女の症状が見抜ける。彼女は男をものにすることにかけてはプロだし、それを隠そうともしない。ジャン＝ピエールは診断を下した。この天気が原因です。彼は、異なる生活環境への急激な適応がもたらす結果について論じる。風邪にもかかわらず、アンテナを立ててあったので、私は鏡に映る二人が紛れもなくボディーランゲージを交わしているのをキャッチした。ショッキングなことに、ビルマは私の隣りに横になる。ジャン＝ピエールはベッドの縁に腰を掛ける。二人は目と目で互いをまさぐり合う。ああ、なんということだ、他ならぬこの場で、どうすることもできない客の死体の上で、お楽しみが始まろうとしているのだ。私の予想は先走りするが、はずれてはいない。ビルマは彼の手から聴診器を取ると、御開帳したまばゆいばかりの南国の胸に自分でそれを押し当てた。私はどきどきしながら目を開けたり閉じたりした。

八月一日

吸入器のお蔭で具合はいくらか良くなったけれど、抗生物質のせいで体が衰弱している。それに喉が痛い。ベッドでは体を8の字の形に丸めて寝ている。トイレに行く途中、ポールと鉢合わせになった。私は彼の母親に借りたとんでもないウールの寝間着を着ていた。この格好が彼のマザコンを刺激したことは明らかだ。可哀そうに《ポーヴル・プティト》、と言って彼はいかにも優しく私の髪を撫でるのだ。こちらの体調の悪さにもかかわらず《マルグレ》、撫でられる感触は伝わった。鳥肌が立ち、私はその場から名誉の退却をした。

一日中寝て過ごす。ビルマがクレープとヨーグルトを持ってきてくれた。ここにいるのもあと一週間だ。囚人みたいに日数《ひかず》を数え始める。

八月二日

天気が良くなりそうな兆し。青空がところどころ顔をのぞかせている。

太ってきた。ここでは肥満は罪にならないが、プエルトリコだったら街のファン・クラブの半分を私は失うことになるだろう。それに顔が青白くなった。美顔クリーム〈磁器の肌〉を常用しているママなら大喜びのはずだ。

医師夫人はポールのお母さんの手伝いをしている。鍋で煮ているマルメロのジャムのいい匂いがあたりに漂っている。日向ぼっこをしようと階段に腰を下ろした。すると隣りにポールが座ったのでびっくり。郵便局に行かないかい？　いつもの「ボンジュール」の後にそうもちかけられ、私はほどほどの恥じらいと礼儀正しさを示しつつ、その誘いに乗ることにした。何枚かの絵葉書とコートを取りに二階に上がり、それから下に降りると、ポールはもう車のエンジンをかけていた。偶然だろうか、彼の母親が窓からこちらを見ていた。

ほんの短い散歩のつもりが、高くついてしまった。ポールはビルマのことを話したがっている。彼によると、ビルマはすっかり人が変わり、まるで思春期に戻ってしまったみたいで、嘘をついたり、作り事を言ったりするのだそうだ。彼は私から情報を聞き出そうとしている。曰く、君たちはよく話をするね、長いつき合いなんだろう、だったら彼女は君に何か喋ってるはずだ、何言ってるの、もう手遅れよ、でも私は黙っていた、口をつぐんでいれば余計なことは言わずに済む、そうやってとことん女の連帯を守った。私たちはベドゥで手紙を出した。その後で彼は、どこかへ寄って軽く一杯やろうと言った。きっとビルマは人のいない部屋の隅でお医者さんごっこに勤しんでいるにちがいないという考えが、ふと心をかすめたけれど、彼女の夫と出歩くのはなんとなく後ろめたい気がする。ポールはビルマの話を続ける。曰く、あいつはここに全然馴染まなかったんだ、いつもぴりぴりしていて、機嫌が悪く、たまにはしゃいでも、どこか不自然なんだ……。

意見を言わずに済むように、私は間の抜けた笑いを浮かべながら、窓の外を見ていた。不吉な言葉が繰り返し頭の中で響く。「彼女は嘘をついたり、作り事を言ったりする……」。

八月三日

ありとあらゆる感情が、体に良くないごった煮料理みたいにごちゃまぜになっている。この家で生じている「非公開《ユイ・クロ》」の事態に比べれば、ぱっとしないサルトルの三角関係なんか子供の遊びみたいなものだ。私の学友、勇猛果敢な超才女、仲間のうちで真っ先に車の免許を取った、一九七二年度ミス・信頼できる女性は、虚言癖の女ドン・ファンに変身し、涼しい顔で親友のはずのこの私に迷惑をかけるつもりなのだろうか。

午後、ビルマが泡のお風呂につかりながら、いかにもフロイト的なテーマを持つ懐かしのボレロ（「すべてをあなたに」、「よくない噂」、「人目忍んで」――彼女にぴったりだ……）からなるコンサートで人の鼓膜に被害を与えていると、姑が家から出てきて、庭にいた私のところへやってきた。こちらは見栄を張って日光浴をしようとしていたのだが、彼女は私をお茶に誘った。やけにイギリス的なその誘いには、もちろん下心があった。それも深い下心が。それで分かったのだが、ルソー夫人は彼女にぐちをこぼしていた。にっこり笑ってウインクするんですよ、私の体の赤道の下にほくろがあるんだけれど、これって、先生《ドクトゥール》、良性なの、それとも悪性かしらなんて訊いたりして、盛んに挑発するものだから、名高い医者なのに夫は夜、ちっとも眠れないんですよ、普段は木偶《でく》の坊みたいにぐっすり眠るのに……。なんのことはない、古典的な嫉妬の物語ではないか。ただし変わっているのは、十分正当性が認められることだ。なぜなら、私自身が個人的に知っていることから判断すると、問題の嫁が種を播いたことは確かだからだ。ヨカスタ夫人が私の前であえてビルマを非難したりしなかったので、助かった。ビルマを弁護するのに必要な勇気と詭弁を弄する才能が私に備わっているかどうか、疑問だったからだ。ビルマと話をしてほしい、と夫人に頼まれた。もちろん、夫人の名前は出さず、私のこととして……。

なんとも危なっかしい状況だ。破局に向かいつつある夫婦のいる家に人質になった、愛情のもつれから抜け出したばかりの世話の焼ける女流作家、その家には神経の切れかかったもしくはすでに切れてしまった同郷の女性、捕えた旅行者に迫る既婚の狩猟家、聴診器を手にアバンチュールを求めてうずうずしている医者、コンプレックスと嫉妬の固まりの医者の妻、お節介な姑がいるのだ。ベルトラン・ブリエなら命を引き換えにしてでも映画を撮りたいと思うはずの、このやりたい放題、自由競争の共同体の中でただひとり、ムッシュ・ベレーだけが平然として、精神的バランスのとれた人物像を保ち続けている。

私はこう答えるべきだった、できません、それはビルマとポールの問題だし、所帯を持った子供とは別に暮らせだとか、靴屋は自分の靴のことにかまけろ、と言いますから。でも、タクシーの運転手ならよく分かっていることだけれど、理論と実践は別なのだ。だから、わざと穏やかな調子でこう答えただけだった、この種の問題はとてもデリケートですから、私がしゃしゃり出たりするとどうなるか、お分かりいただけると思いますが……。そして、カルメン・ミランダ風に頭にタオルをしっかり巻いた映画スターが浴室から出てきて、デンバーズ夫人とぐるになって私をひどい目に遭わせるといけないので、毒を盛られている可能性など考えもせずにお茶を飲み干すと、鶏が三回鳴く前に庭に戻った。

V

なぜ日記をつけるのをやめたのか、自分でも分からない。生きるのに忙しい者はあまり書かない、とかそんなところだったのだろう。日記がここで終わっているので、続きを書くことにする。時間が経っているために、クールな調子にならざるをえない。

その晩、私は早めに床に就いた。ポールが自分たち夫婦と文字札を使った単語ゲームをフランス語でやろうと執拗に言い張ったお蔭だ。米国《グリンゴ》の連邦裁判所法廷に立った被告のプエルトリコ人女性みたいな気分を味わいながら二階に上がり、私のお気に入りのストレス解消剤、スティーヴン・キングと一緒にベッドに入った。何時まで読んでいただろうか。ほんのしばらくうとうとしたと思ったら、階段がきしる音がして、眠りを妨げられた。時計を見ると三時だった。私の中に住むミス・マープルは、足音が下って行くのに気づいた。すると間もなく、庭に面した扉が錆びついた音を立てるのが聞こえた。犬たちは吠えない。ということは、夜遊びしているのは知っている人間だ。私はガラス窓のそばに行き、目を凝らした。夜明け前のこんな無愛想な時間に、ピレネーの冷え冷えとした夏にあえて立ち向かおうとしているのは一体誰なのか。

ルルタビーユの冷酷な推論法を適用する暇はなかった。人影のもったいぶった歩き方が、彼女であることを明らかにしていた。なんと、ベビードールのネグリジェを着たビルマが、夜中に独りで歩いているのだ。孤独な散歩者《プロムヌール・ソリテール》との夜の逢引き《ランデヴー》だろうか。これは私には少しばかり刺激が強すぎた。エスタブリッシュメントのタブーを打ち破る用意のある人間にとっても同じだったろう。もしも彼女が、いびきをかいている夫と眠れぬルソー夫人からわずか数分しか離れていない場所で、先生《ドクトゥール》とよろしくやるつもりでいるなら、完全に失敗だった。たぶん血の雨が降ることになるだろう。私にはこんな光景が見えていた。ビルマとジャン゠ピエールが、二つの家の間の路地で祖先同様大股開きをしているか、埃《ほこり》だらけの車庫の床の上を転げ回っているところだ。その凍てつくエデンに棲む蝮《まむし》どもを気にすることもなく、気の利かない蛍の光に照らされた二人は、カービン銃を構えたポールが忍び寄ってくるのに気づかない。超スローモーション画像の中で、寝取られ男は気を落ち着け、銃の狙いを定めると、引き金を引くタイミングを待っている。一方、この私はヒッチコック風の窓から、ビルマの最期を黙って目撃するのだ。

けれどビルマは、あまりに血腥い運命に遭遇するために出かけたわけではなかった。彼女はそのまま歩き続けると、教会に向かう上り坂の途中にある禁じられた車庫のすぐそばで立ち止まった。ポールの車で逃げるつもりなのだろうか。夫を彼の実家に置き去りにして、いやというほど敗北感を味わわせようというのだろうか。それにしても――ここがもっとも権謀術数に長けたところだが――ネグリジェ姿でとは。

坂道を唸りながら上って行く車の音が聞こえたとき、大騒動、五ツ星のスキャンダルが起きることを想像した。そして私はどうなるのか。頭に浮かんだのは、眠れぬ夜を過ごしたあの部屋に死ぬまで永久に閉じ込もってしまうことだった。私は沈黙の誓いを立て、場合によってはハンストに訴える。さもなければ、そのあたりを毎日午後になると行列を作って歩く羊の群れに、皮を一枚被って紛れ込み、派手な脱走を企てた後、プエルトリコ大使館(どこの?)に保護を求めるのだ。

だが、ブライアン・デ・パルマの結末《デスマン》のように、ビルマは逃亡しなかった。比較的長い間そこで星に向かって独り言を言った後、元気なく回れ右をすると、ノスフェラトゥの城の中へ戻ったのだった。

私が解放されるまで、あと二日だった。かなり遅く起き出すと、下の瞼が足で踏めそうなほど垂れていた。一時間ほど浴室にこもり、恐ろしく古い「ヌーヴェル・オプセルヴァトゥール」にざっと目を通しながら、この「休暇」から賜ったコンクリートの便秘を耕した。それからお化粧でもって、戦禍の修復に努めた。

ビルマや義母もそうだけれど、とりわけポールとは絶対二人きりになりたくなかった。だから、もうじきお昼というころを見計らって堂々と一階に下りて行った。すると、まるでなんとかいう女神への捧げ物みたいなご馳走の山が目の前にあった。どうやら私のために用意したらしかった。聖家族の肖像は完全で、父、母、御子が揃っていた。ビルマは病気療養休暇中とのこと。ただ彼女のいない椅子と裏返しになったお皿だけが、この集いがうまくいかなかったことの物言わぬ証拠となっていた。そのとき、みんなが私に言葉をかけた。神々しい三人の人物は、文字通り私の上に飛び掛かってきて、私をレジスタンスのヒロインのように迎えてくれた。そこで私は待たれていた人物の代役を演じて楽しんだ。私は彼らのフラストレーション用の柔らかいパンチング・ボールだった。彼らは料理を取ってくれるわ、ちやほやするわ、とにかく下にも置かないもてなしぶりだった。どんなことにも耐えることができ、社会に対して素直だというので、私は今日、新たな嫁とみなされた。嫁のスペアというわけだ。

反逆の天使は部屋の中を歩き回っている。私たちは、天井板がかすかに抗議の音を立てているのに、聞こえないふりをして食事をした。

昼下り、失われたジグソーパズルの断片がまたひとつ見つかった。医師の車がないのだ。空っぽのアパルトマンの窓の巨大な「貸間《ア・ルウエ》」が、何が消えたかを告げている。

ビルマは一日中下りてこようとしなかった。それしか知らなければ、私は素知らぬふりをしていただろう。夜、夫婦の部屋のプライバシーに踏み込んでやろうとしていたら、ポールの手中に陥ってしまった。私たちは階段ですれ違ったのだが、彼は彼女が拒否した夜食用のスナックで山盛りのトレーを持ち、私は間抜けを装い、〈何も見なかったわよ〉という顔をした。

「彼女、良くなった?」と私は、町の阿呆を演じながら訊いた。

「食べたがらないんだ」と彼は、善良な夫の役を演じつつ答えた。

私はちょっと試してみた。会えるかしら? よした方がいい、明日ならたぶん大丈夫だろう。この「たぶん」(つまり「プテートル」、この場面の会話はすべてフランス語なので)が私には引っ掛かった。彼女は私が飛び立つ前に出てくるつもりじゃないのだろうか。私はそこに紛い物の香水の匂いを嗅ぎつけた。それが遺体ででもあるかのようにトレーをじっと見つめたまま、いつまでも階段にいるわけにもいかないので、ポールは暖炉のある広間で写真でも見ないか、と私を誘った。正直に告白すると、自分のろくでもない生活を構成しているありとあらゆるプチブル的慣習以上に私が嫌っていることがあるとすれば、それはアルバムの写真を見ることだった。けれど、好奇心とおそらくは自分たちが初めて目と目で睦言を交わし合った場所へもう一度行ってみたいという密かな願望に、私の首はフルネルソンで完全に決められてしまった。

火の気のない広間は違って見えた。壁はずっと汚ないし、肘掛け椅子のカバーは時の経過によってはるかに色褪《あ》せていた。ローマの支配による平和《パックス・ロマーナ》の中で、雰囲気は静的かつほとんど敵対的でさえあった。ポールはぶ厚いアルバムを脇に抱えて戻ってきた。私はため息を吐くと、ほっぺたのふっくらした赤ん坊や白いドレスを着た清純無垢な乙女たち、ソファーの両端の間に罠に掛かったみたいに座っている一族郎党の行列が延々と続くのに備えて、心の準備をした。ポールは急いでつけたアフターシェイブ・ローションをぷんぷん匂わせながら、私の隣りに腰掛けると、ばかでかいアルバムを私のスカートの上に置いた。でも、実を言うと、私の体には指一本触れようとしなかった。

私はページを繰り始め、型通り長いポーズを置いて、アルバム愛好協会推奨のコメントを加えようとした。ところが、このアルバムは普通のとはまるっきり違っていた。ポールは壁を死んだ動物で埋め尽すだけでは満足せず、哀れな猟の獲物が足を硬直させて死ぬ直前、死ぬ瞬間、そして死後の写真を撮るという極端な趣味に走っていた。野生の山羊、猪、禿鷲、あらゆる種類の鳥はもとより、何と熊さえもが犠牲となっていた。これは絶滅寸前の動物を保護する法律に対する真っ向からの挑戦を意味するものだった。

この屍体愛的陳列に私はぎょっとし、この件に関する判断をすべて停止しようと努めた。結局のところ、ハンターが自分の手柄の確かな証拠をトロフィーのように飾っておきたいと思うのは、ノーマルに近いことなのだ。人ではない、動物なのだ、と私は心の中で繰り返し、エコロジーを支持する気持ちの奥底で悲嘆に暮れながらも、既成事実となってしまったその大虐殺を必死で受け入れようとした。七ページ目にくると、手持ちのコメントはすでに種切れとなり、この動物を閉じこめたアルバムが私の精神衛生にいつまで影響を及ぼすのだろうか、と自問した。私の心の傷にまるで気づいていないポールは、旧石器時代の叙事詩的冒険のあれこれを、微に入り細に入り語って聞かせるのだった。最後のページが終わるとき、私は喜びの叫びを上げそうになった。しかし、その喜びは、最後の写真の攻撃を前に、喉元で岩塩に変わってしまった。8×10サイズのくっきりとしたモノクロ、光沢のそれに写っていたのは、野生の山羊の首だった。そして偽りの笑顔を浮かべた剝製の隣りには、趣味の悪いボレロの常套句を真似たように頬すり寄せて、目玉をむき出し、舌をべろっと出したビルマの茶目っ気たっぷりの顔が写っていたのだ。

私にはポールを見る勇気がなかった。彼は平然と話し続けている。けれどももはや私は彼の言葉を聞いてはいなかった。私はハンマーで頭を殴られたみたいに、ふたたび強い疑いに襲われた。一体真実は誰のポケットにしまってあるのだろうか。二人のうちより悪い《グァテペオール》のはどっちなのか。

私はなかなか眠れなかった。そして十五ラウンド目に睡魔にノックアウトされたとき、悪夢を見なかった。もはや必要がなかったのだ。

獄中生活最後の日は日曜日で、朝から素晴らしくいい天気だった。ピレネーの朝につきものの蚊帳みたいな霞もかかってはいなかった。階段でポールが母親と話す声が聞こえ、二人が下りて行くのが分かった。服を着るのにとんでもなく時間がかかったけれど、もう一度ブラウスを脱がなければならなかった。内なる闘争の現われである昔からの癖で、裏返しに着てしまったのだ。私は白紙を一枚取ると、そこにばかでかい字でこう書いた。

明日帰ります。

紙を切って二つに折ると、部屋を出て、それをビルマの部屋の扉の下からすべり込ませた。そして私のささやかな文学作品が侵入したことを知らせるために、軽くノックした。しかし、眠り姫は空とぼけておいでだった。

階段に漂ってきた本物のコーヒーの香りのする方へ下りて行くと、私が陰謀に費やしたエネルギーが無駄だったことを知った。偉大なるビルマが衛星生中継でそこにいたのだ。プエルトリコ時代の栄光に包まれた彼女は、あの気の滅入るような山羊とのデュエットからは何万海里も離れたところにいた。

義父母はミサに出かけ、ポールは発作的に親に尽くす気になり、二人について行った。ビルマは、あの寒い夜、私が到着し、彼女に島の香りを運んで来てやったときと同じく、楽しそうで優しかった。私たちは食器を流しに放り込むと、ブルーチーズにバターのサンドイッチを作り、革袋に赤ワインを詰めた。そして学校の生徒みたいに足並を揃え、ひんやりする朝の空気の中を歩き出した。私の友人はエネルギーと、不幸をミルク代りに育つ我が同胞にはあり余るほど備わっているあの生命力に満ち溢れていた。

「早足で歩くからそのつもりでね」と彼女は言ったものだった。「だって足がむずむずするんだもの」

そして二人は「緑の光」や「プエルトリコ人よ、さあ目覚めよ」、「生まれたての島」など、プエルトリコへ帰るための愛国的な食前酒となる歌を次から次へと歌いながら、歩きに歩いた。それから川へ下りて行き、そこでしばらく休憩し、ワインの革袋をやり取りしながら、無茶苦茶な時代の思い出話に花を咲かせた。ビルマとカローラは馬鹿みたいに笑い転げた。その笑いは、まったく責任がないか、間違いなく悲劇の真っ只中にいる者のみが共有できる笑いだった。男と女の暴力は止んだように見え、その吸血鬼の哀れな顔は夜明けによって隅に追いやられて隠れてしまったようだった。

楽しくなった勢いで、私は彼女に一緒にプエルトリコに帰らないかと言ってみた。そうするつもり、と彼女は答えた、折を見てね。彼女の言葉の重大性が、私の意識の中にじわじわっと染み込んでくる。ビルマは落ち着き払っていた。その圧倒的な落ち着きぶりは、すでに運命を選択した人間のそれだった。

夜のパーティーはムッシュ・ベレーが担当した。彼が記録的な長広舌をふるい、その中で第二次世界大戦のときに自分の身に起きた英雄的な出来事についてあれこれ話している間、夫人とポールとビルマはマルセル・カルネの古い映画を見ていた。

前の晩にすることはいつも同じだ。私はスーツケースやバッグを主題節のときの薬草の箱みたいに整えた。その晩私は、ナチ党員と寝るという裏切り行為を犯したために頭を剃られたフランス女たちの夢を見た。

別れはあっけなかった。私はスペイン経由でモロッコへ向かう二人のアラブ人労働者にはさまれながら、窓からビルマにアディオスを言った。ポールは『西洋文明便覧』の規則に忠実に、最後まで手を振り続けた。ビルマはもっと原始的で、列車が走り出す前に立ち去った。

感動を数限りなく経験してきたベテランの私は、座席にどっかり座り込んだ。現われない信号を待つみたいに、曖昧な景色をじっと見据えた。国境で、車輛交換を利用して、スペイン語の新聞を買った。

Ⅵ

私は爆竹や軍隊の行進に迎えられることもなく島に帰ってきた。もとのように、人に見られないで呼吸するのに慣れるために、二、三日かかってしまった。授業を始めると、学校から家へ、家から学校へというリズムが戻ってきた。私の〈ワースト・セラー〉の生活は、退屈なコースを歩み続けた。ドニャ・フィニからは新しい情報が全然来ない。

目の回りそうなペースだけれど、ビルマのことが頭から離れなかった。ラテン的聖母像を様式化したような彼女の姿が、夢の中で私を苦しめた。やっとのことでわずかな時間を見つけ、彼女に手紙を書いた。質問や忠告、これまで彼女に言えなかったことのすべてをしたためた、長い手紙だ。これで私たちが別れて以来頭の中で肥やし続け、すっかり脂の乗った罪悪感をひと思いに葬り去れると思った。

五週間が過ぎ、六週間が過ぎた。ビルマが返事をよこすのに、これほど時間がかかることはなかった。亡命は彼女を時間に几帳面《きちょうめん》な人間に変えていた。怒っていたのだろうか。私の唐突な手紙を読んでがっかりしたのだろうか。それともボルドーに戻ってしまったのか。でもそれなら、郵便物は転送されるはずだし……。私はボルドーの住所に短い手紙を出して、すでに手紙を一通送っていることを彼女に知らせ、受け取ったのなら教えてほしいと頼んだ。

十月、最初の手紙が舞い戻った。請求書に交じっていた封筒はすっかり傷み、つじつまの合わない消印がいくつも押され、まるで人をからかうように郵便受の口から顔をのぞかせていた。「受取人不明《デスティネテール・アンコニュ》」という言葉がビルマの名前の上に赤で記されているのを見たとき、私は胸騒ぎがして、心臓が締めつけられた。

編集部注

一九八二年一二月初旬、著者は此の度我が社の「証言のテクスト」叢書の一巻として刊行されることになった本書の原稿を、編集部に持参されました。しかし同月三一日、友人数名と年越しを祝っている最中に、自宅の窓から何者かに頭部を撃たれ、他界されました。

すでにいくつもの団体が、当局に対してこの事件の徹底的な調査を求めておりますが、我が社も考えを一にするものであります。

セレモス書房

グリセルダ・ルゴ・フエンテス

(Pasión de historia, 1987)

III

都市・疎外感
性・恐怖の結末

醜い二人の夜

マリオ・ベネデッティ

マリオ・ベネデッティ（一九二〇〜二〇〇九）

ウルグアイのパソ・デ・ロス・トロス生まれ。ウルグアイのジャーナリスト、詩人、小説家。四歳で首都のモンテビデオに移るが、学校へ通ったのは中等教育の半ばまでで、その後は公務員、出版社の速記係、翻訳者などの職につく。一九五四年から六〇年にかけてはジャーナリズムを手掛け、週刊誌「マルチャ」の編集長をつとめるかたわら、記事や作品を発表しつづけた。代表作は、『モンテビデオの人びと』（一九五九）、『休息』（一九六〇）、『火をありがとう』（一九六五）など。詩、評論、戯曲、映画シナリオ、作詞などにも優れた作品がある。「醜い二人の夜」は、『死とその他の驚異』（一九六八）所収の一篇。

僕たちは二人とも醜い。それも一般的な醜さではない。彼女は頬骨が陥没していた。手術を受けた、八歳のときからだ。僕の口許のぞっとするほど醜い火傷《やけど》の痕は、思春期の初めにできたものだ。

僕たちの眼差しは、優しくはない。神の恩寵が罪ある人を義とするように、その光が身の毛のよだつものを美に近づけることもある、二つの光源などでは決してない。彼女の眼差しも僕のそれも、恨みに満ちている。そこには自分たちの不運に対する諦《あきら》めの色は、ほとんどあるいはまったく見られない。多分、それが僕たちを結びつけたのだろう。「結びつけた」というのは、もっとも適切な言葉ではないかもしれない。なぜなら、僕は、二人がそれぞれ互いの顔に感じ取る、根深い憎悪のことを今問題にしているからだ。

僕たちが知り合ったのは、ありふれた美男美女の出る映画を見ようと、映画館の入口で並んでいたときだった。二人はそこで初めて、共感ではなく、ぼんやりとした連帯感を抱きつつ互いを観察し合い、ひと目見た瞬間から、それぞれの孤独に気づいたのだった。列を作っていたのはすべてカップル、それも正真正銘のカップルだった。夫婦、恋人、愛人、老夫婦、等々。それぞれが手をつないだり腕を組んだりして、結ばれていた。つなぐ相手もない手をただ引きつらせていたのは、彼女と僕ぐらいなものだった。

僕たちは互いの醜悪さを、好奇心もなく、ぶしつけに、まじまじと見つめ合った。僕は自分の頰が歪んでいるのをいいことに、厚かましくも、彼女の頰の陥没に視線をやった。彼女は顔を赤らめもしなかった。彼女がタフで、僕の観察に対し、こちらの古い火傷の痕のひげが生えずてらてら光ったあたりを念入りに眺めることで応えたのが、僕は気に入った。

やがて僕たちは入場し、一列ずれた席に座った。彼女からは僕が見えなかったけれど、僕の方は、暗がりの中でも、彼女の金髪の生えたうなじ、生気に満ちた形の良い耳を眺めることができた。それは顔のまともな方の耳だった。

一時間四十五分の間、二人は、荒々しいヒーローと柔和なヒロインのそれぞれの魅力を堪能した。少なくとも僕はこれまで、美しいものなら常に賞賛することができた。その対象にならないのが自分の顔で、僕はそれを忌み嫌っているばかりか、ときには神さえ嫌悪する。それに他の醜男醜女、醜い人間の顔も嫌いだ。本当は哀れみを感じるべきなのだろうが、できない。実を言えば、自分の顔を鏡で見ている気がするのだ。ときおり自問してみるのだけれど、もしもナルキッソスの頬骨が陥没していたり、頬が酸で火傷していたら、あるいは鼻が半分欠けていたり、額に傷を縫った痕があったとしたら、例の神話はどんな運命を迎えただろうか。

出口で彼女を待ち、何メートルか肩を並べて歩いてから、僕は彼女に話しかけた。彼女が足を止め、こちらを見たとき、僕には彼女がためらっているように見えた。そこで、喫茶店で話でもしないかと誘ったところ、彼女はすぐにオーケーした。

喫茶店は混んでいたが、ちょうどそのとき席がひとつ空いた。人々の間を進んでいくと、背後で驚きの身振りや表情が生じるのが分かった。僕のアンテナは、奇跡的にも左右釣り合いの取れた普通の顔を持つ人々の異常な好奇心や意識されないサディズムに対し、とりわけ敏感に反応する。しかし今回は敏感である必要はなかった。なぜなら、人々の囁く声や小さな咳そして咳払いが僕の耳に聞こえてきたからだ。おぞましい顔は、たったひとつでも明らかに存在感を示す。だが、醜悪な顔が二つ並ぶとなると、それだけでまさしく調和の取れた一大スペクタクルとなるのだ。人はそれを、世界を共有するに値する美貌の持ち主たちのひとり(男性または女性)とともに見るに違いない。

僕たちは席に着き、アイスクリームを二つ注文した。すると彼女は度胸よく（これも僕は気に入った）、ハンドバッグから鏡を取り出すと、髪を整えた。あの美しい髪をである。

「何を考えてるんですか？」と僕は訊《き》いた。

彼女は鏡をしまうと微笑んだ。すると頰の穴の形が変わった。

「月並なことよ」と彼女。「とくに何ということもないわ」

僕たちは長いこと話し込んだ。一時間半経ったころ、長居を正当化するためにコーヒーを二つ追加注文しなければならなかった。そのとき突然気づいたのだが、彼女も僕もきわめて率直かつ辛辣に話してはいたものの、やがてその率直さは誠実さを突き抜けて、ほとんど偽善に近いものになりかけていた。そこで僕は思い切って核心に触れることにした。

「あなたは自分が世の中から追い出されたと感じているでしょう？」

「ええ」と彼女は相変わらず僕を見つめながら答えた。

「あなたは美しい人間、ノーマルな人間を賞賛している。できることなら、あなたの右にいる若い娘みたいな、バランスのよく取れた顔になりたいと思っている。あなたは知的で、彼女の方は、笑い方からすると、許しがたいほど低能だというのに」

「ええ」

彼女は初めて僕から目をそらした。

「僕だってそうなりたいと思う。でも、あなたと僕が、何かを得る可能性だってあります」

「たとえば？」

「二人が愛し合うとか、あるいは単に気が合う同士になるとか。どう呼ぼうと構わないけれど、とにかく可能性はある」

彼女は眉をひそめ、希望を抱こうとはしなかった。

「決して冗談だと思わないでください」

「思わないと約束するわ」

「可能性は闇にあります、完全な闇の中にね、分かりますか？」

「いいえ」

「分かってください！　完全な闇ですよ。あなたに僕が見えず、僕にあなたが見えない場所です。あなたの体は美しい、知りませんでしたか？」

彼女は顔を赤らめた。すると頬の穴が突如真紅に変わった。

「僕はすぐ近くのアパートに独りで住んでいるんです」

彼女は顔を起こすと、問い質すような目で僕を見た。そして何らかの判断を下そうと、必死で僕を眺め回した。

「行きましょう」と彼女は言った。

2

僕は明かりを消したうえに、二重カーテンを引いた。僕の隣りで彼女が息をしている。その息遣いは渇望を感じさせない。服を脱ぐのを手伝おうとすると、彼女は嫌がった。何も見えなかった。けれど彼女がじっと動かず、僕を待っているのが分かった。僕は用心深く手を伸ばし、彼女の胸を探り当てた。僕の触覚は、力強く刺激的な対象物を感じ取った。こうして、彼女のお腹、セックスを僕は見た。彼女の手もまた僕を見た。

そのとき僕は悟った。僕が作り出した、あるいは作り出そうとしたあの嘘を、僕は自分から（そして彼女から）取り去らなければならないと、稲妻のようなひらめきだった。二人とも本当は違うのだ。

精一杯勇気をふるう必要があったけれど、僕は実行した。僕の手は彼女の顔までゆっくりと這い上っていき、おぞましい穴を見つけた。それから、納得し、納得させるように、そっとそこを撫で始めた。実を言えば、僕の指は(最初はかすかに震えていたが次第に落ち着いてきた)、何度も彼女の涙の上を通ったのだった。

そのとき、こちらはまったく予期していなかったのだが、彼女の手も僕の顔に触れ、額の縫い目や忌まわしいトレード・マークのあのひげのない島、つるつるした皮膚を、繰り返し撫でさすったのである。

僕たちは夜明けまで泣いた。幸福な不幸者たち。やがて僕は起き上がり、二重カーテンを開けた。

(La noche de los feos, 1968)

快楽人形

サルバドル・ガルメンディア

サルバドル・ガルメンディア（一九二八〜二〇〇一）
ベネズエラの作家。一九四〇〜六〇年代にかけ、石油産業を基盤とする高度成長経済によって激変したカラカスの社会を崩壊のイメージで捉え、そこに住む労働者や中産階級の人々の鬱屈した日々を描く。長篇に『卑小な人々』（一九五九）、『住民』（一九六一）、『灰の日』（一九六三）、『悪い生活』（一九六八）、『泥の足』（一九七三）など。短篇集に、少年時代をノスタルジックに描いた短篇集『アルタグラシアの思い出』（一九六九）がある。「快楽人形」は、『二重底』（一九六六）所収の一篇。

僕が頻繁に勃起することと香《こう》のにおいの間には、まったく個人的な関係が存在する。ポケットの内側から僕の指が小さな一物を撫でさすり、それが少しずつ、ゆっくりと膨らみはじめる今この瞬間、あたりの空気はあの芳香に満ちていて、僕はそれを胸一杯吸い込んでいる。向こうの油染みた塀の向かいには、聖像や薬草、お守りを売るちっぽけな店が立ち並んでいて、どの店でも小さな火鉢でよい香りのする何かの種を焚いているのだ。

『快楽人形』、それが今日、すでに僕が知っている多くの本、まだ読んでいない、そしてこれから少しずつ手に入れていくであろう多くの本の中から選んだ一冊のタイトルだ。(ここはまた愛や魔術の専門書を売る本屋の屋台が並ぶ場所でもある)。別に表紙の絵が多くを語っているわけではない、というのも、ひとりの裸婦が大きなクッションに座り、香炉から立ち上る煙の柱を前にしているところが描かれているにすぎないからだ。それにもかかわらずタイトルは僕を惹きつける。そして今あるページを開けてみて、僕の選択が誤っていなかったことを知る。期待できそうな魅力的な一節がそこにあったのだ！

だがまだもう少し待たなければならない。そこで僕は、失業者や大声で喋《しゃべ》る汚らしい女たちで一杯の広場のあたりをしばらくぶらつく。やがて十二時になり、ビルというビルは穴のあいた革袋みたいに空っぽになっていく。さあ、いよいよ行動開始だ。うまい具合に僕は銀行の入口の前にいて、従業員たちが大理石の階段を下り、街中へ散っていくのを眺めている。いつもと同様、まず男たちが出てくる。上着を肩に背負った彼らは、冗談を交わし大笑いをすると、人ごみの中へ消えていく。続いて女性群が陽気に現われる。

成熟した肉感的な身体が二つ、手の届きそうなところで立ち止まると別れの挨拶を交わし、背の高い方は僕の目の前を歩き去る。彼女のお尻は開きかけたバラの花だ。さあ、今度は女の娘《こ》たちが一団となってやってきた！……だが僕には分かっている。彼女たちは一瞬僕を取り巻くとたちまち脇をすり抜けて行ってしまうのだ。僕はまるで遠心分離機の軸みたいに、彼女たちを引き寄せてから同じ勢いで渦の外へとふっ飛ばす。だからたった今、誰かひとりを選ばなければならない。

ただちに僕は、豊かな胸を揺すっている小柄な金髪娘に決め、後を追うことにする。あまり垢抜けしないが耳まで血色のいい健康的な彼女は、大きな腰を羽ぼうきのように揺すりながら、人ごみに向かって一直線に突進する。彼女の後ろで閉じる人波が僕の前進を妨げる。僕は追跡に疲れる。おまけに二ブロック先で、すべて台無しになる。喫茶店の入口で身なりのいい清潔な感じの男が彼女を待っているからだ。間違いなく外国人だ。僕は立ち止まり、ショーウインドーを見るふりをする。もっとも実際には、二人の話が一言でも聞き取れることを期待しながら、横目で彼らを見張っている。だが彼らの声は街の騒音に掻き消されてしまう。そしてすぐに彼ら自身も、あたかも突風に飲み込まれたかのごとく、僕が凝視していたもやのかかる一角から姿を消してしまう。目を上げると、年老いた女店員のとげとげしい表情に出遭う。

ひっきりなしに続く雑然とした人波は、目まぐるしく湧き出ては消える何百、何千という女たちを運び去る。僕はかすかに湿り気を帯びた美しい肉片を想い浮かべる。時折街をひと巡りしては、もう存在していないもの、ありえないものを追って走り出す。すると突然ただ独り、大きな空隙《くうげき》に囲まれている。追跡は終わった。哀れな廃人が何人か当てもなくあたりをうろついているだけだ。

寺院の入口をくぐるとようやく欲望は僕の裡《うち》で少しずつ薄れ、収まっていく。ここの腐食した円屋根の下で、騒音は大きくなり、そして小さく砕ける。そっと腐葉土の層を踏む、古くなった糞から香のにおい、人の汚物、焼けたスペルマと油のにおいが立ち上る。

　そこには金色に塗った木でできた小さな祭壇、いくつかの長椅子、円錐形の紫のマントをまとい、ブリキの矢と光線に貫かれた磨きたてのリンゴのような心臓を持つ悲しみの聖母の大きな像がある。僕はその像のそばに腰を下ろし、いきなり読書を開始する。僕は読んでいる本にひどく興奮する。そこではありとあらゆる身体の穴は絶えず鼓動し、登場人物たちは四方八方を駆け回り、吸盤みたいにくっつき合う。そのお追従は僕たちを喜ばせ、球根は香気と力に満ちて大きくなり始め、すべての生の流れはそこへ向かうような気がする。僕たちはたちまち真の大きさの分からないその磁気を帯びた先端に引き寄せられ吸収されてしまう。やがてそれは慈悲深い助けを少しばかり得ることで貯めていたものを放出し、そして長い死の時を迎えるのだ。

　そうだ、やはり僕は間違っていなかった。多かれ少なかれ味気ない導入部が何節か続いた後、仕事は始まる。放蕩者の王子、エドゥアルドと彼の房事を助ける堕落した元囚人、ブランチョンはすでに行動を開始している。次のページでは早くも貪欲な愛人エレナが登場する。彼女は贅沢な風呂につかったばかりで、当然のことながら一糸まとわぬ姿で寝床に横たわっている。何もかもが、大事件の到来を予感させる！『エレナは、侯爵夫人にしつこく奨められた新しい女中が、禁じられた愛の秘密に関してはおよそ細かいことにまで精通していることにただちに気づいた。女中の寛大な受身の態度に励まされ、また目の前の素晴らしい料理に心をすっかり掻き乱されて、熱く火照《ほて》った混血女《ムラータ》は完全に身を任せた。彼女はもはや好奇心と欲望に抵抗できず、二つの手が小さな炎のように、異教の彫像を想わす見事な肉体の上を這い回るままにさせた。

「エドゥアルド、エドゥアルド……」最後の瞬間、彼女は切れ切れに呻《うめ》いたが、もはや遅すぎた。彼女の肉体と絡み合った燃えさかる肉体の前で、彼女の力は無情にも屈服してしまった……彼女が目を閉じると、その腿は大きく開き、甘く厳しく責め立てる舌を迎え入れたのだった』……

小さな老婆が聖母像の前に立って祈りをあげる。頭の上ではスピーカーの凝固した声が息苦しそうに響く。『男性は右の扉から、女性は左の扉から』。老婆はまもなくいなくなり、僕は読書に戻る、だがもう邪魔されてしまった！……それにもう聖母像の前に立っている！　僕はスペルマのポリープで被われた彼女の剥き出しの足の甲に手を置き、小さな子供の頬のように撫でる。それからビロードのマントの内側に潜り込み、鋳型にはめられた冷たい金属につまずき、膝まで上り、さらに上まで上り、わずかにべとつく褪を越え、望んでいた場所に達すると、死んでいた部分をこすりつける。そしてそこで時間をかけて、小さなひびも残らぬほど充満した滑らかな、もっとも感じやすい箇所を掻く、聖母像はきわめて大きいので、僕の右手が務めを果たしているあいだに、左腕はマントの下の肩まですっぽり入る。

本堂の長椅子は、すべてが済んだ後で休むのに持ってこいの場所だ。街の動きが普通になるまで、僕はそこで一時間かそこらを過ごす。

無理して起き上がると、目の前にがに股の司祭が現われ、僕の肩に手を掛ける。

「おまえさん」彼は言う。「もしも慰めが要るのなら……」

「いいえ、神父様」

(Muñecas de placer, 1966)

時間

アンドレス・オメロ・アタナシウ

アンドレス・オメロ・アタナシウ(一九二五〜二〇〇九)

アルゼンチンのエンセナーダでギリシア系一家の次男として生まれる。兄は詩人、弟は戯曲家。大学で美術史や文学を講じるかたわら、「ラ・ナシオン」「エル・ディア」などの新聞や雑誌に記事を寄稿している。また年鑑や人名辞典への執筆が目立って多いあたりは、ボルヘスと書物の関係に見られるような、一種の知的フェティシズムを感じさせる。典型的な短篇作家で、『帰還、その他の短篇』(一九六二)、『サンドロあるいは孤独』(一九六三)、『生き残った遭難者』(一九七一)、『下弦の月』(一九七四)、『財宝の家』(一九八一)などの短篇集を出している。本書に収録した作品はすべて『財宝の家』に収録され、「時間」「運命」「浮沈」の三部のうちの第一部「時間」を構成している。カフカの影響を受け、ボルヘス、コルタサル、ビオイ＝カサーレスなどと同様ヨーロッパ文学を基盤としながらも、アタナシウの作品は、かれらとはまた異なる繊細な抒情性を示している。

庭師

ある透きとおるような春の日に、ハンスは窓のカーテン越しに外を見た。若い娘たちが三々五々、楽しげに、海岸に向かって大通りを進んで行く。朝風に吹かれ、幸せに満ちたあどけない眼のあたりに髪の毛をまつわりつかせながらパレードする若々しい肉体を見ていると、彼は、遠い祖先から受けついだ何かが血の中で騒ぐのを感じた。それは風に、渡りの時期と別の世界を教えられた鳥が、籠の中で身震いするのに似ていた。

もし、庭師が来るのを待っているのでなければ、彼自身、その行列に仲間入りしたいところだった。今しがた、谷に向かって傾斜した庭の、すっかり伸びた植え込みや、白い飛び石が芝で隠れ、はっきりしなくなった小径《こみち》を見たとき、ハンスの胸に古い悲しみがふと甦った。かつて彼は、夜、窓辺に立ち、もしや寝る前に誰か来るのではという期待を抱きつつ、最後に、闇に包まれた大通りのほうを見やったものだった。だが、尾根を越えてくる者はいない。電灯の光が、通りのあるあたりを白っぽく照らし出しているにすぎなかった。そこで彼は部屋の中へ引き返してくる。ベッドの脇ではクラーラがじっと待っているが、その様子は、期待しつづけたあげくふたたび裏切られたかのようだ。しかし、ハンスは、夜が白むころになるとまた、新たな希望に満ちて窓の外の景色に目を凝らすのだった。

そんなふうに、人里離れて暮らすのは辛かった。クラーラとハンスは、幸福を期待できる場所であるか否かも分からぬまま、坂を昇りつめたその場所で、酷《きび》しい孤独の中へ逃げこむことにしたのだった。かならず幸福が存在する場所など誰に想像できよう。だが、運命の浮沈とともに期待は色褪《あ》せ、時には金にも事欠くようになり、性格はしだいにかたくなになっていった。

それからは、草木の茂る庭だけがすべてのように見えた。薔薇の蕾《つぼみ》が開いて花冠が現われるころは、山並が作る灰色の背景に明るい色が塗られた。だが、孤独と寒さの月日の中で九月は短すぎる。彼らがなかなか来ない庭師を待っていたのはその九月のことだ。「ちゃんと約束したさ」とハンスは、自信がぐらつきだすといつもそう言った。「町で言われたんだ、今年、頃合《ころあい》を見てかならず来るって」クラーラは、黙って髪を撫でてやりながら、夫が諦《あきら》めるのを待つのだった。そうでなければ、危ぶみだした彼の気持ちをまぎらせようと、樫《かし》の老木が芽吹いてびっくりしたとか、石ころだらけの荒地に小川の流れた跡があるとか、農場や風景に関する目新しい話題を乏しい中から選んで話してやった。そんなときハンスは、連れ合いの語る話題より彼女の優しい心尽くしのほうを味わったものである。そうして二人は、ストーブの薪《まき》が長引く冬の寒さを払ってくれる部屋で、夜が更けるまでともに暮す喜びに浸るのだった。

「二人の気持ちを曇らせるものがあるとすれば、あの悲しみだけだわ」とクラーラは思っていた。ただひたすら尽くして、夫と固く結ばれることだけしか、彼女の胸にはなかった。彼女は時々、台所の窓越しに、下のほうの牧草の中から突き出たハンスの頭を見ていた。彼はしばしば地平線のほうを見やった。家に背を向け、はるか彼方の道に立つごくわずかな土煙をじっと見守る。それからまた、牧草地での辛い仕事に戻るのだった。だが、仕事に対する意欲を失い、牧草は立ち枯れ、張り合いのないものになっていった。

ハンスは何を言われても平気だった。庭師が来ないうちは、彼が耳にする文句はすべて一つのことにしか結びつかないのを、クラーラは知っていた。夜、なかなか寝つけないでいるとき、彼が頭をもたげ、かすかな物音に聞き耳を立て、懐中電灯を手に今にも玄関へ飛んで行こうとしているのが分かった。くたくたになってベッドに倒れこんだ日々のなんと遠くなったことか。あのころ二人はわずかな眠りで力を取りもどし、ふたたび愛を交わすことができたのだ。だが、青春は、彼らの肉体よりも心のほうから先に去って行った。労苦のためにハンスの顔つきが硬くなっていくのが分かるにつけ、クラーラの胸の痛みは募った。他の人間なら、まだ人生をあれこれ楽しく過ごしている歳《とし》だというのに、夫は心痛のために顔をしかめていた。その心痛がまだ見ぬ庭師の姿と結びついていることはまちがいなさそうだった。彼らが閉じこめられていた待つことの円環から脱け出るには、町へ出かけるしかなかったろう。しかし、ずっと昔に交わした楽しい約束の夢をあえて壊すことなど、どうしてできただろう。期待するほうがはるかに好ましかった。

十月は、長めの息つぎといった印象を残しただけで、あっという間に過ぎ去った。ハンスは日に灼けて庭から戻っては、翳《かげ》った台所に涼を求めて飛びこんだ。「暑さでアネモネが枯れてしまったよ」と彼はにがにがしげに言うのだった。彼には自分がこの夏の陽射しのために弱っていくのが、日増しにはっきりと感じられるようになった。あるかんかん照りの正午《ひる》のこと、彼はエニシダで縁どられた小径を戻っては行かなかった。失った力を取りもどそうと、ひんやりしたベッドに横になったからである。

　幾日も回復に努めているあいだに、彼は休むことにうんざりし始めた。クラーラは四六時中といっていいほど、彼に付添っていた。そして風が斜面から運ぶ白っぽい埃《ほこり》が、食堂の古びた家具や台所用品の上にたちまち積もっていった。ハンスは妻の世話や気遣いがつくづく身に染みた。クラーラは屋根裏部屋から、家庭用の薬と一緒に古い新聞の切抜きを持ってきて、たそがれの乏しい光をたよりにその黄色くなった断片を苦労しながら読んでやった。あるいはベッドカバーの上で、さいころを三つそっと転がし、苛立ったハンスが脚を動かして勝負を台無しにしてしまうと、子供みたいに彼に食ってかかったりした。その後、すぐに眠りについてしまうと夫が庭師のことを思い出す恐れがあったので、彼女は病人の頭を撫で、指で優しく髪を梳《す》いてやった。そして彼が眠ったのが分かり、今からは自分が、二人の幸福を阻んでいるあの待つというやっかいな仕事を引き受ける番だと思うと、彼女はほっとしてため息をつくのだった。

　夫が穏やかな寝息を立てはじめてからかなり経つ。まるでそうやって眠ることが、疲れた神経を癒やす確かな方法であるのを見つけたかのようだった。だが、目を覚ませば、現実のすべてがたちまちのうちに彼にのしかかるのだ。彼は、期待することがいかに自分を苛んでいるかという事実にさえ気づいていなかった。今すぐ夫を助けてやらねばならないことが、クラーラには分かっていた。そこで、彼が目覚めたときに、誰も本通りに面したドアをたたかなかったことを知らせても彼がひどくがっかりしないように、耳に快い理由をあれこれ独りで考えるのだった。そうした愛情のこもった気遣いにもかかわらず、ハンスの目は涙で曇ることが、彼女にはよく分かっていた。それでも、彼の悲しみを和らげるための努力を彼女は惜しまなかったし、自分が不幸な伴侶の待ち人のために毎日を送っているなどとは考えもしなかった。まれなことではあったが、独りきりになると、ハンスはまだ見ぬ庭師の姿をひたすら想像し、歓びと悲哀を同時に味わうのだった。

ある日、彼の身に意外なことが生じた。かなり遅くまで眠っていた彼は、目を覚ました。カーテンの透き間から見ると、日はすでに暮れかかっていた。そのときである。彼は予感がして、期待に胸を大きくふくらませた。「来たわ」驚きの色を隠すために、クラーラは普通の調子で言った。だが、それだけで十分だった。ハンスは、腕を突っぱり、やっとのことで身を起こした。そのとき影が一つ、窓をよぎった。そして、ゆっくりと足を引きずるような音がしたかと思うと、雲をつくような庭師が、戸口を覆わんばかりに、ぬっと現われた。

　ハンスは、悲しみの入り混じった安堵感を味わいながら、薄闇の中で、その驚くべき姿をゆっくりかつ丹念に調べた。倒すことなどおよそできそうにないその巨体は、黒いぼろをまとい、大きな頭と灰色の顔は、目深に被った黒い帽子の陰に隠れていたが、そこには窪んだ目が二つあるはずだった。男の体を足許まですっぽり覆っていた雨よけのマントが開くと、土色をした見すぼらしいシャツが現われた。そして男は、遅れていた仕事を今まさに果たそうとするかのように、大鎌の反りかえった、身の毛もよだつような鋭い刃で、ハンスの首の付け根に切りつけた。

　ハンスは力を失い、ベッドの上にくずおれた。クラーラは彼の強《こわ》ばった体に取りすがり、さめざめと泣いた。彼女の悲しみは幾夜も続いた。が、その後、時の流れとともに、ハンスのことも、彼の老いたる魂のことも、待っていたことが無意味であったという哀れな話も、人々の記憶から消え去ったのだった。

骨董屋

夜が白みかけるころ、彼は自分の部屋を出て、ゆっくりと階段を下りた。途中、いつものように、影たちの官能的な饗宴の真っ只中へ引きこまれるような、不安な気がした。階下の黒い海には、彼の識《し》っている奇妙な形が無数にあった。その上の、彼の白くなりかけた頭の高さには、吊り燭台《しょくだい》のよじれた腕があり、古びて固くなった大蠟燭《ろうそく》が神聖な構図を描いている。まもなく夜が明ければ、それらは、音もなく、落ち着いた薔薇色に染まるだろう。通りに面した飾り窓のガラスは、かつては透きとおっていたが、今は天井に近いところが曇っていた。夜明けとともに、そのあたりから射しこむ灰白色の光が、七宝細工に巧みに当たり、毛足の長い絨毯をほの白く染めるはずだった。

彼は家具類の間を通り抜け、入口の扉のそばに腰掛ける。毎朝きまって散歩する者には、窓ガラスにじっともたれている奇妙な丸い背中が表から見えた。もっともそんなことを彼に言いはしなかったが。骨董屋はそうやって一切の動きを止め、体から力を抜き、心静かに何やら瞑想に耽《ふけ》るのだった。そのあいだ、彼は微動だにしなかった。

するとテ店員がやって来て、すべての準備を整える。カーテンを開け、騒々しく窓を開き、テーブルの塵《ちり》をそっと払う。その後骨董屋は、子供みたいにまだひどく眠たそうにしながら奥へ行って座る。店は、みごとなまでに雑然と置かれた大きな家具が醸し出す、目に見えぬ落ち着いた雰囲気に満ちていた。

骨董屋は、店員の言うことをほとんど聞いていなかった。彼の悲しげな眼差しは何かに注がれていた。それが何であろうと、さして重要なことではなかった。あるときは、きわめて明るい黄色味を帯びていることで年代物だと判る、象牙でできた小さな像の珍品を飽かず眺めていた。また、おそらくは家を取り壊したときに、誰かが惜しんで救い出し、その後丁寧に洗われたコンソールのこともあった。そして今日は、壁際の古めかしい棚に載った、不揃いな一組の磁器がそれだった。

狭い棚の上にそのセットを見つけたとき、骨董屋は驚き、とまどった。下のほうの縁に、何かに当たってできた小さな掻き傷があり、滑らかでない地肌がのぞいているものもあったが、釉薬《うわぐすり》の下の小さな花模様は、年代ものにもかかわらず、色褪せていなかったからだ。

あたかも時そのものの手で不揃いのまま保存されてきたかに見えるその紅茶セットに

まつわる話を、彼はほぼ完全に知っていた。持ち主だった一家は、夜を徹して白熱した親族会議を繰り返した甲斐もなく、ついに破産を迎えたのだった。

ある晩、観劇から帰った夫人は（一家の財産を相当の値で処分する仕事を言いつかった執事の話によれば）、ガラス戸棚から先祖伝来の紅茶セットを取り出し、紅茶を淹れると言い張った。すると何か大変なことが起きたために神経質になっていた彼女の手から、二つの紅茶茶碗が滑り落ち、テーブルに当たってこなごなに砕けてしまった。彼女が心を取り乱したために、思いがけず、価値ある器が二つ失なわれたのである。その後も何度か似たことが起こる。そして何かあるたびに、小さな器のセットの運命は、行方を変え、新たな事件に出遭うことになる。広壮な屋敷で迎える冬の長い午後、相続をめぐる争い、ほの暗く静まりかえった部屋のことなどおかまいなしに、目まぐるしく遊びまわる子供たち。目にこそ見えないものの一家の歴史の一瞬一瞬が、磁器の紅茶茶碗の明るいくぼみに、白鳥のほっそりした首のように白く華奢《きゃしゃ》な取っ手に、感じとれた。職人芸が生んだその傑作を見た多くの人々の運命とともに、驚くべき数の偶然事、一家に生じたちょっとした、あるいはいつまでも続く不都合、戦乱、政変、そしておそらくははるか昔の人々の成功や幸運もしくは失敗さえもが、その小さな不揃いのセットを、骨董店の棚という（最終的な？）場へと導いたのだ。

老収集家は、そのセットが辿ったであろう長い道のりのあれこれを、今の時点から一つ残らず考えてみた。物語の空白の部分は豊かな想像力に訴えて補った。そして、たちまちのうちに今の状態に辿りついてしまうと、運命についてはごく最近のことしか語らぬ、目の前の紅茶茶碗をあらためてしみじみと眺め、何かもっと遠い昔のことに思いを馳せるのだった。職人の泥だらけの手が、ろくろの上で苦しみ悶《もだ》える湿った土を巧みにこね上げていくところや、窯《かま》の口のあたりで素焼の器に透明なガラスの光沢を与える仕事の様子が、彼には見えた。

彼は休みなく考えつづけた。それを止めるのは、くたびれ果てて寝床に倒れこむときだけだった。眠りは短く、夢を見なかった。それは若いころとは大きく異なる眠りで、死にそっくりだった。

こうして彼は、四六時中、関心をもっぱら自分に向けた。店の中の、彼を取りかこむ品々をじっと眺めては、自分が経験できなかったさまざまな歴史を追体験したいと強く願った。通りに背を向け、内にこもり、口をきかず、人を嫌った。日ごとに頑迷さを増し、今や美術工芸品を扱う商人というよりは、むしろ想い出の収集家となっていた。古くからの客も、彼の豊富な収集品を人一倍賛嘆してやまなかった人々も、自分の利益にほとんど興味を示さぬ商人の態度を訝《いぶか》り、しだいに店から遠のいていった。買う意志のある客を、なんとも奇妙な手を使って追い払ってしまうときなど、とても正気とは思われなかった。自分の収集品が一つ失なわれると見るやとんとん拍子に運んだ話の腰を折り、「それでは興味をおもちでないのでしたら」とか「ゆっくりとお決めになる時間がないようですから」と彼は言うのだ。買う気になっていた客は、呆気《あっけ》にとられてしまう。が、やがて出て行き、二度と戻っては来ない。そして店の真ん中には、空《うつ》ろな眼差しをした収集家が、内心ほくそえみながら、ぽつんと取り残されるという具合だった。

例の事件が起きたのは、彼が、馴染んだ品物の一つにぶつかったという感覚を確かに味わった、まれにみる決定的瞬間だった。最後の客は(店主が今何を望んでいるか知りもせず)すでに立ち去っていた。残っていた店員も、絨毯の上を音もなく滑るような足どりで歩くと、表へ出て行った。宵闇《よいやみ》の迫るころだった。

店の中はさらに暗かった。そのとき骨董屋は、数少ない、自分の生を真に象徴する形の群れが、目の前で輪郭を失なっていくのを見た。

彼にはもはや気力が湧いてくるのが感じられなかった。自分が相続したわずかな遺産のことから、大学でのぱっとしない勉強の記憶までが、さしたる苦痛もともなわず脳裡をかすめた。彼に属するものなど、何ひとつありはしないのだ。周囲にある、長い歴史の結晶にしたところで、例外ではなかった。それらは、老年を迎えた彼が、成行きまかせの下手な金遣いによって手に入れたものだった。

何かが決定的に終わること、そしてその終わりは苦痛をともなわないことが彼には分かった。むしろそれは、長い孤独の年月において皆無に等しかった、別の人生の始まりとなるかもしれなかった。

彼は軽やかな足どりで奥の部屋へ行くと、梱包の残りやいらなくなった包み紙を手当り次第大急ぎで集め、それに火を放った。

乱雑に積み上げられた廃物の山から白い煙が上がりはじめた。そばにしゃがみこんでいた彼は、熱い炎に奇妙な興奮を覚え、幸福感で胸が張り裂けそうな気がした。

「やったぞ！」彼はまだ分からぬ未来を漠然と感じながら、相変わらず分別を失ったような調子でつぶやいた。

炎は彼の姿を黄色っぽく照らし出すようになった。その炎の上で、彼は両手で自分を抱きしめるような格好をした。その馬鹿げた仕草には、何かを懸命に守るような気配があった。肌の温もりが失なわれないように、突然甦った思いやりによって、守ろうとしているかのようだった。顔は熱で火照《ほて》り、目には涙を浮かべていた。それは愛の涙に酷似していた。彼の潤んだ眼に、馴れ親しんだ珍品の数々が舞い踊るのがぼんやり映った。それらはゆっくりと輪を描きながらしだいに低くなり、すべてを貪欲に呑みつくすかに見える風と炎の中へ崩れ落ちていった。

そこで生き長らえているのは彼だけだった。そして今、彼は自分を縛りつけ、疲労させ、思い出すだけで吐き気のする一切のものから逃れることができるのだ。

その計画をはっきりと意識すると彼は元気づき、自分でも驚くほどの身軽さで跳び起きた。その痛ましい現在から、過ぎ去った青春時代へと人生をやりなおし、もっと幸福な道を進むことのできる正確な時点、まぎれもない現実のものとして彼がすでに知っている道、それが始まる決定的な時点へと、たちまち戻ることができそうだった。これまで失なわれていたすべての力が、突然彼の体に甦った。だが、表に向かって一歩踏み出したとたん彼はよろけ、一瞬爪先立ってこらえたものの、ついにその肥満した体は、板張りの床にくずおれ、二度と起き上がらなかった。彼の白髪頭のそばのごみ屑からは白煙が立ち上っていた。それはゆっくりと渦を描き、やがて見えなくなった。そして白っぽい灰の雨が、毛足の長い絨毯の光沢を少しずつ消していった。

新年

午前零時まで、あと一時間しかなかった。スナックバーのテーブルで夕食の仕上げにコニャックを嘗《な》めながら、バエスは多くの人間に歓びを大盤振舞するその一年の最後の日のことを考えた。

ほんのちょっと前まで彼は、事務机を前に骨の折れる決算の仕事をしていた。その後、市場にある地区の薄暗いレストランでつましく夕食をとり、そして今、その繁華街のスナックバーで三十分ばかり、若いころを偲《しの》び独りで楽しんでいるところだった。一瞬たりとも自分のために時間を割くことがなくなってから、どれほど月日が経ったことだろう！　その短い息ぬきは、昔の幸福だった時代を再現するにはほど遠かった。だが、店の者にいやな顔をされながらも、彼は果てしない郷愁に浸っていた。そんなふうに、過ぎ去った年月のことを考えることなど滅多になかった。彼が過去のことをそれほど思いかえさないとすれば、それはことによると自分の人生にあまり満足していなかったからかもしれない。ふだんならおそらく、彼の心を掻き乱そうとする亡霊どもを難なく追い払っていただろう。しかし、今日は普通の日と違って、街は早くから静まりかえっていた。まもなく通りには人っ子一人いなくなるだろう。人も知るように、新年は、家の中で親しい者同士が抱擁し合うことと、厳かな気持ちで告解することから始まる。食堂ではこうこうと明かりが輝き、パーティー用の刺繍入りのテーブルクロスの上から夜は追い払われるのだ。ところが、その薄明かりの点《とも》ったスナックバーでは、彼自身が厄介者になっていた。彼はボーイたちに白い眼で見られていることに気づいていた。彼らは、家へ帰ってお祝いをしなければという宗教心に似た気持ちに駆られ、早く看板にしたがっていた。

彼は店を出た。汗ばんだ額に夜風が当たる。そのとき初めて、彼ははっきりと不快感を覚え、疲労を感じた。彼はたちまち街の寂しい雰囲気に包まれた。いつもは人通りも多くにぎやかなのだが、今は夜のしじまの中にあった。

暗い街角に立つ女のために、寂しさはいや増した。バエスは歩道の縁まで行くと立ち止まった。彼の裡《うち》で、にわかに湧いた欲望と子供っぽい臆病さが交錯した。彼は初めからやりなおしたい、騒々しい色恋沙汰を、若かったころ夜になると熱心に、へまを繰り返しながら物色して歩いたあの楽しみを、もう一度味わってみたい、とそんな気になっていた。

とくに考えることもなく、よく見もせずに彼はその女に近づいた。そして、出し抜けにこう切り出したのだが、その言葉もまた唐突さをまぬがれなかった。

「……今夜みたいな夜に独り者同士が出会うなんて、やけに寂しい話じゃありませんか。他の連中の歓びが、我々には苦痛にさえ感じられる……」。バエスは、自分の支離滅裂な独白の言い訳に、世間の人々の気持ちが理解しがたくよそよそしいために自分がいかに孤独かということをそれとなくにおわせた。だが、彼女の顔つきがあどけなく親しげだったので、彼はびっくりしてしまった。それは何かしら、火のそばでの子供たちの声と昔話に満ちた集まりを想い出させる、そんな顔つきだった。

彼は、彼女の明るい瞳と、月の光を浴びて輝いているむき出しの腕に目を留めた。今しがたの声のかけ方は確かにぎこちなかった。それは、街でその種の口をきくのがうまくないからであり、おそらく、向こう見ずな冒険《アバンチュール》をするような歳《とし》ではないからだ、と彼は自分に言いきかせた。とはいえ、夜が幸いして、彼の声に似て寂しさに翳《かげ》りを帯びた声が返ってくるだろうと信じていた。

「……いつもと同じ夜だわ、男の人たちは相変らず冒険《アバンチュール》に精を出しているし」そう言って彼女は、失望の色を隠すように微笑んだ。その声には長年にわたる憂いがこもっていた。

二人は大通りに沿って歩いた。だが、彼が出会った直後に感じたあの歓びは、たちまち激しい幻滅と苦い悲しみに変わった。彼女の家は街はずれにあり、夜更けの今、夫と子供が彼女の帰りを首を長くして待っているのを知ったからである。バエスは、自分の夢を奪い自分をふたたび独り身に突き落とす、その楽しそうな家庭を想像してみた。彼は新年を迎えた後で、新たな出会いを求めることはしたくなかった。別れ際、彼は自分の青春に別れを告げるかのように、彼女の力のない手を握った。そしてプラタナスが不機嫌そうな葉音を立てる大通りを遠ざかったのだった。

＊＊＊＊＊

ぽつんと置かれたベッドの脇で、彼女はバエスの悲しげな表情、そして二人の話が終わるころ彼の顔がふたたび悲しみの色を帯びたことを想い出した。その大晦日の夜、彼女は自分の名さえ告げぬまま、彼と出会った暗い街角へとしかたなく戻ったのだった。

彼女はなぜか、今、自分の孤独が深まった気がした。自分の安アパートの部屋が静まりかえっていることが、いつになく辛く感じられた。昼間、気が進まなかったためにまだ整えていなかった粗末なベッドを、部屋に一つしかない明かりが照らしていた。自分の生活があまりに暗かったので、彼女はあのときあの見知らぬ男の前で、自分が決して味わったことのない幸福をでっち上げるしかなかったのだ！　世間のしきたりにしたがって、彼女もまた、その落ち着かぬ夜を違ったものにしたかったのだ。幸福をつかめる見込みがもはやなかったので、彼女は、バエスを母親のように受け入れてやり、彼の夜に活気を与えてやったのだ。もしあのとき、自分の肉体というみせかけの現実を彼に提供していたとしても、それほど野蛮なことではなかっただろう。

＊＊＊＊＊

バエスは、ゆっくりと自分の家に近づいた。奇妙な恐怖感のために、足がなかなか進まなかったのだ。彼を容赦なく新年に向かって運んでいき、過ぎ去った時間はひとかけらでさえ留めさせないその道を、できることなら作りなおしたいと彼はしばしば思った。あっという間の幻滅に心を乱されただけだったにもかかわらず、彼はその大晦日の夜に、相変わらず何か優しさのようなものを期待していた。彼の住む街はあまりにありふれていた。アカシアの並木、郊外特有の星空、今は暗いがパーティーの晩には若い娘で溢れる玄関。

そのとき彼は、古めかしい扉の大きなブロンズ製の把《と》っ手をゆっくり押した。結局のところ、あっというまに家に着いてしまったのだった。内扉のガラスは中からの光できらきら輝き、タイル張りの床に唐草模様の影が映っていた。内扉を開けると、バエスの帰宅に気づいた幼い声が遠くから聞こえた。食堂に入ると、子供たちが彼の脚にまつわりついた。彼の妻は、年越し用に整えた食卓のそばにいて、すでに遅い帰りを咎《とが》める表情で待ちかまえていた。

彼は幸せに身を委ねて微笑んだ。だが、港で船の霧笛が新年を告げ、一斉に起こった笑いとともに乾杯が始まると、バエスは、長いプラタナスの並木道、尻《しり》切れとんぼになったその夜の冒険《アバンチュール》、そして急ごうともせずに帰宅したことを想い出した。一家団欒《だんらん》のさ中に、彼は、時期遅れの夢がはるか彼方へ去って行ったと思うと、しんみりした気持ちになった。

やっとのことで体を曲げた。窓の向こうに彼女の脚が少し見えるようになった。膝、それに短いスカートの裾《すそ》が見える。満員バスで立ちんぼだったので、彼女の顔を見るには、体をうんと曲げなければならなかった。だが、今は、彼女が流行の靴を履いているのを発見したところだった。足の指が見えるようなハイヒール。そしてわけても彼女の足取り、歩き方。歩道の縁へ向かって一メートル進むと、くるっと回って木の方を向いた。ごつごつしたプラタナスの木だ。彼女はそれに寄りかかりそうに見えたが、そうはしない。根元に近づいたと思ったとたん、歩道の縁のほうへ戻ってきて、立ち止まる。

偶然だろうか。予期していなかったことだ。赤信号の前で止まるバス。バスを待つ娘。あの脚。いつかおれの隣りを歩き、ゆっくりとむき出しになった脚と同じかどうか、おれには分からない。本当に同じものなのか。

おれは思わず身震いした。偶然だ。おれのものだったかもしれない何かが、今、逃げようとしている。いや、あれはおれのものだった。もはや、見かけだけでなく本当に遠くなってしまったのだろうか？　多分そうだろう。時間などというのは作り物であり、おれたちはいつだってそのことを直観で知っている。瞬間が広がり、ふくらみ、ついには何か奇妙なほどゆっくりとしたものになり、永遠となるということを、頭で、そして実際に知る前からそうだ。歓びを味わったりしているとき、たとえば、愛し合っているようなときがそれだ。

むき出しになる脚、だがその前に、まず数多くの言葉があった。必要な言葉、欠かせぬ言葉が。彼女そして言葉。彼女、いつでも彼女がいて、街がある。彼女が街角でバスを待っていたのを思い出す。確か、この街角、今、おれが外を見ようとしているこの満員バス、こんな午後のことだった。血が騒ぎ、十二月の太陽が燃えさかっていた。

彼女は待っていた。背中がむき出しの薄着姿だった。夏の初めに特有の、蒸し暑い日だった。若々しい腰つき、すらりと伸びた脚に、足の指が見えるようなハイヒール。おれは震えを感じた、今日みたいに。そのときおれはドアを探して出ようとした。だが、だめだった。多分、彼女とは目と鼻の先だったはずだ。しかしおれは、黙りこくり、じっと、自分に閉じこもっていた。空《うつ》ろな目で、しなやかな髪が螺旋《らせん》を描いてつやつやした肩にかかるのを見ていた。彼女は動かなかった。小さな渦巻が風に揺れていた。おれはやはり黙っていた。おそらく、街は碁盤の目のように仕切られていて、人はそれぞれ独房に住んでいるからだ。彼女とおれ、そして固く閉ざされ、孤立する、無数の牢獄。それをのぞけば、偶然しかない。不合理、無意味、人が高価な犠牲を払って、人生のもっとも困難な部分を買い求めた後の、運命からの贈り物だ。

そのときおれは、彼女が肩に痛みを感じて、その場所を手探りするのを見た。彼女は肩を撫でたものの、くるっと丸まった一筋の髪に触れることはできなかった。彼女は落ち着きを失い、足の位置を変えることさえした。おれは栗色の一筋を指でつまんでやった。彼女は突如おれがすぐそばにいるのに気がついて、おれのほうを振り向いた。

彼女はおれににっこりした。

「こいつだ」と言って、おれは、目に見えないくらいの髪の毛を、彼女に見せてやった。

彼女は何も言わなかった。そして、またアスファルトの道のほうを向いた。彼女は足の位置を変えた、今日と同じように。まるで、おれからどんな攻撃を受け、どんな悪態をつかれるか分からないので、知らん振りをしているように見えた。けれども彼女は落ち着きを取り戻し、おれのほうに向きなおると、人生という長い時間をかけるかのようにのんびりと微笑んだ。自分の青春を振りかえっているようでもあった。

バスが震える。通りを横切るためにふたたび動き出そうとしているようだ。だが、すぐに震動は止まってしまった。おれもまた震えたが、その震えはすぐに治まる。体を精一杯曲げて彼女を見たい気もするし、そうしたくない気もする。懸命に努力したおかげで、横向きに見えるようになる。二つの体にはさまれて顔はつぶれそうだし、突っぱった脚は折れる寸前だ。

窓の上のほうから、今は彼女の腰まで見えるようになった。服は初めてのとき着ていたのに似ている。あのとき二人はバーに行ったのだ。なぜなら、そこには言葉が大量に散らばっていたからだ。欲望を取りまき、それとなく滋養を与える言葉。自分たちが話した言葉を、人は独りでもって、いやになるまで心の中で何度でも繰り返す。言葉が、悲しみに満ちるにせよ幸せに満ちるにせよ、決定的なものとなったとき、おそらく人はその大きさと重さを測ってみるのだ。

しかしおれはちがった。おれはもっと若かった。幸福をつかみ、それを死ぬまで引き留めることができると信じていた。彼女が車で約束の場所にやってきたときがそうだった。古いスポーツカーだった。筋向かいの端からいきなり現われ、おれのそばまで来るとブレーキをかけた。髪が風で乱れたままになっていた。細く柔らかな栗色の髪を、彼女は華奢な指でしきりに梳《す》いていた。

捕えようがないほど毎日変化する彼女を見られるのがおれの特権だった。彼女のイメージはいつも違っていた。ただ、古めかしい愛し方しかできなかったおれは、彼女が常に変わらぬことを願い、その熱っぽい姿を凍結したい、彼女を時の流れに流されぬよう、引き留めておきたいと思った。それでも二人は、車を飛ばし街を出て、公園や遠くの森、砂浜をめざしたものだった。海岸に行くと、エンジンの唸りは海の上に広がる空間にほとんど吸い込まれてしまうのだった。そしておれは、しっとり湿った青草の上で、波打ち際で、わずかな木陰の下で、彼女を抱いた。そうしながら、おれは、愛の後のけだるさとおれの執拗《しつよう》な力によって、彼女がしおらしくなり、動きを鈍らせ、まるで罪を犯したように激しい歓びを告白するのを、もどかしく待った。そして毎日、すでに暗くなったころ、あるいは夏の陽射しがまだ肌をじりじりと灼く時間に、彼女と別れるのだった。すると車は稲妻のように飛び出し、後にはしわがれた哀れっぽい音が残った。だがその音も、やがて街のプラタナスの並木道に消えていった。

残ったおれは歩道の並木が作る影の中にいた。次の日までのことにすぎないのに、その〈明日〉までは、そのとき、あまりに長く果てしないものに感じられた。

彼女がふざけて、また独りぼっちにしようと、おれを砂浜の小さな柳の下に置き去りにしたときに似ていた。あのとき彼女は、黒いスラックスを穿いた細く軽やかな若々しい脚で、不意の気まぐれのままに、数メートル先で待つ車めがけて駆けて行った。そして、ドアを飛び越え、クッションの効いた座席にあっというまに収まったのだった。

おれは生き別れでもするかのように、必死で彼女の名を呼んだ。けれども、車は坂道を昇って行ってしまった。

今日だったか？　昨日だったか？　それともはるか昔のことだったか？　今、彼女の姿はだぶっている。おれはいまだに生きることに酔い痴《し》れ、うつつを抜かしている。さらに体を曲げようとする。なんとか顔が見えるようになった。だが、遠い昔の、髪をなびかせていたあの顔ではない。おれはあのとき、自分の恐怖を予感してこわくなり、両手をさしのべたことを思い出した。はるか彼方の坂道に何かの影が、突然、落ちてきたように見えたのだ。あれは彼女だったのか？　いや、彼女ではない。今、それが分かった。おれも砂の上を必死で走ると、土手を登り、日に焼けた道を飛ぶように駆けた。すると目の前に、折れ曲がりくしゃくしゃになった鉄の塊が現われた。それはアスファルトの熱気と炎と黒煙に包まれていた。

ついにおれは、バスの窓のほうに体を向けることができた。すると、おれのものではない別の顔、別の眼、別の口が見えた。おれはそれらの中に時を見た。すでに過ぎ去った、かつてはおれのものだった時だ。赤信号のため動きを止めていたかに見えた街が、ふたたび動き出し、ガラスの向こうを飛んで行き、おれから離れて行く。そして何もかもが、鉄塊となった車の中の形もわからぬ彼女の体同様、動かしがたい、決定的なものとなった。永遠に。街角には、一瞬の空しい夢の跡、甦ったばかげた願い、心の迷いの跡が残っていた。だが、決して戻りはしないのだ。もう二度とそのことを忘れはしないだろう。決して戻りはしないのだ。死からは。

帰還

列車の窓の外に現われては消える風景のように、私の人生に起きたことは、幸と不幸とを問わずはかないものだった。他の人々のように現実的な形では、私の青年時代あるいは青春の様々なイメージを記憶に留めることはできなかった。私は、過去に属するものに対しては近視眼的な、自己中心的な現在を生きた。あまりに現実的な利害に捉われていたため、自分を取りまくもののすべてが結局どうなったのかを知ろうとすることなど、まるで思いも及ばなかった。五十という歳を迎えながら、私は、相変わらずの調子で、かつては独特な喜びとともに味わった感情を、繰り返し味わっていた。そうすることによってのみ、その感情の中に、時にまぎれてはっきりしなくなった、そしてまったく観念的なものとしてまわりから切り離されてしまった、遠い先例を見出すことができた。それを知っている証人は私しかいなかったし、あの遠い響きという仕掛けでしかそれは判断できなかった。

したがって、その朝、ヘラーからの電報がどんな記憶も呼び覚まさなかったのも、当然のことだった。それにもかかわらず、電文の四つの語を読んだとき、私は驚いた。「ヨウジ　アリ　スグ　コラレタシ」。急いで目を通した私は、ヘラーは、いつかは不明だが、かつて、私が若かったころのことを言っているのだという結論を下した。私は彼の姿を思い出せなかったし、彼との間のどんな共通点が我々の疑わしい友情を保証しているのか、あるいは少なくとも、いかなる事実が我々の関係を示す目印となっていたのか、また期間はどのくらいだったのかということも、一切思い出せなかった。とにかく私は、午後一番の、ロス・ティーロス行の列車に乗ることにしたのだった。

眠気を催す汽車の旅を続けているとき、絵に描いたような田舎の村が現われると、目が覚めるような楽しい思いをした。村は清々しい憩《いこ》いへと招くように、線路に沿って穏やかに広がっていた。そのとき私は、何年も前になるが、ここみたいに街から遠く、茨《いばら》に囲まれた、静かな余生を送ることのできるような村を夢見たことがあったのを思い出した。さして重要でない事件とともにしばしば現われるイメージが、思い出とするに相応しい記憶の中に、どうして留まっているのか、私には分からなかった。というのも、先に述べたように、私は、自分の人生に生じた基本的な出来事という大事ですら、記憶に留められなかったからである。だが、おそらく、その思い出は、私の青春時代の決定的な傾向を体現していたからだろう。つまり、〈永遠に夢みる〉歓びのあの甘くほろ苦い感覚を愛する我々が、あえて実現しようとはしない〈願望〉なのだ。

それほど歩かずに、ヘラーの電報に示された住所を見つけることができた。庭園の真っ只中に灰色の屋敷がそびえ立っている。通り道に沿って鉄柵があり、表面のはげた煉《れん》瓦《が》の上に立ち並ぶ錆《さ》びた槍が人の進入を阻んでいた。庭園は、小径に生え出したばかりの雑草と、風がまだ緑の茎から吹き落としていなかった枯葉を別にすれば、手入れが行きとどいていた。

私はまず花が咲き乱れているのに驚いた。もっとも家の中にいたヘラーが意図したわけではなかったが。午後の風に揺れる背の高いヒナギク、真ん中がワイン色をしたヒナゲシの紫に近い花冠、びっくりした顔のようなダリア。そしてわけても、実に豊かなチューリップの群れだ。それは、朝、私が目覚めた直後に、母が私の仕事机に持ってきてくれることがあったあのチューリップに似ていた。見知らぬと言っていいそのかつての友は、どうやら私に会いたいがために、ずっと以前から今日に至るまで、私が昔から好きな花のメッセージを送りつづけていたかのようだった。私はそのメッセージが届いたみたいな気がした。かつて、ヘラーと私が、まだ互いの運命が同じであることを恐れなかったころ、繊細な花は二人が運命をともにしていることのシンボルだったのだろう。

それでも私は空想に身を委ねる気はなかった。そこで、何度も声をかけてみた。しかし、返事はなかった。だが、ついに右側に小さな戸を見つけた私は、花の予兆に勇気づけられ、思い切って中に入った。長い小径の端まで来たとき、若いころの記憶がしだいに甦ってきた。だが、ヘラーの顔も声もまだはっきりとは思い出せなかった。私は心の奥底に、不透明なベール越しのようではあったが、誰だかはっきりしない相手と会っている自分が見えた。その背後にはチューリップが咲き乱れ、野原が広がっていた。

小径を行き着いてみると、屋敷は親しいものに見えた。その小径は屋敷の周囲をまわり、最後は裏口で終わっている。そのあたりには、庭園に代って、古ぼけた小屋が立ち並び、何もいない囲い場があった。そのなおざりにされている様子は、表の土地の手入れの行きとどいた状態とは対照的だった。

てっぺんまで灰色のはねだらけになって転がっている、切り倒された木に象徴される、その古めかしい無秩序な風景を見ると、私は突然若返った気がした。ここにあるような、必ずしも人の役に立つとはかぎらない、ありとあらゆる放りっぱなしのものに、私はいつでも親しみを感じてきた。ヘラーの家は親しみが持てるし、嬉しい驚きに満ちている。今、私は、気がかりなど何もない、幸せな子供時代に戻ったような不思議な気持ちに襲われている。人生の荒々しさによって、幼い夢がまだ掻き消されていなかったあの時代に。

おそらくその素朴な手段こそ、奇跡を呼ぶものだったのだろう。そのときから、私の想像の中で、ヘラーが生きた存在となったのだ。私は、勝手に屋敷内へ入ったことも、こそ泥のように中庭を調べまわったことも、裏口から家の中に侵入したことも、忘れていた。黄昏《たそがれ》の薄闇の中で、私は、ヘラーの涼やかな顔、澄んだ瞳、私の青春時代のもどかしさをはっきり思い出させてくれるその温かな眼差しを見た。そのときから私は、思い出が単に彼の顔の虚像とならぬように、彼に会いたいとひたすら願うようになった。ヘラーは今、取りもどした私の青春を正確に表わす名前となったのだ。

私は、広間に面した大きな窓に近づいた。そしてガラスをたたいた。「出かけたようだ。まさか私がこんなに早く着くとは予想していなかったのだ」自分が間髪を入れずに出発したことを思い出し、そう思った。彼の帰りを家の中で待つほうが親切だという気がした。二人の古い友情によって、どんな不都合なことも乗り越えられるだろう。

先へ進もうとしたが、どうしても台所が見たかった。古い磁器の器が、つい先ほど紅茶を飲んだらしいことを示している。「ヘラーはこういう繊細なものを好んだ」と私は、光に透かして、材質の良さを確かめてから、独り言を言った。しかし、箪笥《たんす》の上に整然と並んだ道具類や余裕をもって入念に配置された家具を見ると、彼が独り住まいであることが分かった。その左右対称のきちんとした並べ方は女性のものではなかった。私は、若いころ、それぞれの独立性が損なわれないように、将来の計画をきちんと立てたことを思い出した。見たところ、ヘラーはその目的を達成したようだった。私には彼に同じことが言えないと思い、苦笑した。

広間に入ると、別の思い出が生き生きと甦ってきた。私は本の背表紙を片端から見てまわった。私たちが若かったころ好んだ作家の名前が全部そこにあった。どの一冊をとっても、私は自分の人生のある瞬間を、これまでになく正確に思い出すことができた。理想に燃えていたヘラーの言葉の一字一句が、胸に甦ってくる。夏の夜、空が白むまで話し合ったことを思い出す。

部屋の中はもう真っ暗だった。ヘラーもじきに戻るだろう。こんな暗闇の中で、甦った歓びに浸っているのは、賢明なことではない。そこで明りを点《つ》け、座って待つことにした。私は長いあいだ、広間の入口に背を向け、書斎の本棚を見やった。その入口の扉から、彼が戻ってくることは明らかだった。「帰ったら、一緒に昔のことをあれこれ話すことができる」。過去のすべてが、突然、楽しく生き生きとしたものになりそうに思えた。過去を取りもどせると考えると、私は、独りではとても味わいきれないほどの幸せな気分になった。おそらくそのために、私は何か新しいものがないかと、周囲を見まわした。あまりの嬉しさに、胸が痛くなりそうだと思いながら、彼がなかなか姿を見せない扉のほうを振りかえった。そのとき、その扉が奥の部屋に通じることを知って、がっかりした。

広間の中央の明かりが、暗い寝室の中に光の帯を作っていた。厚い絨毯、奥には緋《ひ》色のカーテンがかかっている。シャンデリアの光に照らし出された寝台の、枕許《まくらもと》のあたりを背にして、やつれたヘラーがもたれかかっていた。彼の美しい顔が、老いて弱った私の姿をじっと見ている。だが、その眼差しは、死者のものだった。

（Tiempo, 1981）

Ⅳ

夢・妄想・語り
SF・幻想

目をつぶって

レイナルド・アレナス

レイナルド・アレナス（一九四三〜九〇）

キューバ東部オリエンテ州オルギンの農村に生まれる。貧しく、飢えに悩まされる少年時代を送る。革命後の一九六一年、ハバナに移り住みハバナ大学に学ぶが、道徳・政治的理由で放校処分を受ける。『夜明け前のセレスティーノ』（一九六五）でデビュー。その後、同性愛者であることと反政府的な言動が問題視され、一九七三年に投獄された。その後も様々な弾圧を受け、一九八〇年にマイアミに亡命。ニューヨークで執筆活動を続けたが、エイズの症状が悪化し、入院先の病院をぬけ出して、一九九〇年に服毒自殺。代表作に『めくるめく世界』（一九六九）、『ハバナへの旅』（一九九〇）、『夜になるまえに』（一九九二、死後出版）などがある。「目をつぶって」は、同名の短篇集『目をつぶって』（一九七二）所収の一篇。

あなたには話すよ、だって話しても、馬鹿にして笑ったり、叱ったりしないって分かってるから。でも母さんはだめだ。母さんには何も言わないよ、だってそんなことしたら、大目玉を食らうに決まってるもの。母さんの言うことは正しいかもしれないけれど、ぼくは小言や忠告なんか全然聞きたくない。だからだよ。あなたはぼくに何も言わないって分かってるから、あなたには全部話すよ。

　ぼくはまだたったの八歳だから、毎日学校に通ってる。それが悲劇のもとなんだ。なぜって、学校がすごく遠いので――アンヘラ大おばさんがくれたチャボが二回鳴いただけで――うんと早起きしなけりゃならないからさ。

　朝、六時くらいになると、母さんはぼくを起こそうとがみがみ言い始める。そして七時には、ぼくは目をこすりながらベッドに腰掛けている。それから、しなくちゃいけないことを大急ぎでする。急いで服を着ると、学校まで走って行って、急いで列に加わる。もうベルは鳴り終わり、先生が入口に立ってるからだ。

でも昨日はちがった。アンヘラ大おばさんが、オリエンテに行くので七時前に列車に乗らなくちゃならなかったからさ。おかげで家じゅうが大騒ぎだったよ。近所の人が大おばさんにさよならを言いにやってきた。母さんはあんまり興奮したものだから、コーヒーを淹れるためにフィルターにお湯を注ごうとして、煮立ったお湯の入った鍋を落っことし、足をやけどしちゃったんだ。

あんまりうるさいものだから、ぼくは仕方なく目を覚ました。そして目を覚ましたから、起きることにした。

アンヘラ大おばさんは、何度もキスをしたり抱き合ったりした後で、やっと出発できた。それでぼくは、まだすごく早かったけれど、すぐに学校へ出かけた。

今日は走って行かなくてもいいぞ、ぼくはそう独り言を言うと、笑いそうになった。そしてもちろん、うんとゆっくり歩きだした。通りを渡ろうとしたとき、歩道の縁石の上に寝そべっていた猫につまずいた。こんな所を選んで寝るなよ、と言ってぼくは、足の先で触ってみた。けれどそいつは動かなかった。そこでそばにしゃがんでみると、死んでることが分かった。かわいそうに、きっと車にひかれたのを、誰かがそれ以上ひかれないようにと歩道の隅に放ったんだ、と思った。すごくかわいそうだった。だってそいつは大きな黄色の猫で、絶対死にたくなかったはずだからさ。だけど、もうしょうがない。ぼくはまた歩き出した。

まだ早かったから、ケーキ屋まで行ってみた。学校からは遠かったけれど、いつでもできたてのおいしいケーキがあるからね。そのケーキ屋の入口にはいつも、袋を持ったお婆さんが二人立っていて、両手を伸ばし、施しをくださいと言う……。ある日それぞれに半ペソずつあげたら、二人は声を揃えて「神の祝福があらんことを」と言った。ぼくはおかしくてゲラゲラ笑った。またお金を出して、半ペソずつ、しわしわでそばかすだらけの手に置いてやった。すると二人はまた声を揃えて言った。「神の祝福があらんことを」。でも今度はあんまり笑いたくならなかった。けれどそれからは、そこを通ると必ず、しわだらけのずる賢そうな顔でぼくのことを見るものだから、仕方なくそれぞれに半ペソずつやることになってしまった。ところが、昨日はお金を全然あげられなかった。おやつの分までチョコレートケーキに使ってしまったからさ。だからお婆さんたちに見られないように、ぼくは裏口から出たんだ。

あとはもう、橋を渡って、二区画歩き、学校に着くだけだ。

橋の上でぼくは立ち止まった。下の川岸で大騒ぎしている声が聞こえたからだ。欄干から身を乗り出して下を見ると、ありとあらゆる大きさの子供たちが集まって、一匹のドブネズミを隅に追いつめ、はやし立てたり石をぶつけたりしていじめていた。ネズミは隅を横伝いに走ったけれど、逃げ場がないのでどうすることもできず、鋭い声で二、三度鳴いた。ついに男の子のひとりが、竹の棒切れをつかむと、それでネズミの背中を思い切り強く叩いたので、ネズミはぐったりしちゃった。すると他の子供たちも走り寄ってきて、勝ち誇ったみたいに飛び跳ねたり叫んだりしながらネズミを拾い上げると、川の真ん中へ放り投げた。けれど死んだネズミは沈まないで、仰向けのまま流されていって、そのうち見えなくなった。

子供たちはワイワイ言いながら、川の反対側へ行ってしまった。そこでぼくも歩き出した。「驚きだな」ぼくは独り言を言った。「橋の上を歩くのって、どうしてこんなに楽なんだろう」。片側には人が落ちないように鉄の柵があるし、もう片方の側には歩道の縁石があって、その先が車道だと分かるから、目をつぶってだって歩けるぞ。ぼくは本当かどうか試そうと、目をつぶり、また歩き始めた。はじめのうち片手で欄干につかまっていたけれど、そのうちつかまらなくても平気になった。ぼくは目をつぶったまま歩き続けた。母さんには内緒だけど、目をつぶると、いろんなものが見えるんだ。目を開けているときよりもよく見えるくらいだ……まず最初に見えたのが、大きな黄色い雲で、そいつはときどき他の雲より強く輝いていて、まるで林の中に落ちていくときの太陽みたいだった。そこで今度はぎゅっと目をつぶると、赤い雲は青に変わった。でも青いだけじゃなく、緑も混じってる。緑と紫だ。雨がたくさん降って、地面が水浸しになったときに出る虹みたいに、明るく輝く紫だ。

目をつぶったまま、止まらずに、ぼくは街のことなんかを考えてみた。すると、アンヘラ大おばさんが家から出てくるのが見えた。でも、服はいつもオリエンテに行くときに着る赤い水玉模様のじゃなく、白の長いドレスだった。すごく背が高いので、シーツにくるまれた電信柱みたいだった。けれどかっこよかったよ。

ぼくは歩き続けた。するとまた、歩道の縁石の上の猫につまずいた。だけど今度は、足の先で撫でると、そいつは飛び上がり、すっ飛んで逃げたよ。つやのいい黄色の猫がすっ飛んで逃げたのは、そいつが生きていて、ぼくに起こされ、びっくりしたからさ。怒った猫が背中の毛を逆立て、火花を散らしながら逃げていくのを見て、ぼくは大笑いした。

ぼくは歩き続けた。もちろん目はぎゅっとつぶったまま。そんなふうにして、またケーキ屋に行った。ところが、おやつ代はすっかり使ってしまっていて、ケーキをひとつも買えないから、ガラスのケースの中をのぞくだけで我慢した。そうやってケーキを見ていると、カウンターの向こうで二人の人間の声がした。「どれかケーキを食べたくないかい」。顔を上げると、店員は、いつも店の入口で施しを求めていた二人のお婆さんだった。ぼくは答えられなかった。でも、二人はぼくの欲しいものを見抜いたらしく、にこにこしながらチョコレートとアーモンドでできた、赤みたいな色の大きなケーキを取り出すと、ぼくの両手に載せてくれたんだ。

そのばかでかいケーキをもらったぼくは、ほくほくして店を出た。ケーキを両手に橋を渡っていると、また子供たちの騒ぎが聞こえた。そこで(目をつぶったまま)欄干から身を乗り出し、下を見ると、子供たちがドブネズミを助けようと、急いで川の真ん中まで泳いでいくところだった。かわいそうなネズミは病気で、泳げなかったからだ。

子供たちはぶるぶる震えるネズミを川から救い上げ、陽に当てて乾かすために砂地の石の上に置いてやった。そこでぼくは、皆を橋の上に呼んで一緒にチョコレートケーキを食べることにした。あんまり大きいので、ひとりじゃ食べ切れないと思ったからだ。

ぼくは皆を呼んだ。そしてぼくの言うことが嘘だと思われないように、証拠を見せようとして、両手でケーキを頭の上までもちあげた。すると皆が走ってやってきた。ところがそのとき、〈プシュッ〉、ぼくはトラックにほとんど真上からひかれてしまった。知らないうちに、車道の真ん中に出ていたんだ。

それでぼくはここにいるのさ。ギブスと包帯で真っ白になった脚をしてね。この部屋の壁みたいに真っ白だ。白い服を着た女の人だけがここへ入ってきて、ぼくに注射をしたり、やっぱり白い薬を飲ませたりするんだ。

でも、あなたに話したことは嘘じゃない。少し熱があって、脚がしょっちゅう痛むから嘘をついてるんだなんて思わないで。だってそうじゃないんだから。本当かどうか確かめたかったら、橋に行ってみて。アスファルトの上にまだ散らばってるはずだよ。チョコレートとアーモンドでできた、赤みたいな色の大きなケーキがね。それはケーキ屋の二人のお婆さんが、にこにこしながらぼくにくれたのさ。

(Con los ojos cerrados, 1972)

リナーレス夫妻に会うまで

アルフレード・ブライス＝エチェニケ

アルフレード・ブライス＝エチェニケ（一九三九〜　）

ペルーの首都リマ生まれ。植民地時代からつづくリマ屈指の名家に生まれる。ヘミングウェイ研究によりサン・マルコス大学で博士号を取得したあと、一九六四年にソルボンヌ大学に留学。以後、フランス各地の大学で教鞭を執りつつ執筆活動を続け、八〇年代後半に帰国。リマを舞台にした感受性の強い上流階級の少年を主人公とする短篇を集めた『垣根囲いの果樹園』（一九六八）や、同じく上流家庭に生まれた少年ジュリアスの目を通して旧い貴族階級の没落をノスタルジックに描いた『ジュリアスの世界』（一九七〇）などで、バルガス＝リョサ以後の新鋭として期待された。その他の作品に『幾たびもペドロ』（一九七七）、『マルティン・ロマーニャの大げさな人生』（一九八一）など。「リナーレス夫妻に会うまで」は、短篇集『ハ、ハ、ハ、楽しいね』（一九七四）所収の一篇。

「いいえ、ちがうんですよ、精神科医の先生、ぼくの言うことが分かってない、そうじゃないんです、精神科医の先生、むしろ不眠症、変な夢ばかり見ると言ってるんですよ……奇妙奇天烈《きてれつ》な夢を……」

「悪夢だな……」

「話の腰を折らないでくださいよ、精神科医の先生、奇妙奇天烈な夢だけど、悪夢じゃないんです、悪夢は怖いものですが、ぼくは恐怖は感じません、そりゃ確かにいくらかは怖い、でもそれはどちらかと言えば寝る前のことです、で、眠りに落ちる、すると夢を見るんですよ、あなたが言う悪夢をね、精神科医の先生、だけど今言った通り、悪夢じゃない、だって怖くないんだから、むしろ滑稽《こっけい》なんですよ、そう、まさにそうなんです、滑稽な夢です、精神科医の先生……」

「セバスティアン、わたしを精神科医の先生と呼ばないでくれ、それはわたしのことを、セニョール・ミスター・フアン・ルナと呼ぶようなものだ、先生と呼んでくれたまえ、なんだったらファンでもいい……」

「分かりました、精神科医の先生、実に滑稽な夢なんですよ、ぼくの一番年増《としま》の叔母さんがジョギングパンツをはいてたり、お祖母《ばあ》ちゃんがローラースケートを履いてたり、今夜はきっと、あんたがうんちをしてるところだ……精神科医のという言葉は止められませんよ、精神科医の……先生……もう目に見える、今あなたはしてますよ、うんん……」

「さあ、さあ、セバスティアン。少し考えを整理してくれないか、ちょっと抑えて、要点を頼むよ、話を前に戻そう、旅行の始まりのところからだ……」

「分かりました、うんちをしてる精神科医の先生」

「だから言っただろう、カフェは診察に適した場所じゃないって、客が入ってくるたびに、君はきょろきょろする、わたしの診察室にするべきだった……」

「とんでもない、診察室なんて絶対だめですよ、この件はあんまり真面目に考えちゃいけないんです、いいですか、精神科の医者に診察室で会ったりすれば、ぼくは自分の言ったことが怖くなる、でもこのカフェでなら、何事もさして重要じゃなくなる、ここならあなたはブラインドを下ろすことができないし、ぼくをソファーに寝かせることもできない、ここでコーヒーを飲みながらの方がいいんですよ、精神科医の先生、もしこの症状を取り除いてくれなければですよ、精神科医の先生、すいません、こう呼ばずにはいられない、もしこの症状を取り除いてくれなければ、あなたがうんちをしてるのを見ていた方がましなんだから、すいません……でもそうなんです、何もかもその通りなんですよ、たとえばこの間、滑稽な連中の出てくる夢を見たと思ったら、別の日には大軍がどこかの国に侵入しかけたんです、どこの国かは分かりません、どこでもいいんですよ、ところがすんでのところで全員ローラースケートを履きだすじゃありませんか、ぼくのお祖母ちゃんみたいに、そしてカーニバルのときのように水の掛け合いを始めたんです、それから夢の中でリオのカーニバルが始まって、ほとんど機嫌よく目覚めるまで、ずっと続いたんです……。たったひとつ困ったのは、まだ朝の五時だったことです……。お分かりのように、悪夢とかそんなものにはならないんですよ……」

「ちょっと整理してほしいな、セバスティアン。君がパリを発ったところから始めてくれたまえ」

彼は旅行の三日前にスーツケースの用意を終えた、というのも彼は、慎重にして几帳《きちょう》面《めん》しかも偏執狂的だったからだ。彼は夏の三か月間、ラテン区に部屋を借りた、どちらかというと貧しい学生だったからである。だが彼は、夏をスペインで過ごすことにした、スペインには友人がいたし、彼はドン・キホーテにかぶれていたし、エル・ビティの闘牛の技を見たかったからだ。それにスペインで体験するであろう何もかもに期待してのことだった。

彼は自分の部屋を、夏の間に論文の準備をしにやってくるスペイン人に貸すことにした。そのスペイン人は、約束より二日早く来てしまった。だから二人は一緒に寝るはめになった。二人はあれこれ話をした。とは言ってもそこは知らぬ同士、スペイン人は彼に対し、表面的であたりさわりのないことか、無意味なことしか喋《しゃべ》らなかった。

「もし六キロ痩せたって言うんなら、スペインに行きゃ、その分絶対取り戻せるさ、あそこは食い物がたらふく食えるし、安い」

「鉄道が大嫌いなんだ。バルセロナに着く時間なんて見当もつかない」

「何言ってんだ！　この時期に列車で旅すりゃたぶん最高に楽しいぞ。いいかい、ひょっとするとスウェーデン娘かドイツ娘と相席の旅だ、そうなりゃあんたはスペイン語を話すんだから、それを利用するのは訳ないことさ、でなきゃ反対に、休暇で帰省するスペインの労働者に出っくわす、そうすりゃパンにワインにサラミにトランジスターラジオ、もうほとんどどんちゃん騒ぎだ、おかげであっという間に着いちまう、どっちに転んでも損はない」

スペイン人は、そのいけ好かない列車に乗る彼を、見送りに来なかった。セバスティアンは列車を忌み嫌っていた。彼はその朝、恐ろしく早く起き出した。二等車の自分の予約席を見つけるため、自分の席を人に取られないため、それに偏執狂的な彼は、列車の運転手が彼を嫌っていて、いやがらせにその日に限って定刻より早く出発させるにちがいないと思い込んでいたためだ。彼は列車に一番乗りした。自分の席を取り、棚に荷物を置いたのも彼が最初だった。三分ほど経過した、車両に他の人影はない、セバスティアンは席を立つと、その列車に同じ番号の車両が他にないかどうか確かめに行き、帰りには自分のと同じ番号の座席がないかどうか確かめた。ただし座席の方は走りながら調べた、というのも、誰かがもう自分の席に坐っていることを恐れたからだ、そんなことになれば、関係者を見つけに行くのに時間がかかる、それに横取りした人間をどかせてもらおうにも誰に掛け合えばいいのか分からない。誰もいなかった。彼の席は相変らず空席だった、するとセバスティアンはその席に悪態をついた。窓際でなく真ん中だったからだ、つまり映画館のように、自分の腕を置くべき肘《ひじ》掛けが二つのうちのどちらなのかが分からず、それがもとでコンパートメントの中でいがみ合いが起きるかもしれないというわけだ。だがそうはならないだろう、なぜならもうじきアンダルシア出身の労働者が二人やってくる、彼を寄せて男が三人、それにワインとサラミとトランジスターがある、しばらくするとスウェーデン娘三人が来る、そうなれば三対三、彼女たちの長い脚、ブロンドの髪、マラガのどこかの海岸で日射病で死にそうだ。彼はイングマル・ベルイマンの話を始める、スペイン男はワインをすすめる、みんなで十分ばかり話し合う、けれど三十分もすると、彼はひとりのスウェーデン娘と喋っていて、やがてその娘と結婚にゴールイン、もう国には帰らないぞ、彼は彼女とストックホルムに永住するからだ、それにバスクの可愛い娘と二股《ふたまた》はかけられない、あの優しいバスク娘は彼をギプスコアの山間の集落に住まわせるだろう、ポエムだ、メルヘンだ、それから黒く大きな恋する瞳のソレダーとも絶対に二股はかけられない、アンダルシア美人の彼女は彼を闘牛に連れて行ってくれた、それから絶対に二股かけられないのが、エル・ビティが牛を捧げているとき、彼女は彼を激しく愛してくれた、それから絶対に二股かけられないのが、サンティアゴ・マルティン・エル・ビティの勝利だ……。ありとあらゆることが、これから彼に起きるはずだった、だがすべて、旅行前のことだった、というのも、旅行の後、彼はパリへ帰って勉強することになるからだ。

五人の女はロザリオを取り出すと、祈りを唱え始めた。五人の女だ。列車が動きだすやいなや、五人はロザリオを取り出し、祈りを唱え始めたのだ。彼女たちを始末しようにも彼にはピストルがなかった、そのうえ彼は彼女たちを憎むことができなかった。その五人の尼僧ときたら清潔そのもの、だいいちコンパートメントに入ってきたとき、彼に挨拶したではないか。こうして国境まで八時間の旅が始まった、国境まで一時間につき六十分、国境まで八千時間の旅だ、だが五人の尼僧ときたら国境まで動きそうもない、すると彼は国境までどうやってトイレを我慢すればいいのだ、なぜなら、彼とドアの間には清らかな尼さんがひとりいるからだ、もしかすると彼のために祈ってるかもしれないから、〈すいません、童貞さま、トイレに行きたいんですが〉と言えなかったのだ。それに肘を掛けることもできなければ、本を読むこともできなかった、彼女たちの前で、ポケットにあったサド侯爵の本をどうして読めただろう？　彼のスーツケースの上に自分のスーツケースを載せた尼僧に向かって、〈すいません、童貞さま、ぼくのスーツケースの上のあなたのスーツケースをどけていただけませんか？　中に入ってる本を捜したいんです〉などと、どうして言えただろう？　彼は五人の尼僧の中にいて、実に気まずく、地獄の責苦を味わっていた。〈童貞さま、聖像画を一枚記念にくださ い〉などと考えたとたん、彼の頭に例のなんとも馬鹿げたイメージが浮かんだ、尼僧たちが黒豆を数えているところだ、その次は、尼僧たちがローラースケートで国境まで行く姿だ、そこで彼は、そんなイメージを頭から振り払うように身振いした。すると下っ腹で何か液状のものが動くのを感じ、トイレに行きたいことがはっきりした。国境までの我慢の始まりだった。

「で、ぼくは眠っちゃったんです、精神科医の先生、決して三十分は越えてないと思います、精神科医の先生、それは確かです、これは書き留めておいてください、というのも、妙な夢を見たのはそれが最初だったからです、例の滑稽な夢ですよ、ローラースケートをはいた尼さんたちが、戦場で、黒豆を顔めがけてぶっつけ合ってるんです。しまいにぼくも目に一粒食らって、それで目が覚めたんだと思います」

「それが最初だというのは間違いないかね、セバスティアン？」

「ええ、もちろん間違いありません、絶対確かです。二回目は、イルン駅のベンチでうたた寝してたときです、バルセロナ行きの列車を待ってたんです、土砂降りの雨で、足までずぶ濡れになっちゃって、それであのいまいましい風邪を引いたんだ……。あのいやらしい雨のせいだ」

「で、尼僧たちは？」

「尼さんたちは、マドリード行きの別の列車に乗ったんです。ぼくは荷物を運んで、棚に載せるのを手伝ってやりました。彼女たちにどれだけ感謝されたか、あなたに分かってもらえたらなあ、別れるときなんか自分が泣くんじゃないかと思いましたね、つまり、涙が溢れそうな気がしたんですよ……彼女たちは本当に清らかだった……。ああ、イルン駅でぼくが放出したあの小便の量ときたら……」

「イルンで見た夢は列車のときと同じものかね？」

「そうです、精神科医の先生、そっくりそのまま、寸分違わぬ夢でした、ただし最後は、ぼくが別の列車までローラースケートを運ぶ手伝いをするんです。バルセロナ行きの列車で見たのも、始まりはおんなじでした、でもそのときはスウェーデン娘とスペインの労働者も一緒だったんです、だけどぼくたちはスウェーデン娘に話しかけようとしませんでした、ロザリオの祈りをあげてる尼さんの目の前じゃ、口説くわけにもいきませんからね……」

彼は七月二十七日の晩にバルセロナに着いた。雨だった。列車を下りて時計を見ると、夜中の十一時だったので、外で寝なければならなくなった。駅を出ると、ペンシオン、オスタル、モーテルの場所を告げる看板が目につき始めた。四軒のペンシオンの戸口で、彼は独り言を言った、〈お部屋はございません〉。けれど五軒目のペンシオンに通じる階段を、彼は果敢に昇っていった。ドアを開ける前に、パスポートの行方が分からなくなったが、無事出てきたので、中に入り、フロントらしきところまで行った。そこにいた受付の男は、どうやら彼を密輸業者と取り違えているようだった。彼は、バルセロナでリナーレス夫妻に会うことになっている、自分は今ひどく風邪を引いている、今夜はぐっすり寝る必要がある、だから是が非でも何日間か部屋を借りたいと言った。すると受付の男は、自分がそのペンシオンのオーナーであること、そのペンシオンのすべての部屋、そのペンシオンの食堂のすべてのテーブルの持ち主であることを彼に話した後、彼のための部屋は全然ない、たったひとつあるのもベッドが二つの二人用の部屋だと言った。そこでセバスティアンは、全世界のペンシオンに向かって、一大請求を開始した、ひとつ、彼は留学生である、ひとつ、彼は長旅に疲れ、風邪を引いている、ひとつ、彼は正規のパスポート（紛失したが無事見つかった）を所持している、ひとつ、彼は太陽とドン・キホーテを求めてやってきた、なのに彼は雨に迎えられ、野宿を余儀なくされている。〈まあ、落ち着いてくださいよ〉とオーナー兼受付の男は言った。〈そうやけっぱちにならないで、話を最後まで聞きなさい。今、他のペンシオンに電話して、部屋を見つけてあげますから〉

だがそのとき、誰か階段を昇ってくる者がいた。力強く、楽観的で、決然としたその足音に、オーナー兼受付は他のペンシオンの電話番号を回すのを止め、セバスティアンはフロントの入口の方を思わず見やった。足音の主が入口に立つと、二人はもう少しで拍手喝采《かっさい》するところだった、その男が、世界の若者のありとあらゆる美徳を備えていたからだ。どがつくほど健康的なその若者がにっこりすると、セバスティアンは彼の歯の一本一本に書かれている文字をはっきり読み取ることができた、〈毎日、三度三度磨いています〉。若者は巨大なハーフ・ブーツを履いていた、底はトラクターのタイヤだ、セバスティアンがそれを履くには、まずなだめすかしておいて、足を入れ、その後はそのままにしておかなければならないだろう。さらに若者は、オリーブ色のどでかいリュックを背負っていて、もし誰かに頼まれれば、中からキャンプ用のテントを取り出し、ペンシオンの食堂(であろうとどこであろうと)に、きっかり三分半で張っただろう。年は二十四以下、半ズボンにミリタリー・シャツ。金髪に赤ら顔、金色の縮れ毛におおわれた脚を見ると、セバスティアンは、その優越性に劣等感を感じそうになった。

若者は敬礼すると、こう言った。〈部屋はありますか?《ハーベン・ズィー・アイン・ツィンマー》〉。オーナー兼受付はからかうように笑いながら答えた、〈ありません《ナイン》〉。だがそのときセバスティアンは、その晩ベッド二つの部屋をその仁王《トール》と相部屋にしてもいいと思った。それはすばらしい思いつきだった、なぜならオーナー兼受付は首を縦に振ると、二人に、身分証明を見せるように、そして規則書に必要事項を書き込むようにと言ったからだ。セバスティアンは鉛筆が見つからないでいた、けれど仁王がにっこり笑って二本取り出したので、彼は親愛の情を顔で示さねばならず、仁王がリュックのテントから地図を出したら、自分の国がどこにあるのかを正確に教えてやろうと決心せざるをえなかった、ひょっとすると仁王は興味をそそられて、明日あそこまで歩いて行くかもしれないぞ。

若者の名は仁王でなく、ジークフリートだった、すでに肺炎にかかっていたセバスティアンは、握手した手を粉々にされてしまい、やむなく左手でスーツケースを持つと、シャワーから何からすべて備わったなかなかの部屋まで、巨体の後にくっついて行った。

彼はパジャマに着替える間に三度くしゃみをした、そして数分後、裸の仁王がシャワーを浴びに入るのを見た、しばらくすると、仁王が歌い、壁だかヴァイキングの胸だかよく判らないが、盛んに叩く音が聞こえてきた、そこでセバスティアンは毛布をすっぽり被ることにした、というのも、その晩肺炎で死にそうだったからである。〈トラ・ラ・ラ・ラ・ラ・ラ・ラ、トラ・ラ・ラ・ラ・ラ・ラ・ラ、ホォアニート・パナーノ、ホォアニート・パナーノ……〉

「まちがいありませんよ、精神科医の先生、あいつはそのリュックと、治安上つまり市民の足にとって危険なばかでかい靴で、世界を回ってきたんです。なのにまだ、ロシア赤軍合唱団の声で歌をうたえれば、冷たいシャワーを浴びることだってできたんだ、冷たい水しか出なかったんです、だけどシャワーの栓が開いても、声の調子は少しも変わりませんでした、全然、まったく変わらないんですよ、事もなげに歌い続けてるんです、で、このぼくは、ベッドで寒さと肺炎で死にかけていた……」

「セバスティアン、いささかオーバーだと思うが。ただの風邪が何分とたたぬうちに肺炎になるなんて、ありえないよ。君は気分が悪く、疲れていて、気が滅入っていた……」

「それですよ、精神科医の先生、ちょっと前からそんな気分なんですよ、あなたの姿が目に浮んだときから、あなたがうん……」

「だから言ってるだろう、カフェで会うのは間違いだったって。客が入ってくるたびに、君はきょろきょろする……」

「ちがいますよ、精神科医の先生、そうじゃない、ぼくが頭を四方八方に動かすのは、あなたの姿を振り払いたいからなんです、あなたがうん……」

「聞きたまえ、セバスティアン……」

「聞いてください、精神科医の先生、そんな格好のあなたがぼくに見えるからといって、気を悪くしないでください、だって、仁王みたいな男のせいで、風邪があっという間に肺炎になりうることを、あなたが理解できないのなら、あなたがうんちをしている姿がいつまでも見える方がましですからね、精神科医の先生……」

「……」

「理解できないんですか？　あいつが事もなげに世界を回ってきたということが分からないんですか？　リュックを背負ったあの男、それが裸になり、真っ赤な体で冷たいシャワーを浴びているところが想像できませんか、睡眠薬も飲まず、なんの問題もなく、また世界を巡る旅に出るのに必要な時間だけ眠る準備をしているところが？」

「最後はどうなったのかね、セバスティアン？」

「ひどいもんですよ、先生、ひどい夜でした、あいつはすぐに眠ってしまいました、いびきはかきませんでした、ぼくに遠慮したにちがいない、ぼくはあいつがいびきをかくと思ったんです、ところが何時間経ってもかかない、全然かかないんですよ、子供みたいに眠ってました、一方ぼくの方は、体じゅう汗でぐっしょりになり、体温計をくれと叫んでたんです、あんなに汗をかいたことはありません、喉がかっかと燃えるみたいだった！　ペニシリンの錠剤が喉につまりそうになるし、壜《びん》に入ってたのを全部飲んだので、中毒にかかるし。ひどいもんですよ、精神科医の先生、仁王は明け方に起き出すと、ひげを剃り、歯を磨き、また世界巡りに出発しました、歩いてです、精神科医の先生、歩いて世界を回るんですよ、あいつはぼくを起こさないように音を立てませんでした、だけどぼくはまだ眠れずにいたんです、もう汗はかいていなかった、けれどベッドは何もかもぐしょぐしょで、冷たくて、しかもぼくはペニシリンの飲みすぎでむかむかしてたんです、仁王は完璧でした、精神科医の先生、非の打ちどころがありませんでしたよ、なのになぜだかぼくは、体を動かしてしまったんだ、するとあいつはぼくが眠っていないことに気がついて、出かける直前、ぼくのベッドの脇にくると、何かドイツ語で言いました、だからぼくは、むかつきながらも親愛の情のこもった顔をあいつに向けなければならず、毛布の下から湿った腕を出すと、世界巡りに持って行くようにくれてやりました、そうしたらあいつはぼくの手を絞め殺したんですよ、精神科医の先生……」

「彼が出かけた後、眠れなかったのかね?」

「いいえ、精神科医の先生、眠れました、ほんのしばらくだったけれど、でも滑稽な夢を見るには十分な時間でした、あれは信じがたかったな、だってそのできごとを喜劇的にするのに必要な言葉まで夢の中に出てきたんだから、そう、そう、犠牲《ホロコースト》という言葉だ、こんな夢を見たんです、オーナー兼受付とぼくが、ペンシオンの入口で仁王に犠牲を捧げるんですよ、二人は仔羊をさし出す、すると仁王は例の〈部屋はありますか?〉《ハーベン・ズィー・アイン・ツィンマー》を連発して、シャツの番号付のポケットからペニシリンの錠剤を取り出し、ぼくにくれる……」

その日は日曜日だったので、約束の日までまだ二日あった。セバスティアンは食堂へ行き、食欲はなかったが朝食を食べた。彼は何度も吐いていたのだが、世間並に一日を朝食で始め、そうすることで世間並の気持ちになる方がいいと思ったのだ。彼は世間並の気持ちになる必要があった。

その日は天気がよかったので、午後は闘牛を見に行くことにした。海の近くをしばらくぶらつき、港の方へ行ってみた。いくらか気分がよくなった。ペニシリンのおかげで猛烈な風邪から救われ、吐いたことでペニシリンから救われたようだった。彼はすっかり気分がよくなり、楽観的になった。港に向かって歩いていると、のどかな雰囲気が快く、日射しのおかげでうきうきしてきた。自分が仁王《トール》と名付けたジークフリートのことを思い出すと、彼は微笑み、その若者のことをあれこれ想像しながら、愉快な気持ちでスペインの道を歩き続けた。港に着くと、人々が何人か集まっていた。彼はそのグループにくっついて二隻の軍艦のすぐ下まで行った。それはアメリカの軍艦で、彼の目の前に停泊していたのだ。セバスティアンはその二隻を眺めていた。種類は分からなかったが、彼はそれを〈駆逐艦《デストロイヤー》〉と呼んだ。積まれている大砲が狙ったが最後、どんなものでもぶち壊しそうに見えたからだ。人々は列を作り、〈デストロイヤー〉に乗ると、あっちこっち見て回った、水兵が甲板をぶらついている、下にいるセバスティアンには彼らがちっぽけに見える、彼はそこから離れることにした、上から彼を見下ろしている水兵たちに、ちっぽけに見られないためにである。とにかくばかでかい船だった、けれど彼はもうその船のことを忘れかけていた、そのとき、彼の目にカラベラ船の姿が映った。

傷ひとつないまっさらの船が、〈デストロイヤー〉の手前三百メートルのところに錨《いかり》を下ろし、浮かんでいる、そんじょそこらの船ではない、あのカラベラ船なのだ、セバスティアンは理解しようとするのを止めた。彼は朝食の後のあの気分を味わいたかった、けれどもう無理だった、手が冷たくなってきた。もはやバルセロナを、世間並にぶらつくことはできなかった、一体何がどうなったのかは自分でも説明がつかなかった、たぶん彼ではなく、現実が原因なのだろう、彼はある理論を思いつきそうな気がした、それを誰か精神科医に説明できたら素晴らしいのだが、精神を理解するうえで、ひとつ貢献することになるだろう、だがだめだ、口に出せばもう違うし、〈そこに横になりなさい〉も、診察室のブラインドもまっぴらだ。

彼のカラベラ船は、湯舟の中のおもちゃの舟みたいに浮かんでいる、だがその湯舟は実に大きく、光り輝いていた。セバスティアンはそこを離れ、百メートル先の〈ツバメ《ゴロンドリーナ》〉のところまで行った。それは何隻かの小さな白い船のことで、三十分おきに、観光客を乗せ、港の近くを巡るのだ。切符はそこで売っていて、客は上のカフェテリアで待つことができた。彼は切符を買わなかった、カフェテリアに入って、誰でもいいから精神科医に話せたらと思っていることがらを、ちょっと整理したかったからだ。

しかし、残念ながらできなかった、というのも、テーブルに着くや、例のレベルのことが気になりだしたからだ。きっかけは、ひとりの男が近づいてきて、彼に靴が汚れているのを認めさせたことだった、彼は屈まれるのがいやだった、自分で磨くよ、けれど確かに汚れていた、そして男は彼から離れず、今にもいやがらせをしそうだった、彼は頭と指でオーケーの合図をした、その結果、今、男はしゃがみ込んでいる、レベルの種類はこれですべて揃った、下には彼の靴をいじっている者がいる、上には駆逐艦の乗組員がいて、カウンターの前の止り木でビールを注文してはがぶ飲みしている。〈ぼくにもビールを一本〉、注文を訊《き》かれた彼は、そう答えた。ボーイもまた別のレベルに属していた。

それから彼が思ったのは、靴磨きに顔がないということだった。あるにはあるのだが、ないのだ、確かめようと下を向いても、縮れようとするのを必死で押さえつけた髪の毛とありきたりのおでこだけで、顔は見えないのだ、靴磨きには顔がなかった、なぜなら、軽く平手打ちを食らわせるように、ブラシを右に左に持ち替えて、次第に早くシュッ、シュッとこすり、磨き、器用に、巧みに、手際よくつやを出す技術はほとんど芸術と言え、芸術家と呼べたにもかかわらず、靴磨きの顔は見えなかったからだ、顔がないのは、なくても別にかまわなかったからだ、靴磨きは跪《ひざまず》き、ただひたすらシュッ、シュッ、シュッ、そして〈ツバメ〉つまり遊覧船は、観光客を満載し、相変わらず三十分おきに出発しては、港の近くの海をぐるっと回るのだった。

靴磨きは彼に、靴の片方にひび割れができていると言う、彼はとっくに知っていたので、見もしなかった、すると顔無し男は、ひび割れはもうだいじょうぶ、靴は救われた、靴一足分が救われたと言った、そこで彼が見てみると、ひび割れはいつもの場所にちゃんとある、ただ、今はそれが輝いていた、彼は仕方なく目を離し、感謝せざるをえなかった、深く感謝せざるをえなかった、煙草に火を点《つ》け、ビールをぐいっと飲み、カウンターに目をやり、また高さのことを考え、自分の大切な靴のことを話さざるをえなかった、彼はその靴を大枚をはたいて買ったのだ、そして今はチップのことを考えざるをえなかった、このスペイン人はチップについてなんと言っただろう、リナーレス夫妻は靴磨きのことをどう思っているのだろう、小銭をどれだけ持っていただろう、シュッ、シユッ、シュッ、軽い平手打ち、ほとんど愛撫のようだ、気前のよさとはどういうことを言うんだろう?

それでも彼は、午後、闘牛を見に行った。

「最低の闘牛だったんです、精神科医の先生、あなたには想像もつきませんよ、最悪の闘牛だったんですよ、雨は降るし、何もかも。アメリカの水兵と、観光客ばかり、スペイン人はほんのわずか、そしてみんなかんかんに腹を立てていました、誰もかれもが闘牛士に危険な技をやれと言ったけれど、ついに諦めたんです、精神科医の先生、諦めて、何もかもからかい始めたんですよ、精神科医の先生、ひやかしたり、ののしったり、げらげら笑ったり、クッションを投げたり、たったひとり、哀れなスウェーデン娘だけが辛い思いをしてた、彼女は牛の血を見るのに耐えられなかったんです、顔を両手で覆い、牛があっちこっちに角で突っかかっていくのを見て、泣いていました、まるでそれが結婚相手という感じなんですよ、精神科医の先生、だけど彼女は恋人の肩にもたれて泣いてたんです、精神科医の先生、仁王みたいな大男の首の陰に隠れてましたよ、精神科医の先生、仁王みたいな大男だった、ただしあんまり健康的じゃなかったけれど……」

「それからも夢は見たのかね、セバスティアン？」

「あんまり見ませんでした、精神科医の先生、もうそんなには、闘牛の夢だけです、それが妙なんですよ、だってスウェーデン娘と一緒だった大男は、仁王であってしかも仁王じゃないんだから……。そうなんですよ、精神科医の先生、仁王なのに仁王じゃない、なぜかというと、その後で、仁王がエジプトのペンシオンに着いて、〈部屋はありますか？《ハーベン・ズィー・アイン・ツィンマー》〉と訊くのを見たからです、もっともそれはずっと後のことだったにちがいない、実はよく覚えてないんです、覚えてるのはぎょっとしたことだけです、闘牛場がゆらゆらしだしたから、まるで水の上みたいに揺れるんですよ、怖くなくなったのは、階段席に水兵たちの顎《あご》のリズムが伝わってることが分かったときです、それはアメリカ人でした、精神科医の先生、ガムを嚙んでたんだ……。楽しそうでしたよ……」

彼はトランプ遊びを好まなかった。ひとり遊びができなかった、けれどひとり遊びをする人間の気持ちについて話すことはできると思っている、リナーレス夫妻と会う前の日の、その朝自分が何をしたかでそう思うのだ。

午前九時、彼はペンシオンで世間並に朝食をとった。その後ロビーの椅子に坐り、オーナー兼受付と言葉を交わした、海辺をぶらつくのは止め、午前十一時まで煙草をふかした。そのときセバスティアンは、ある考えに取り憑《つ》かれた、ことによると約束の日を間違えているかもしれない、約束では七月三十日火曜日の午後一時に会うことになっていた、だが約束してからもうひと月以上経っている、それだけ長い間をはさめば、誰でも一日ぐらい間違える。それに、バルセロナを知らないことも心配の種だった、もし道を間違えて、約束の時間に遅れたら？　道に迷って、ひどく遅れたら？　もし彼らが待ちくたびれて、帰ることに決めたら？　彼はペンシオンの階段を駆け下りると、パセオ・デ・グラシアとアラゴン街の交差点にあるカフェ・テルミヌスを捜しに外へすっ飛び出した。そして今、歩きながら市街図を広げているのだが、いまいましいことに市街図は、風にあおられて彼の体にへばりつき、股の間にはさまるのだった。〈ここを右に、ここを左に〉と独り言を言いながら、彼は、決して着くことのできないそのいまいましいカフェで二人がもう自分を待っているような気がしていた。日が照りつけ、暑く、風があり、そのばかでかい市街図を広げるには大変な苦労が要ったばかりか、二度と正確には畳めそうもなく、変な畳み方をして、ぼろぼろになりそうだった……。ちがう、ここじゃない、彼は暑いが上にもなお暑い、アイスクリーム売りの姿さえ見えないその交差点で立ち止まった、ちがう、彼はもはやリナーレス夫妻とは決して再会できそうになかった。

だがそこにいた警官に尋ねるわけにもいかなかった、彼にとってただひとつの身分証明となるパスポートをオーナー兼受付に預けてしまったからだ、それにもし、種痘証明が期限切れだったら？　あの男なら訊いてもよさそうだ、そこを行く人、通行人、すいません、しかし彼はたちまちその男を憎んだ、テルミヌスは次の交差点にあると言ったからだ、そして彼は、約束までにまだ一時間あり、しかも約束の日は翌日であることをはっきりと知ったのだった。

テルミヌスのボーイは実に辛抱強かった、ちっとも注文を取ろうとしないのだ、しかしセバスティアンを目で追うべきではなかった。あの客は一体何をしてるんだろう？　初めは中に坐ったのに、なぜテラスに移ったのだろう？　どうしてテラスの左から右の席に替わったのだろう？　あの客は何を捜しているんだろう？　頭がおかしいのだろうか？　なぜおれを見てばかりいるんだろう？　こっちの頭がおかしくなりそうだ、納得がいかないんだろうか？　だがセバスティアンはそうやって、あらゆる可能性を研究していたのだ、ありとあらゆる角度の席に坐り、カフェに至るあらゆる通路を調べ、リナーレス夫妻を見逃すまいとしていたのである。彼は最高の席を取ることにした、通りが両方見え、カフェの入口が全部見える席だ。その席を覚えておき、次の日何時間も前に来て、リナーレス夫妻を待つつもりだった。

約束の日の前夜も彼は夢を見た、しかしいつもとは違う夢だった。朝、彼はやけに早く目が覚めた、けれど晴れ晴れとした気持ちだったし、朝食のときは誰よりも気分がよかった。その日も彼はカフェ・テルミヌスまで歩いて行った、だがもう道を知っていたので、市街図は持って行かなかった。彼は軽い服装にサングラスという格好だったが、日射しはむしろ心地よく、じりじり照りつけるほどではなかった。カフェに入った彼は、自分の席が空いているのを見つけた、ボーイはもはやいじいじしながら彼を目で追うことはせず、注文したビールを運んできただけだった、ボーイが行ってしまうと、彼は心静かに、持参したノートと鉛筆を取り出した、約束の時間までまだ何時間もあったからだ。彼は書き出した、筆の運びは軽快だ、最初の二時間は、十分ごとに顔を上げて、リナーレス夫妻が着いたかどうかを確かめただけだった、やがてあと一時間というころになると、彼は五分おき、それから三分おき、二分おきに顔を上げた、まもなく着くはずだったからだ、それでも休まず書き続け、書いては顔を上げ、書いてはあたりを見回した……。

「いつもとは違う夢だったと言うんだね、セバスティアン……」

「はい、先生、まったく違ってました、それが楽しい夢なんですよ、カフェにぼくの友人がみんないるんだ、みんながぼくに話しかける、そしてリナーレス夫妻がひっきりなしにやってくるんです、何度も何度もやってくるんですよ、素晴らしい夢だった、だからもし薬をいただけるなら、他の夢用だけにしてください、その夢には何も要りませんよ、先生、その友人たちと、ひっきりなしにやってくるリナーレス夫妻の夢にはなんにも……」

どっちの方がよく灼けてるだろうか？　彼、それとも彼女？　どっちがサングラスをかけているだろう？　どっちがたくさん笑うだろう？　いまいましいトラックめ、二人が渡れないじゃないか。信号がまだ青にならない。さあ、立ち上がって二人を抱き締めるんだ。ビールをこぼすなよ。短篇を汚しちゃだめだ。テーブルにけつまずかないようにしろ。青になった。どっちの方がよく灼けてるだろうか？　どっちを先に抱き締めようか？　あの笑顔。リナーレス夫妻だ。最初の質問。最初の質問に対する最初の受け答え。


「よう！　セバスティアン！　元気そうじゃないか」

「ああ、おかげさまでね。君たちこそ、いい色に灼けて！　もうひと月以上になるな」

「その通り！　太陽の下でひと月半、もうたくさんさ。彼女、魅力的になっただろう？」

「ねえ、セバスティアン、今度一緒にジローナへ行きましょうよ」

「みんなビールでいいかな？」

「ああ、今、腰掛けるよ」

「これ、なんなの、セバスティアン？」

「ああ、これは短篇さ、君たちを待つあいだに書き出したんだ、お笑い種《ぐさ》さ」

「そら！　取り上げろ！」

「よせよ、今はだめだ、手を入れなけりゃ」

「タイトルは？」

「まだ決めてない、『精神科医の先生』にしようかとも思ったんだけれど、こうなったからには、君たち、『リナーレス夫妻に会うまで』にしようかな」

(Antes de la cita con los Linares, 1974)

水の底で

アドルフォ・ビオイ＝カサーレス

アドルフォ・ビオイ＝カサーレス（一九一四〜九九）

ブエノスアイレス生まれ。ボルヘス、コルタサルと並び称されるアルゼンチンを代表する幻想的な作風で知られる作家。文芸誌「スル」の主宰者ビクトリア・オカンポの紹介でボルヘスと親交をむすんで以来ふたりは無二の親友となり、オノリオ・ブストス＝ドメックの共同名義で『ドン・イシドロ・パロディ　六つの難事件』（一九四二）、『ブストス＝ドメックのクロニクル』（一九六七）などを出版した。絶海の孤島に辿り着いた男の不可思議な経験を描いたSF風の幻想小説『モレルの発明』（一九四〇）は、ボルヘスに「完璧な小説」と絶讃された。他の長篇に『脱獄計画』（一九四五）、『ヒーローたちの夢』（一九五四）、『豚の戦記』（一九六九）など、短篇集に『大空の陰謀』（一九四八）、『愛の物語集』（一九七二）などがある。「水の底で」は、短篇集『ロシア人形』（一九九一）所収の一篇。

ようやく肝炎が治った僕に、医者は、山でも海でも田舎でも、どこでもいいから静かな場所へ何日か出かけて、きれいな空気を吸うように勧めた。そこで僕はポンス夫人に電話して、書類は五月二〇日に書き上がると伝えた。するとトンプソンが言った。

「だがマルテリ、君はどうしてその日にここへ戻ってくると約束できるんだ？　書類のことが心配だな……」

「訳があるんだ。例の夫人が……」

「君が独り占めしている婆さん連中のひとりかい？」

代書屋トンプソン＆マルテリの顧客の中には、僕しか信用しないご婦人方が何人もいる。

「二十日には戻る。それまでには分かるだろう」

「孤独が怖くなけりゃ、キジェン湖にある俺の別荘を使っても構わないぞ。すごくきれいな所なんだ。腹を空かせることもない。管理を任せてあるフレドリッチのかみさんは、料理にかけちゃいい腕をしてる。一緒に行けないのが残念だ」

「南部の湖だって！」僕は叫んだ。「そいつは素敵にちがいない！　だが、こだわってすまないけれど、魚はいるのかい？」

「色んな種類の鮭や鱒《ます》、カーバにペヘレイだっている……」

ある日の午後、夕暮がせまるころに、キジェンに着いた。疲れていたし、体の力が抜け、寒かった。アンデスの山、湖、森、緑濃い草木を見ると、自然の中へ引きこもる喜びを感じたものの、冷たい空気に、僕は厚着をしていたにもかかわらず、震えあがった。そこですぐに一軒の家（一軒しか見当らなかった）の扉を叩いた。丸木でできたその家は、湖に張り出しているようだった。現われたのは髪を真ん中分けした、胸の豊かな婦人で、彼女は落ち着き払ってこう言った。

「代書屋のアルド・マルテリさんですね？　お待ちしていました」

付き添われて広々とした部屋に入ると、暖炉の火が赤々と燃えていた。僕は待ちかねたように火に近づくと、両手を伸ばした。そうやって薪《まき》が燃えるさまをいつまでも見ていたかったのだが、そのとき婦人が訊《き》いた。

「旅行鞄をお部屋に運びましょうか？」

僕はそれには及ばないと答え、鞄をつかむと彼女の後に従った。通された部屋にはべッドの脇にアメリカライオンの毛皮が敷かれ、書き物机と湖に面した窓があった。僕は思った。「居心地がよさそうだな」。窓辺に行って外の景色を見やったが、少し寒かったので、居間に戻った。まもなく婦人が素晴らしい食事を運んできた。それを食べた僕は元気を取り戻した。そのとき二人が交わした会話は今でも覚えている。僕はこう言った。

「僕の部屋の窓から、ずっと向こう、湖の対岸に、床は高いけれどこの家に似た、丸木造りの家が見えるが、人の気配がするんだ。少なくとも煙突から煙が出ている。誰が住んでるんだろう?」

「鮭《サルモン》先生です」彼女は答えた。「お医者様ですよ」

「そりゃいいことを聞いた。医者が近くにいれば、いつだって安心だ。田舎の医者ならなおいい。病名をつけたり分析したりするかわりに、患者を治してくれるからね」

「大したお方だそうですよ」と言って彼女は一息ついた。「でもね、開店休業なんです」

「このあたりには人が少ないからさ」

「そんなことじゃありません。あのお医者様は人間なんかどうでもいいんです。大事なのは鮭なんですから」

すかさず僕は言った。

「僕もだ。魚はいるのかい？」

「もちろんですよ、それにモーターボートもあります」

まもなく僕は床に就いた。眠くて瞼《まぶた》がくっつきそうだったからだ。ベッドに横になってから、毛布が足りているかどうか気になった。でも大丈夫だろう、彼女を探して面倒を掛けるまでもあるまいと思い、体がだんだん温まるのを待っていた。そのうち確かに温まりはしたが、期待したほどではなかった。こんな程度だとしまいには寒くなり、風邪を引くのではないかと心配になった。それにこうも考えた。「病気の後で文明からこうも離れた場所へ来てしまったのは、重大な誤りではなかったか。こういう所は、鉄みたいに健康な若者たちのための場所なのだ」。もちろんフレドリッチ夫人は少しも若くない。だがやってきたばかりの人間と、ここにずっと住みついている人間はちがう。「キジェンで死ぬなんて大失敗だ」

こんなことを考えていたら眠気が覚めてしまった。実を言うと、考えていたから眠れなかったのか、寒くて——もちろんやわらいではいたが寒さは寒さだ——眠れなかったから考えていたのか、僕にはいまだに分からない。

次の日、目を覚ますと、体は冷えたままで、疲れは取れていなかった。けれど不思議なことに、病気ではなかった。病気にならないように、僕は一日中暖炉のそばにいた。

夜、寝床の中でこう思った。「はっきり言って、ここは素晴らしい場所だが、僕には向いていない。肝炎を患い、孤独な日々を長々と過ごした後、独りになろうとここまでやってきた。そして話し相手も近くにいない今、自分自身を見つめた結果、僕は危険な兆候を発見した。病気になりそうだ。病気になりつつある。僕は人に囲まれて暮していなければ元気がなくなり死んでしまう、そんな人間にちがいない」

それにこうも思った。夜眠るには、昼の間に疲れる必要があると。湖沿いの道を歩けば、いずれ医師サルモンの家に行き着くだろう。最初はとても無理だろうが、体力が戻ればすぐにたどり着けるようになるはずだ。右手に美しい湖が広がり左手に樹々が鬱蒼《うっそう》と生い茂るその間を走る道だから、歩き続けようという気にならないわけがない。

三日目の朝から、毎日歩くという計画をきちんと実行に移した。煙草、マテ茶あるいは砂糖と交換するためのカボチャやポンチョを持ったインディオだとか、上っ張りを着て学校へ急ぐ何人かの子供たちをのぞけば、途中人に出くわすことはまったくなかった。だがある日の午後、医者の家の桟橋に下りる階段に、ひとりの女性が腰を下ろしているのが遠くから見えた。近づくにつれ、その女性は赤毛であることが分かった。ゆったりした白のスポーツウェアを着た彼女は、両手を膝の上で組んでいたが、えらく美人だった。

それほど苦労せずに、医者の家に着いた。水面をじっと見つめていたらしい女性は、突如身を起こすと、階段を駆け上った。僕はあえて彼女を呼び止めなかった。すると彼女が家に入っていくのが見えた。なぜあんなに慌てて行ってしまったのだろう。本当に彼女を見たのかどうか、確信が持てなかった。いずれにせよ、彼女は僕のいる方を一度も見なかった。

疑念を晴らすため、、とりわけ彼女に会うために、ドアを叩くつもりだった。だがすぐに考え込んでしまった。いかなる理由であれ、僕に会いたくないとすれば、彼女の前に現われるのはまずいだろう。誰だって無理強いは嫌いだ。僕は立ち去る方がいい。いくらか運がよけりゃ、彼女の好奇心を呼び覚ますことだってできるだろう。

その日の午後はずっと、見知らぬ女性のことを考えていた。たぶん僕は思慮の浅い子供みたいに振る舞ったのだ、それに肝炎のせいでおそらく若返り、もしかするとふたたび幼年期に戻っていたのかもしれないと思った。どうしてあんなに心が騒いだのだろう？　女神を見たわけでもないのに！　「自分の知る限り」僕は独りごちた。「この辺りで普通でない生き物といったら、首長竜《プレシオザウルス》ぐらいなものだが」

幸いにして僕は自分を抑えることができた。記憶に間違いなければ、夜がくると古雑誌を何冊も読み、快適な食事が済んだ後一気に眠りについた。でも翌朝、まずしたいと思ったのは、窓辺に駆け寄り、医者の家を眺めることだった。望遠鏡がないのが残念だった。

朝食後、散歩を試みたが、頭の中は例の女性のことでいっぱいだった。自分では信じていないけれど、あるゲームをしてみた。心の中で彼女を呼ぶのだ。するとまもなく、あろうことか、はるか彼方に見えた。名も知らぬあの女性が家から出てきたのだ。しかもこちらへ向かってやってくるではないか。

やがて僕たちは出くわした。そのとき彼女はにっこりしたのだが、その態度に僕は、二人の間にある種の合意が成り立っているのを感じた。彼女はフローラ・ギベールという名だと言い、弁解するように、ギベール医師の姪だとつけ加えた。僕は言った。

「代書屋のアルド・マルテリです。友人のトンプソンの家に泊ってるんです」

僕は勘で、話を長びかせフローラを引き留めたいという気持ちを隠す方がいいと思った。ところが、僕と同じ気持ちを、彼女の方は隠さずに示していることに気づいた。僕は彼女を家に招き、昼食を供にしたかった。だがそうしなかったのは、物事を急ぐのは女性にとって迷惑だからである。フローラは僕に訊いた。

「明日も会えるかしら?」

「ええ」と僕は答えた。

「九時ごろここで?」

「ええ、ここで」

その日、僕はずっと上機嫌だったが、もどかしくもあった。翌朝、約束の時間をもう少し遅らせなかったことを悔んだ。時間ぴったりに風呂を浴びたり朝食を食べることほど最悪なことはない。家を出るとき、フレドリッチ夫人に、ギベール医師の姪を昼食に招いても迷惑にならないかどうかを尋ねた。

「どうして迷惑に?」と彼女は訊いた。「実のところ、あたしはあの娘さんが生まれるのを見届けてるんです。名前はフローラ」

僕はフレドリッチ夫人に好意を抱いたばかりか、新しいガールフレンドの名前を教えてくれたことに対し、お礼を言いたい気さえした。

彼女のことをもっと話させようと、僕は聞く側にまわった。

「とても感じのいい方です」

その直後に聞いた話は、気に入らなかった。

「申し分ないわ。それにすごく真面目なの！　でもね、実を言うと、運というものに恵まれなくて。ここだけの話だけど二十歳以上も上の恋人と付き合ってるんですよ。大学も出ずにぶらぶらしてる男なんだけど」

フレドリッチ夫人が話しているあいだ、一瞬、どういうわけか、僕たちが会ったことは知られていて、問題の甲斐性なしとは僕のことではないかと心配になった。けれど学位のことを聞き、安心した。年について言えば、フローラがどんなに若く見えたところで、僕の方が十から十五以上も上ということはあるまいと思った。

迷信めいた不安を抱きつつ、僕は歩き始めた。二人が会うことは確かなのに、今日の午後ばかりかもはや二度と彼女に会えないのではないか。そんな悪い予感を振り払おうとしていると、彼女の姿が木立の陰に見えた気がした。そのあたりは鬱蒼たる樹々が森を成している。間違いではなかった。フローラはそこにいた。枝葉の重なる陰の地面に座り、木にもたれた彼女は、記憶していたよりも美しかった。彼女は僕に向かって手を差し伸べると、こっちへ来てというように人指し指を動かした。僕は言った。

「ひどいなあ、気づかずに通り過ぎてたかもしれないのに」

僕は自分の叫びが非難めいていたので、気まずい思いをした。

「あたしにはあなたが見えてたわ」と彼女は答えた。

そのとたん、あらゆること——彼女の美しさ、静かな場所、人目につかない森——が、彼女を即座に抱いてもかまわないことを暗に意味しているのだと確信した。もちろん、どう取りかかればいいかは分からなかった。一方フローラは、最初はほとんど気づかない程度だったが次第に木から身を離すと、あおむけに横たわり、僕に両手を差し伸べた。僕はすっかり面食らいながらも、焦りは禁物だと思った。我を忘れた男がへまをしでかすことほど無粋なことはないからだ。しかしただちに見て取れたのは、フローラの方が僕を抱きたくてはるかにうずうずしていたことである。

それから僕は彼女を昼食に誘った。今この時間、フレドリッチ夫人が台所でせっせと料理を作っているだろう、なぜなら君に好意を持っていて、会いたがっているからだ、僕は彼女にそう言った。

「あたしもあの人が好きよ」と彼女は答えた。「一緒に行くわ。でもその前にちょっと家に寄って行きましょう。叔父にお昼は別にするって知らせなけりゃ」

「早く行こう」僕は言った。「フレドリッチの奥さんは、人が食事に遅れるのが嫌いなんだ」

二人はギベール医師の家に入った。フローラは僕を本でぎっしりの小部屋に通し、椅子を指差して言った。

「すぐ戻るわ」

向かいの壁に絵が一枚掛かっていた。何とはなしに目をやった。描かれているのは赤の幅広い帯で、先はYのように二本のもっと細い斜めの帯に分かれ、紅白の縞になっていた。僕は思った。「その気になれば僕にだってこんな絵なら描けるな」

フローラが出ていったところから、まもなく白い上っ張りを着た男が入ってきた。かなりな老人で、顔は赤味を帯び、目は青く、手が震えていた。彼が訊いた。

「マルテリかね？」

「ギベール先生ですか？」

「フロリータから君のことは聞いてるよ。この土地が気に入ってるのかね？　ま、わしには及ばんだろうな！」

「大いに気に入ってます」

「しばらくいるのかね？」

「何日かは。リハビリのつもりで来たんですが……」

「まさか病気じゃあるまいな」

「病気でした」

「わしはまた健康を売りにでも来たのかと思っていたよ！　どんな病気だったのかね？」

「肝炎です」

「病気のうちに入らん。後遺症は？　昔かかったんじゃないことは確かだろう」

僕はうんざりして答えた。

「どこも悪くありませんよ」彼の手が震えているのを見て、こう言い添えたかった。

「ただし、パーキンソン病でないという保証はないけれど」

「なぜキジェン湖なんかに来る気になったのかね？」

「友人のトンプソンが別荘を貸してくれました。僕は澄んだ空気を吸い、何も心配せず時を過ごしたかったんです」

「というより、他のことを心配したいんだろう……それとも、どこへ行こうが心配の種は見つかることを知らんのかね?」

たとえ年を取り博識だからといって、そんなふうに人を見下す口のきき方をする筋合はないと思った。こちらも同じ口調でやり返そうと、僕は例の絵を指してこう訊いてやった。

「その見事な絵はどこから手に入れたんですか?」

彼はにやっと笑って答えた。

「わしも絵のことは分からんのだがね。それはランダッツォの『不死鳥』の絵だ」

「何ですって?」

「ウィリー・ランダッツォの絵だよ。よく知られた画家さ。それにフロリータの友人なんだ。そら、彼女が来たぞ!」

彼女は叔父に伝えた。

「マルテリとお昼を食べに行くの」

僕の肩に片手を置きながら、ギベールは言った。

「わしの姪を連れて行くんだ。気をつけてくれよ。素晴らしい娘だぞ」

この最後の言葉は僕もそのとおりだと思った。それに頼まれたということで、僕の心は動いた。僕は思った。「用心しなけりゃ。僕はこの娘にのめり込んでいる」。家を出ると、フローラは僕の手を取り、走るように促した。彼女は言った。

「森の道を行きましょう。湖沿いの道に負けないくらいきれいよ」

「でも時間がかかるな」と僕は思った。

けれど遅れはしなかった。フレドリッチ夫人は喜びと親愛の情を大げさな身振りで示したが、長引かせはしなかった。というのも、彼女の真の気掛かりは、食事の食べごろが過ぎはしないかということだったからだ。フレドリッチ夫人の手料理はすべて彼女ならではのもので、きまって賞賛を浴びるとともに、味わった人間を満ち足りた気分にさせる。

夫人が引き下がると、僕たちは暖炉のそばでキスを交わした。僕は彼女の手を取り、寝室へ連れて行き、森の中でと同様むさぼるように抱いた。そしてこう考えた。「自制しなくてはいけない。狂っていると思われてしまう」。だがすぐに気づいた。本当はフローラがあまり激しく僕を求めるので、どんなことでも度が過ぎると長い目で見れば体に悪いから、注意しなければならないと考えたのだ、と。

四時ごろ、フローラは、もう帰らなくてはと言った。僕たちは居間でフレドリッチ夫人に出くわした。するとフローラは夫人と話し始めた。僕は彼女を家まで送るつもりだったので、外は冷えるだろうから、首にスカーフを巻く方がいいと思った。自分の部屋へ捜しに行くと、オーバーがハンガーに掛かっているのが目に入った。僕はさらに慎重を期して、それを着ることにした。そのとき、別に聞き耳を立てたわけではないが、二人の話し声が聞こえてきた。

「ランダッツォとはうまくいってるの?」夫人が訊いた。

フローラが答える。

「いいえ」

「でも続いてるんでしょ?」

「どうかしら。分からないの、何が何だか」

「かわいそうに」

僕はすごく嫉妬深い。けっして大げさに言うのではなく、血が凍りついた。心臓が聞き取れるほど高鳴った。動揺しているのを気づかれるのを恐れて、ドアに身を寄せ、出て行く前に百まで数えた。

フレドリッチ夫人は庭までついてきて、木戸を開けてくれた。外に出て何歩も歩かないうちに、フローラが叫んだ。

「どんなにあなたが好きか、今分かったわ」。そして僕にすぐ伝えようと、声を高め、勝ち誇ったように言った。「湖のほとりへ連れてって」

「ああ」僕は自分にも不愉快そうに聞こえる声で小さく答えた。

彼女は僕の腰にしがみつくと、一緒に走るよう促した。

「急いでるなんて思わないでね。嬉しいから走るの」

「遅くなるよ」僕は注意した。

フローラには聞こえなかった。あるいは無視したのかもしれない。彼女は言った。

「素敵な一日だった。森の中で愛し合ったうえに、お昼の後でまた愛し合ったんですもの」

フローラに他の男がいるかもしれないと思うと、僕の心は乱れ、彼女が美しいことを恨んだ。たぶん僕は感受性が強すぎるにちがいない。しかも自分に正直すぎる。もし事実を明らかにしたいのなら、一番手っ取り早いのは、説明させることだと思った。もちろん彼女を怒らせたり、嘘をつかせる恐れはある。真実を知りたければ、用心させてはならなかった。

「どうかしたの？」と彼女が訊いた。

「調子がよくないんだ」僕は答えた。

僕の声はまた小さく、不快で偽善に満ちていた。

「調子がよくなければ、送ってくれなくていいわ。このあたりならいつも独り歩きしているから。ひとつ言っておくけど、湖に近づきすぎちゃだめよ。危ないわよ」

僕は考えた。「僕は体が悪いから、バランスを失って湖に落ちると思っているにちがいない」。僕はもう少しで本当のことを言いそうになった。自分に非があることを彼女が悟らないので、僕はすごく腹が立った。彼女を置き去りにすれば、胸がすっとするだろうと思った。だがそれは間違いだった。独りになったとたん、僕はもどかしさと苛立ちを覚えた。幸いフレドリッチ夫人が紅茶にスコーン、トースト、ラズベリージャムを添えて出してくれた。腹いっぱい食べたら気分がよくなった。その日彼女と二回愛を交わしたのも原因だったのだろう。長い禁欲生活の後でセックスをすると、脱力感に襲われる。たぶん二回は多すぎた。次のときは気をつけることにした。

僕は自分の心を傷つけないように、フローラの良いところだけを見るつもりだった。

確かこう考えた気がする。「彼女がこだわらない女であることの証拠に不足はないが、こだわりのなさと曖昧とは紙一重だ……。僕はひどく傷つきやすいが、苦しむのはいやだから、自分を守らなくては」

午後の最後のひと時を、暖炉のそばで本を読んで過ごした。美味な食事を終え、それにふさわしい賞賛の言葉を浴びせた後、僕は翌朝まで眠った。

目を覚ますと驚くほど気分がよく、体の調子も最高だった。フローラに会いたくてしかたがなかったけれど、僕のライバルについて本当のことを調べたい気持ちと同様、じっと我慢した。何かを少しずつ得るために、文字どおり彼女の忠告に従うつもりだった。散歩のときは湖の縁を歩かずに、逆回りで村へ行く。午後はボートで釣りをしたかった。とにかく今始まろうとしている一日は、厳しい試験のようなもので、それを乗り切れば僕は強くなるはずだった。でもすぐにフローラに会ったりしたらどうなっていたことか。

午前中の散歩はなんとか我慢できた。土地の人間がやけに愛想よく見える。村ではインディオが織ったポンチョとリコール・デ・ラス・エルマーナスを買った。このリキュールは、一度ならず試す機会があったが、僕みたいに食い意地の張った人間につきものの胃の不調に効き目がある。だから僕は常に小ビンを一本薬箱に備えてある。

昼食の間、フレドリッチ夫人はフローラの話をしなかった。僕の方も、うずうずしていると思われないように、話題にするのを控えた。できるものなら夫人に、午前中彼女が僕を訪ねてこの別荘までやって来たと言ってほしかったのだが。彼女と再会するまでは、午後も夜もずっと独りで過ごさなければならないと思っただけで、僕はめまいに似たものを感じた。けれど、彼女に会わないという犠牲を何かに役立てたいなら、くじけてはならない、そう思い直したのだった。

肉をまぜた餌と毛針の用意をしていると、相手が誰であろうとかまわず言って聞かせる文句を思い出した。「僕にとっちゃ釣り三昧の午後にまさる天国はない」。それは本当だ。にもかかわらず、実を言えば、ボートのエンジンがかかると、期待よりもむしろ諦めに似た気持ちがした。実際、フローラに会うこと以外は何もかも、許しがたい時間の無駄に感じられ、僕を苛立たせるのだった。

ボートから十分離れた位置で毛針が引っ張られるように、釣り糸を流しっ放しにした。エンジンの音が魚を脅かさないように、ボートを目一杯ゆっくり進ませるのだ。湖の真ん中に達したときだった。突如ボートが揺れだした。まるで怪獣か何かが下にいて、僕を水中に落とそうと懸命に揺すっているみたいだった。加速レバーにうまく手が掛かったので、ボートは大きくひと揺れすると自由になった。追われているかもしれないという恐怖から、僕は後ろを振り返った。白い航跡の中に一瞬血が混じって見えた、あるいは見えた気がした。全速力で飛ばしたにもかかわらず、船着場が限りなく遠く感じられた。陸に上がってから湖をちらっと見やったが、いつものように静まり返っていたので、別荘に入った。確かに言えるのは、ドアを閉めるまで安心できなかったことだ。なのにフレドリッチ夫人ときたら、涼しい顔でこう言った。

「早いお帰りだこと。釣りは退屈しますからね」

「僕は違うよ。肝を潰すことがあったんだ」

「ボートの底から水でも？」

「いや、一滴も。だけど揺れ出したんだ。正体不明の動物がやったらしい。誓って言うけれど、スピードを上げなければ、引っくり返されるところだ」

「気にしなくてもいいですよ。あたしがたった一度釣りに出たとき、おんなじことが起きましたから」

「ボートを引っくり返そうとしたのかい？」

「湖の真ん中でこわくなってね。少しでも早く戻りたいと思いました」

「ボートを揺すられなかったのかい?」

「ええ、でもおんなじくらいこわかった」

「僕は部屋に行くよ。少し本でも読むことにする」

「何か素敵な本でも読んで、忘れることです……」

彼女は確かこう言った。「さっき見た夢のことは」。僕は自分がかっとなることがあるのを知っているし、それが体によくないことも分かっている。だから返事をせずに部屋へ引き上げた。

次の日は朝から雨で、寒かった。夜まで悪い天気が続いたので、外気に身をさらさないよう別荘から出なかった。

その次の日は朝から散歩に出た。不思議なことに、二日間何もしないでいたら、それまで歩くことで身についた体力が失せてしまっていた。道のりの半分もこなせず、石の上に腰を下ろして休まなければならなかった。

僕は湖を眺めていた。すると突然、水中に、体の長い何かが見えた気がした。色はピンクだったと思う。じっと見る暇もなく、それは虹の輝きのように、湖の底へ姿を消してしまった。動物かもしれないし、人が泳いでいたのかもしれない。でも水面に現われなかったから、僕は動物だろうと思った……。人が泳ぐみたいな動きをする怪獣が湖に住んでいるのだと。別の仮説も考えた。あれは深い水の流れに運ばれた死体だったという説だ。僕は思った。「この湖は、どんなふうにかは知らないが大西洋とつながっているのだから、流れだってありうる。もしかすると、僕ほど運がよくなかった釣り人かもしれないし、ひょっとすると僕のボートをあやうく引っくり返そうとした怪獣かもしれない」。そのとき、フローラから湖に近づくなと警告されたことを思い出した。僕は即座に身を起こすと、二、三歩退いた。もしも怪獣がうろつき回っているなら、僕を捕まえるつもりなのだと思い至ったからだ。

僕は散歩を続けた。実際に見えたかあるいはそう思っただけかもしれないこの動物について、フローラといずれ交わすはずの会話の練習をしていると、何か白いものが水中で動いているように見えた。好奇心が用心深さに勝り、僕は水辺に近づいた。うまく説明できないが、体の白い何かかあるいは物体らしきものが、遠ざかっていった。それを僕は犬のフォックステリアか、もっと馬鹿げてはいるが、仔羊らしきものと判断した。そいつが息をしに出てくるのを待っていたが、たちまち視界から消えた。

別荘に着くやいなや、フローラがドアを開け、僕を前のときと同じ本でぎっしりの小部屋へ連れて行った。部屋に入ると彼女は絵の向かいの椅子を指差したのだが、僕にはそれがなんだか悪い兆しのように思えた。

彼女は落ち着き払い、いくぶんよそよそしかった。過去四十八時間の間は、そんな彼女に出会っても、どうということはなかっただろう。だがそのときは、彼女が愛情と快活さを示してくれるなら、どんな犠牲を払ってもよかった。嫉妬とそれを告白する恥ずかしさから取った作戦が、彼女をがっかりさせたのだった。はじめは二人の愛を盲目的に信じた彼女だが、僕がいなかったことの意味を正しく解釈し、苦い幻滅を味わったのである。僕が、嫉妬からそんな振る舞いをしたと認めれば、彼女はおそらく許してくれただろう。けれど愛しているからこそ、打ち明けることができなかった。フローラは言った。

「あなたを知る前、他の人に恋してたわ。たぶん、あたしが臆病だったせいで、その人について行く気になれなかった。でもあなたに会ったとき、信じて疑わなかったわ。本当の愛を、文句なしの愛を見つけたんだって。わかる?」

「もちろんわかるさ。僕も同じ気がした」

「あなたのそばにいれば、ウィリーのことを忘れられると思ったの」

「ウィリー？　ウィリーって誰のこと？」

僕は危うくこう訊くところだった。「ウィリーってどこの馬の骨なんだ？」と。フローラは答えた。

「ランダッツォ。偉大な画家よ」

「偉大な画家」などという馬鹿げた言葉を彼女から聞いたのは、それが最初のような気がした。誤りとは無縁の人物ではなかったことを示すこの徴候にも、彼女に対する僕の愛は弱まりはしなかった。それどころか、優しい気持ちが湧いてきて、いつでも喜んで保護者の役を引き受けようという気にさえなった。

「じゃあ、そのウィリーとかいう男を、忘れることができなかったんだね？」僕は訊いた。

「そう、できなかった。たぶんあなたの助けが足りなかったんだわ……。おとといの朝は会ってくれなかったし、午後は釣りに出かけちゃうし」

「釣りが好きなものだから……」

「見え透いてる。この間なんて……」

「寒くて、雪が降っていた。それで別荘から出なかったんだ」

「もういいわ……。ただひとつのお願いは、分かってほしいということ。ウィリーと別れるには、あなたがうんとあたしを愛してくれなくちゃならないの」

「うんと愛してるよ」

「そうね、でもまだ足りないわ。お願い、誤解しないで……」

「なぜ僕が誤解するんだい?」

「だって、ウィリーについて行く気になれなかったって言ったから。悪い人間だなんて思わないで。怒りっぽいけど、とても誠実よ。それに根は物分かりがいいし」

フローラが「ウィリー」と言うたびに、僕は苛々した。

「素晴らしい人物らしいから、ついて行かないというのは、君にとって失敗の始まりだったな……」

「そんな言い方しないで……。説明しなけりゃ分かってもらえないに決まってるわ。湖に近づいちゃだめと言ったこと、覚えてた?」

僕はなぜか白い犬だか仔羊だかのことを話す気になれなかった。僕は答えた。

「まあね。だけど君から言われる前は、恐ろしい目に遭ったりしなかったんだけど」

僕はボートの一件を話した。彼女は本気でびっくりした。フレドリッチ夫人とは大違いだ。僕の言うことを信じ、人の神経を逆撫でするようなコメントを加えたりしなかった。僕は思った。「この女は僕を愛してる」。もう大して話すこともなかったのだが、彼女が詳しい話を要求するので、石に腰掛けて休んだときに水中に見えたもののことを話した。フローラは不安気な顔で言った。

「近づいちゃだめって言ったでしょ」

もしかすると僕は、同情を誘えば、彼女の愛が復活すると考えたのかもしれない。僕は訊いた。

「君に捨てられるんだったら、僕なんかどうなったってかまわないんだ」

まるで役者か、重要なのは自分の目的を果たすことだけというぺてん師みたいな調子だった。まさか彼女があんなに悲しそうな顔をするとは思いもしなかった。僕の目をじっと見つめる彼女の目はこのうえなく美しく、不安と悲しみの色を浮かべている。僕は恥じいる思いだった。フローラは、何もかも説明すると言った。あたしが頼めば、きっとあなたは他人に話したりしないだろうからと言うのだ。僕はうなずいた。すると彼女はこう切り出した。

「これはあたしにとって、責任重大なことなの。だって叔父には内緒なんですもの」

僕たちのことと医者のギベールとどんな関係があるのかと、思わず訊きそうになったが、間髪を入れず彼女は話を続けた。

彼女は、前年の後半の一時期をのぞいてずっと、ギベール医師の実験助手を務めてきたと言った。そしてまるで当然のごとく語るのだが、その空白の時期、彼女はランダッツォと一緒にブエノスアイレスに行き、最初は一週間のつもりが延びにのび、ついに四か月にも及んでしまった。やがて戻ったとき、彼女は帰りが遅れたことをギベールに咎《とが》められるだろうと思った。ところが彼は咎めるどころか、どうしていたのかということさえ訊かなかった。彼は顔を輝かせ、両手で万歳をして叫んだ。

「いい知らせがある。大間違いでなけりゃ若返りの秘密を見つけたぞ」

「どこで？」

するると驚くべき答えが返ってきた。

「鮭の中だ」

フローラの口から、一時期例の男と一緒に過ごしたということを聞いた瞬間から、僕は金槌で殴られたみたいに頭がくらくらし、彼女の話をいい加減にしか聞いていなかった。けれど鮭という言葉に、僕は反応した。運がよかった。というのは、フローラが続けて語ったことは、この問題を理解するために重要だからだ。鮭には内分泌腺があって、それがこれから海の旅を企てようとするときに鮭を若返らせる。内分泌腺が働くのはただ一度だけで、その働きは、鮭に若い盛りに世界周遊を企てさせることだ。彼女は次のように説明した。

「それが鮭でなく人間だとすれば、内分泌腺によって二十歳の若さに戻れるの」

なぜだったかは忘れたが、僕は彼女に議論をふっかけ、人の一生で一番いい時期は、三十かあるいは四十を過ぎたころに訪れると主張した。返事が返ってこなかったので、ひとつ質問を試みた。

「年老いた鮭は、生まれ故郷の川か湖に帰るんだろう?」

「もちろん。でもそれは関係ないわ」そう答えると、彼女は説明を続けた。

魚の内分泌腺を、別の種類の生き物の組織に移植すると、障害が生じたけれど、それは克服された。フローラは、叔父の説明を注意深く聞き、後でランダッツォと一緒にその批評をするのだと言った。それより前になるが、ランダッツォが彼女にこう言ったことがあった。「君に出会うという幸運に恵まれたとき、私が見舞われたのは、齢《よわい》六十を迎える不運だった」。ギベールの研究のことを知ると、彼はフローラに、自分も「実験用モルモットのリスト」に加えてほしいと頼んだ。ギベールの方は、初め、この方法の安全性の幅を考えると、まだ人間を使ってのテストには無理があると言って譲らなかった。いずれにせよ、テストに対する不安を、ギベールに比べれば、自分が若返るかもしれないランダッツォの方はそれほど感じていなかった。そこでギベールもついに折れたのだが、ただし、移植したばかりの内分泌腺は回春効果をもたらさないこと、そのためには鮭の場合のように一定の時間がかかることを警告するのを忘れなかった。「私の理解が正しければ」確かランダッツォは言った。「鮭は海に出るまで若返らないわけだ」。「いや、その反対だ。鮭は自分が若返るまでは海に出ない。若さが甦ったと分かると、大冒険を企てるのさ。安心させるために言っておけば、ほら、鮭は一匹残らず海へ出て行くじゃないか。つまり内分泌腺は必ず機能するということだ」

フローラが語ってくれたところによれば、彼女の叔父の実験室は、僕たちが話をしている別荘そのものの中にあり、そこでランダッツォは内分泌腺を四つ移植されたという。人の体は鮭より大きいからだ。拒絶反応はなかった。叔父と姪の目には、回復ぶりもきわめて順調に見えたので、たちまち回春の兆しが現われそうだった。ところが、数日と経たないうちに生じたのは、呼吸の乱れと皮膚の炎症らしきものだった。ランダッツォはしばしば呼吸困難に陥るようになり、その激しさも増した。ギベールが彼の胸のレントゲン写真を撮ると、写っていたのはひどく縮んだ肺だった。血管拡張剤を与えたにもかかわらず、病は進行するばかりだった。一方、皮膚には鱗《うろこ》が生え出した。

数日後、もう一度レントゲン写真を撮ると、肺はしぼんだようだった。フローラには、新たな肺が生まれたように見えた。ふたたび希望の灯が点《とも》った。しかしランダッツォは窒息しかけている。そこでギベール医師はとんでもないことをした。びっくりしているフローラの目の前で、物も言わずにランダッツォを湖まで連れて行くと、その背中を押したばかりか、湖に落ちると頭をつかみ、水の中につけておいたのだ。フローラは恋人を助けようとした。ところが驚いたことに、ランダッツォは水中で泳いでいた。彼女が新たな肺だと思ったのは、鰓《えら》だったのである。ランダッツォは絶えず水面に現われ、鼻をふさぎ、こもった声でこう叫んだ。「よくもこんなことをしてくれたな」「この仕返しは必ずするぞ」「フローラをよこせ、さもなきゃおまえを殺してやる」彼女は恋人を湖に置き去りにするに忍びず、彼と長々と語り合ったのだが、そのために彼が疲労したことは明らかだった。「あなたの体に肺のかわりに鰓ができるなんて、叔父に分かるはずないでしょ」フローラがそう言うと、ランダッツォは何度も姿を現わしてはこう叫んだ。

「あいつには分かってた。動物で実験済みじゃないか」。フローラは彼に、寒くはないかと訊いた。最初のうちは寒かったが、すぐに慣れたらしい。「俺の皮膚に鱗ができかけていたのを覚えてるだろう？　今は体じゅう鱗でびっしりだ！　俺が湖から上がる日には、君の叔父に残された道はただひとつ、雲隠れすることだ」。「体の方は辛くない」とランダッツォは言っていた。「だが、やりきれないのは、絵を描けないことだ」。この結末にフローラは大いに胸を痛めたが、僕はなぜか笑いたくてしかたがなかった。ランダッツォの怒りがいつまでも治まらない原因のひとつは、どうやら僕とフローラの関係にあるらしかった。彼女には何もしないが、ギベールと僕を殺してやる、とランダッツォは言った。なぜ僕を？　彼の存在なんて知りもしなかったし、傷つけるつもりだってまったくなかった。かりにフローラの愛を奪ったとしても、それは僕たちの意志の及ばない、自然の法則に従ったまでのことだ。フローラは、叔父を殺したりすれば、二人は二度と一緒になれないと言って、ランダッツォを諭した。「君が湖に来る日にはあいつを許してやろう。誓ってもいい」そう言うと、彼は水中に潜った。だがふたたび姿を現わし、叫んだ。「もうひとりの奴は許さないぞ」。彼はまた水の中に沈んだ。さらに今度は苦労して水面に出てくると、すでに聞いたことを大声で繰り返した。「許さないぞ」。やるならやってみろ。間抜けはどこにいても間抜けだと思うと、僕はおかしかった。

フローラによると、ランダッツォは、彼女がギベールを説き伏せて手術を受けるものと信じ切っていたという。

「彼、あたしの愛を信じてるの」彼女は頭を振りながら言った。そして口を閉ざすのかと思ったらこう言った。「他の人とは違うわ」。さらに続けて、「最悪なのは、初めあたしがためらっていたこと。何もかもが怖かったから。湖は冷たいだろうし、生活は変わるし。不愉快な生き物たちの中で暮らすなんて。あたし、魚が嫌いなの」

ランダッツォが若返るときがきたら、海の旅についていかなければならないのだろうか？　そう考えると彼女は恐ろしくなった。それでも叔父に話し、自分に内分泌腺を移植する約束を取りつけた。叔父は最初、聞き入れようとしなかった。彼は声を荒らげて言った。「一体ランダッツォはどういうつもりなんだ、私に最愛の姪を鮭に変えろなどと。おまえの年だったら移植しても意味がないし、実験だってまだ十分じゃない。ランダッツォを手術したとき、内分泌腺が呼吸器系統にああいう影響を及ぼすとは知らなかった。あんな過ちを犯すことは一度だって許されない。それが二度目となれば、もはや過ちでは済まされん」

突然好奇心に駆られ、僕はフローラに、ランダッツォは何を食べているのかと訊いてみた。彼女は即座に答えた。

「小魚だと思うわ」

彼女は顔を赤らめ、初めのうちは普通の食事を与えていたが、水中に散らばってしまうので、骨が折れるようになったのだと弁解した。魚だとうまく食べられるのだけれど、だんだん足りなくなってきた。たぶんそれでランダッツォは、もともと気が短いこともあり、ある日彼女に、もうわざわざ食べ物を持ってくる必要はないと言ったのだ。「それ以来あの人は、湖に住む他の生き物みたいに、餌を食べねばならなくなったの」

ランダッツォは意志の強い男で、思い立ったことは必ず成し遂げる、とフローラは主張した。さらにこう打ち明けた。僕たちが知り合った日、彼女は、ギャンブラーが手持ちのチップのすべてあるいは全財産をひとつの数字に賭けるように、僕に賭けたのだと。数字ははずれた。

「責めてるわけじゃないの」彼女は言った。「あたし、最後の頼みの綱として、あなたにしがみついたのよ。運命があなたを送ってよこしたんだって思ったわ。あのとき二人の間には、不思議なほど引かれ合うところがあった」

「今もだ」僕は文句を言った。

「あるところまではね……。あたしの望みはちょっと馬鹿げてたわ。あたしは命懸けの愛を求めていたの。ランダッツォを、彼が今は馴染んでしまったあのあまりにも違う世界へ置き去りにしても、あたしに良心の呵責を感じさせないような、そんな愛を」

僕の振る舞いのおかげで目が覚めた、それは辛かったけれど、結局は好ましいことだった、と彼女は言った。僕にランダッツォほど愛されていないことが、はっきりしたのだ。

僕は、なぜランダッツォがボートを転覆させようとしたのか、彼女に訊いてみた。

「あたしと一緒のところを見られたからよ。嫉妬深いところはあなたと同じだけれど、ひどく怒りっぽいの。おまけにあなたのボートのスクリューで、片腕に怪我をしたと言ってるわ」

「ボートを引っくり返そうとしたんだ。水中に住む動物の本能的な凶暴性が身についたにちがいない」

「そんなんじゃない。何かされても、悪気でやったんじゃないと分かれば、恨んだりしないもの。気高い心の持ち主だし、とても話の分かる人よ。もし叔父があたしに手術をすれば、ウィリーは彼を許すわ。本当よ、許すわ」

ここまでくると、フローラの話しぶりから、それまでわずかだが明らかに感じられた厳しい調子が消えた。そして続けて、もし僕が、保証したとおり彼女を愛しているなら、ギベールは二人にも手術を施すことができるのだと言い切った。この言葉に僕はぎょっとなった。

「二人にも手術を施す?」僕は訊いた。

「あたしのことをいくらか信じているなら(あたしはあなたの期待を裏切らなかった)、今から言うことを信じなけりゃだめ。あたしたちは三人で仲良く暮らせるの。ランダッツォはあたしをそれは愛していて、他にあたしを愛してる人がいても、一緒につき合えるからよ」

僕の最初の反応が、まさしく警戒心から生じたことは否めない。表にこそ出さなかったものの、心の中では、何はさておき、この世界に必死にしがみついていなければならない、さもないと、不運なランダッツォのいる、あの謎めいた禍々《まがまが》しい世界に引きずり込まれることを確信した。次に思ったのは、これも確信といってよかったが、フローラを引き留めねばならないということだった。ランダッツォが我慢して僕とつき合う可能性を、僕は怪しんだ。するとフローラは、彼のことなら自分の方がよく知っていると言った。そこで僕は、ポンス夫人という古くからの客の書類のことで、十九日から二日ばかりブエノスアイレスに出かけるから、二人の手術を少し延期してほしいと頼んだ。首都での滞在が二日を越えることはないことを力説した。フローラの反応は不思議だった。僕の言い訳——というのも僕の言ったことが言い訳とみなされたからだが——は、理由はよく分からないけれど、彼女には滑稽に聞こえたらしい。にもかかわらず、彼女は悲しんだ。その理由は分かる気がした。なぜなら別れというのは、いつでも辛いものだからだ。僕の言葉に彼女がまるで納得しないので、目先を変え、いくらランダッツォが認めても、僕は彼と共同で彼女と付き合うことに同意できない、という論に訴えてみた。そう主張する一方で、フローラがこう言いはしないかとひやひやした。「だったらあたしに対するあなたの愛は、彼の愛より小さいんだわ」。しかし彼女はそう言わず、驚いたことに、心を動かされたようだった。人生はチェスのゲームに似て、自分が今勝っているのか負けているのか、正確には分からない。僕は一ポイント稼いだと思った。それは事実だった。けれど危険が迫りつつあったのだ。実際、フローラはこう言った。あなたは自分に打ち克たなくてはならない、あたしたちが一緒に暮らすのを嫉妬が阻むなんて認めてはならない、二人であたしと付き合うという考えは、今は我慢できないとしても、時が経つにつれ、耐えられるようになり、そのとき二人に真の幸福が訪れるのだ、と。

「ひとつ問題がありそうだ」僕は慌てて言った。「君の叔父さんが同意するかどうか……」

「どうしてそんなこと考えるの？」そう訊くと彼女はさらに明るい調子で言い添えた。「叔父はモルモットを手に入れたがっているわ」

「君の言うとおりかもしれないな。最初、僕たちが知りあった日、叔父さんはえらく僕に興味を示したようだった。けれど僕が病気だったと知ると、腹を立てる寸前だった。僕が役に立たないと思ったんだ」

「なぜそんなこと考えるの。あなたは誰よりも強いわ」

「分かるもんか。多分、肝炎をやった人間は、手術の役に立たないんだ」

「保証するけど、あなたの手術に何の不都合もないはずよ。可哀そうなのは叔父よ。申し出たのはあたしだけ、それにあたしを湖にやれば、彼は独りぼっちになるのよ。でも、あたしはきっと説き伏せるから見てて。彼はランダッツォが嫌いだから、あたしと一緒にあなたを湖にやるのを、とても喜ぶと思う」

彼女に手を取られ、彼女の部屋に連れて行かれ、僕たちはそこで愛を交わした。初めはすぐにギベールが現われそうで心配だったけれど、フローラが行為に熱中しているので、僕も彼女の例に従った。女が導き、男が従うのだ。

僕たちは胸を引き裂かれる思いで別れた。彼女は僕に、また以前と同じ愛を感じていた。ただし、すぐに戻るという僕の約束を鵜呑みにはしなかった。彼女が不信の念を抱いているので、ギベールの手術を受けてもいいという二つ目の約束を彼女に思い出させるのを、僕はためらったほどだった。「フローラのこういう態度は」僕は思った。「すべて、僕を愛してるからにちがいない。僕の言葉を信じてはいないが、彼女は僕を愛してる。僕とは大違いだ」

ブエノスアイレスでは、初め、事はすべて予想通りに進んだ。トンプソンは、僕がキジェン地方に感激しているので、得意そうだった。そして僕がただちにキジェンに戻り、休暇を少し延ばすことに同意した。ポンス夫人は書類にサインした。次の日、トンプソンがいるかどうか訊くと、「来ないという連絡がありました」という答えが返ってきた。「昨日ひどく風邪を引いていたからね」僕はそうコメントすると、彼の家に電話を入れた。彼は、流感にかかったけれど、二十四時間後には代書屋に戻るつもりだと言った。しかし彼は熱が高く、一週間過ぎても戻って来なかったので、僕はキジェン行きを延期せざるをえなかった。僕は同僚に代わって二件の書類を処理しなければならなかった。僕にさして愛想がいいわけでもない秘書が、嬉しいことを言ってくれた。「私はいつも申し上げているんですが、トンプソン&マルテリ社にとって、あなたは掛けがえのない方です」。実を言うと僕はこう思った。「そのとおりさ」。そしてこうも思った。「自分が望んだわけじゃないけれど、こう帰りが遅れると、いささか焦りを感じる。でもそのあいだにフローラはじっくり考えて、あの計画をやめにするかもしれない。どう見ても馬鹿げているし、不愉快きわまりない」

ようやくキジェンに戻ると――ある日の夕暮れ迫るころだった――フレデリッチ夫人は僕を旧友のように迎えてくれた。彼女は訊いた。

「何か変わったことは?」

「別に。何もかも同じさ」

「フローラは来なかった?」

来なかったと彼女は答えた。僕はがっかりしながらも、わざわざ知らせを聞きに来ることもなかったのなら、帰りが遅れたからといって、それほど心配させなかったはずだ、と思った。妙なことだが、いないのは僕の方であることになかなか気づかなかった。それに気づくと、今度は、彼女のもとへ帰るのを、どんな犠牲を払ってでもこれ以上遅らせたくないという気になった。僕はもう少しでギベール医師の別荘に出かけるところだったが、夜だったし、寒く、雪が降っていたため、思い止まった。窓から眺めても、明かりは見えなかった。夜で真っ暗だったからか、さもなければ医師も姪も早ばやと床に就いてしまったのだ。

満腹感と疲れから僕は寝過ぎてしまった。目を覚ますとすぐ窓辺に駆け寄った。悲しいことに、ギベールの別荘の煙突から煙は上っていなかった。このことといい、前の晩明かりが点いていなかったことといい、僕は胸騒ぎがした。僕は思った。「こっちが帰ってきたら、フローラと叔父はブエノスアイレスへ行っちまったなんてことになったら最悪だ。かりに僕もブエノスアイレスへ行くとして、どうやって二人を見つけりゃいいんだ?」

朝食を軽く済ませると、歩いてギベールの別荘へ行った。もちろん湖には近づかないようにした。道々、素敵な想い出が、後から後から浮んできた。ああ、想い出のなんと近く、なんと遠いことか！　ついに別荘に着き、ドアを叩いた。返事がない。僕はドアを開けようとした。だが開かなかった。そこで窓を次つぎ試し、もう諦《あきら》めかけたときだった。ひとつの窓が、手で押すと開いたのである。

書き物机の上に、手紙が見つかった。それにはこう書かれていた。

「愛しいアルドへ　叔父の手術を受けました。残念ながら、あなたは手術を受けられません。というのも、あたしが手術の後、ベッドに寝て治るのを待っていたとき、ウィリーが、叔父があたしをあなたと一緒にブエノスアイレスへ行かせたと誤解し、叔父が桟橋の階段にいると、湖からガバッと現われて、二人の間で激しい言い争いが起きたからです。そのとき叔父はバランスを失なって水に落ち、溺れて死にました。あたしのことなら心配いりません。叔父やあなたとのことは悲しいけれど、叔父が溺れ死ぬ前に手術してもらえたのを、喜んでいます。そろそろ息苦しくなってきたので、もう湖に入らなければなりません。あなたを待てなくてごめんなさい。いつまでも愛しています。フローラ」

僕は自分のしたことが愚かだったと悟り、嘆いた。ひとりの客の書類のために、フローラを失なうなんて！　どんなにひどい罰を受けても仕方がない。もっとも、実を言えば、フローラが僕に示した計画ほど奇妙な計画に、いきなり応じる人間がいないとは思わない。もちろん、代書屋として自分の義務をロボットみたいに果たすかわりに、僕にとってただひとりの大切な人間と一緒にいたなら、彼女が手術を受けるのを阻んだか、やむを得ない場合はギベールに頼んで、僕も手術を受け、今ごろ湖か海かそれとも世界の果てかで、彼女と暮らしていただろう。「どうしてあんなに長いあいだブエノスアイレスにいたんだろう?」僕は嘆いた。「約束した日に戻っていたら、こんな狂おしさを味わうことはなかったのに。これじゃ自殺したのと同じだ」。僕は夢遊病者のように部屋を出ると、桟橋の階段の端まで歩いて行った。まもなく僕は、水の中にフローラとランダッツォがいるのに気づいた。二人はぴったり寄り添い、僕に笑いかけ、手を振って挨拶した。彼らは明らかに楽しそうだった。

(Bajo el agua, 1991)

解　説

I

この短篇集について語る前に、ラテンアメリカ文学の展開と、それが日本でどのように受け入れられたかということを少し振り返っておこう。今や大書店に行けば、ラテンアメリカ文学のコーナーが設けられているのが普通だろう。スペイン文学コーナーと隣接している場合もある。だが、一九六〇年代はそうではなかった。

日本でラテンアメリカ文学、それもその「新しい小説」が本格的に紹介されだしたのは一九七〇年代のことだ。媒体となったのは様々な文芸誌や詩誌で、最初に特集を組んだのはたしか『文藝』(一九七二)だった。なかでも中央公論社から出ていた『海』とその担当編集者の果たした役割は計り知れず、今では語りぐさになっている。そこではガブリエル・ガルシア＝マルケス、フリオ・コルタサル、カルロス・フエンテス、さらに詩人のオクタビオ・パスらの特集がフランスの作家の特集に負けない形で組まれ、短篇やエッセー、詩の翻訳がまとまって掲載された。その一方で、長篇が単行本として出版され、他の文芸誌でも特集が組まれた。一九七二年には白水社から『現代ラテン・アメリカ短編選集』が出ている。そうした動きに様々な作家・学者らが反応し、波紋が輪のように広がった。いま思えば、そこには新鮮な驚きを共有するところから生まれた祝祭とでも呼べそうな雰囲気が漂っていた。こうして、一九六〇年代に世界的に生じた新しいラテンアメリカ小説の〈ブーム〉が、一九七〇〜八〇年代の日本にも〈ブーム〉をもたらしたのである。

常に引き合いに出されるのだが、当時最も先鋭的だったフランスのヌーボーロマンがその過激な実験性によって読者を置き去りにしたり、物語性を否定したことで小説からわかりやすさや面白味が失われたりしたために、読者離れが起き、すべては書き尽くされたとか小説は終わったと言われてその未来に期待が持てなくなっていたときに、ラテンアメリカではそうした悲観的な見方を覆すような、実験的でしかも物語性豊かな小説が次々に生まれていた。

一九六〇年代の日本では、ラテンアメリカは発展途上地域あるいは〈第三世界〉と見なされ、〈政治詩人〉〈抵抗詩人〉としてのパブロ・ネルーダやニコラス・ギジェンが紹介され、一九六七年にノーベル賞を受賞したミゲル・アンヘル・アストゥリアスの小説も、シュルレアリスムの影響よりも〈反帝国主義〉や〈ネオ・インディヘニスモ（先住民擁護主義）〉という側面が強調されつつ紹介された。『緑の法王』（全二冊、一九六七—一九六八）の翻訳が新日本出版社の「世界革命文学選」というシリーズに入ったことや、その後出た新版（一九七二）では、鼓直の文学的解説がジャーナリストの高橋勝之による政治色の濃いものに差し替えられているのは、そうした見方が主流だったことの証だろう。ラテンアメリカに洗練された文学としての小説はないと思われていた時代だった。だから一九五〇年代に篠田一士によって同人誌『秩序』にボルヘスの短篇「不死の人」が紹介されたとき、彼がアルゼンチンの作家であることを知らない読者が多かったというのもうなずける。ボルヘスをフランスに紹介したのがロジェ・カイヨワで、彼の編んだ〈南十字星叢書〉を通じてラテンアメリカ文学を知るということが仏文学者の間に見られ、フォルメントール賞をベケットと同時に受賞したボルヘスの作品は、日本の大学に勤める欧米文学の研究者たちの間で驚きをもって迎えられた。インターネットがまだ存在しない時代、外国文学の情報源は大学だった。

ボルヘスと言えば、実は、一九六三年に出た集英社版「世界短篇文学全集」の第九巻

『南欧文学 近代』に林一郎による『伝奇集』所収の「刃傷の痕」の訳が収録されているのだが、当時、ラテンアメリカ文学はスペイン文学の一部あるいは変種とされていたため、ナボコフと並んでポストモダンの教祖的作家とされるボルヘスの作品でありながら、それはいわゆる知的バロック作品とは異なる土俗的作品とみなされた可能性がある。だが、視野を広げれば、後に〈プレ・ブーム〉と呼ばれもする新しい作家・作品は、数こそ多くはないが既に一九五〇年代前後に現われていた。短篇集を挙げれば、ボルヘスの『汚辱の世界史』(一九三五)や『伝奇集』(一九四四)は最も早い例であり、メキシコのファン・ルルフォの『燃える平原』は一九五三年、カルペンティエールの『時との戦い』は一九五八年、アストゥリアスの『グアテマラ伝説集』の初版に至っては、さらに遡って一九三〇年という具合である。それらは個々には知られていたはずだが、それを総合的に捉える視座は、日本はもとより世界にもなかったようだ。

ホセ・ドノソが自伝的回想『ラテンアメリカ文学の〈ブーム〉——一作家の履歴書』(一九七二)で語っているように、ナショナリズムの強いラテンアメリカでは、〈ブーム〉以前は一国文学という考え方が強く、作家も作品も国境を越えることが難しかった。どこに誰がいて何を書いているか互いに知らなかったか、知っていても名前だけという具合だったのだ。それに戦略上ラテンアメリカ研究の盛んな米国においてさえも、文学研究の対象は主に詩の分野であって、十九世紀末に現われた〈近代主義《モデルニスモ》〉やそれを受け継ぎながら乗り越えようとした、前衛詩と総称されるチリのビセンテ・ウイドブロ、パブロ・ネルーダ、ペルーのセサル・バジェッホ、アルゼンチンのホルへ・ルイス・ボルヘス、メキシコのオクタビオ・パスらの詩に眼差しが注がれながら、散文はそれほど注目されてこなかった。

そのような状況が一九五九年のキューバ革命によって一変する。ガルシア＝マルケス、フエンテスら革新的作家たちがカストロやゲバラが率いる革命運動とその結果を支持し、革命成功後、国境を越える作家会議、文化会議が開催され、それまで知り合えなかった作家たちが顔をそろえて、互いの作品を交換し合うといった感動的な場面が頻発したことを、ドノソは前述の回想録で語っている。彼らは世界における自分たちの立ち位置を意識するようになったのだ。

それまで米国の支配下にあったラテンアメリカ諸国、とりわけメキシコ、中米、カリブ地域の作家たちは、米国が支援する独裁国家で抑圧的状況に置かれ、グアテマラのアストゥリアス、キューバのカルペンティエールのように亡命の道を選ぶことも少なくなかった。グアテマラ出身のアウグスト・モンテローソやコロンビア出身のガルシア＝マルケスもそのひとりで、ガルシア＝マルケスは、亡命という状況そのものをラテンアメリカ作家のもうひとつの祖国とみなしているほどである。歴史的に存在してきた反米感情やラテンアメリカ主義は、かつてほど単純な形ではないが今日のラテンアメリカにも根強く見られ、各国の政治状況、そして文学・文化にも影を落としている。

一方、よく知られているように、スペインの出版社がラテンアメリカ文学の作家や作品を群として市場に送り出したことも〈ブーム〉を生み出すうえで大きな力があった。またフエンテスは米国の大手出版社との関係を活用し、同世代の作家たちの作品が米国で翻訳出版されることに貢献した。しかしなんと言っても〈ブーム〉を裏付けたのは、フエンテスの『アルテミオ・クルスの死』(一九六二)、コルタサルの『石蹴り遊び』(一九六三)、バルガス＝リョサの『緑の家』(一九六六)、魔術的リアリズムの作品として知られるガルシア＝マルケスの『百年の孤独』(一九六七)といった大型の長篇だった。それらが相次いで発表されたことにより、一九六〇年代のラテンアメリカは未曽有の文学的活況を呈したのだった。

こうして、ジャーナリズムやマスコミが盛んに用いるようになったこともあって、

〈ブーム〉という言葉は独り歩きを始め、いまではラテンアメリカ文学史でも使われるキーワードとなった。ただし、その〈ブーム〉も、一九七〇年代初めに起きた社会主義キューバでの言論統制事件をきっかけに、作家たちの連帯が損なわれたことが原因で収束してしまう。また、キューバのギジェルモ・カブレラ＝インファンテやレイナルド・アレナスら重要な作家が亡命の道を選ぶという皮肉な現象や、前の時代への反動として実験性を後退させリアリズムに回帰するといった現象も見られたりしたものの、〈ブーム〉以前の伝統的な「古い小説」は、「新しい小説」によって乗り越えられたと言っていいだろう。様々な外国文学の摂取、映画などのサブカルチャーの言語を自由に用いることも世代が下るにしたがって積極的に行なわれる。マヌエル・プイグやカブレラ＝インファンテのようなシネフリークの作品はその典型的な例である。また「古い小説」の教育的な生真面目さから離れて、遊びやユーモア、エロスの要素を前面に出したり、パロディの手法で欧米の古典や先行作品を転倒させたりすることはラテンアメリカ文学の魅力的な特徴のひとつとなる。

Ⅱ

〈ブーム〉期に書かれた作品のインパクトによって、ラテンアメリカ文学というと大型の長篇小説が主流というイメージが先立つかもしれない。たしかに長篇を得意とする作家には事欠かないが、形式としての短篇は十九世紀以来途切れることはなく、〈近代主義《モデルニスモ》〉の命名者で詩人のニカラグアのルベン・ダリオやアルゼンチンのレオポルド・ルゴーネスらの幻想的な短篇を生んでいるし、ボルヘスはもとよりモンテローソやルルフォ、フアン・ホセ・アレオラのように短篇しか書かない作家もいる。コルタサルにしても『石蹴り遊び』を別にすれば、短篇の書き手としての知名度のほうが高いかもしれない。また、近代主義の影響下に作家として出発したウルグアイ出身のオラシオ・キロガは、短篇小説の名手として知られる。彼の作品にはポーやドストエフスキーの他にキプリング、チェーホフなどの影響も認められ、本書にも収めた、密林での暮らしの体験に基づく短篇を盛んに書いている。

この短篇集のなかで生年が最も早いのはそのキロガである。そこで彼を筆頭に作家の生年順に作品を並べるという方法もある。しかし、文学を読むのに文学史は意味がないというボルヘスやクロノロジーを信用しないというオクタビオ・パスの意見もあり、あえて編年体にはせず、むしろ作品の性格によって、十六篇を以下のように四つのグループに分けることを考えた。

(1)**多民族・多人種的状況、被征服・植民地の記憶**を反映した作品。このグループには、オクタビオ・パス「青い花束」、カルロス・フエンテス「チャック・モール」、イサベル・アジェンデ「ワリマイ」、ミゲル・アンヘル・アストゥリアス「大帽子男の伝説」、エレーナ・ガーロ「トラスカラ人の罪」、アウグスト・モンテローソ「日蝕」が入る。

(2)**暴力的風土・自然**、**マチスモ・フェミニズム**、**犯罪・殺人**がテーマになっているもの。ここにはキロガ「流れのままに」、バルガス＝リョサ「決闘」、ガルシア＝マルケス「フォルベス先生の幸福な夏」、アナ・リディア・ベガ「物語の情熱」を入れた。

(3)**都市・疎外感**、**性・恐怖の結末**を特徴とする作品のグループ。ここに入るのは、マリオ・ベネデッティ「醜い二人の夜」、サルバドル・ガルメンディア「快楽人形」、アンドレス・オメロ・アタナシウ「時間」である。

(4)**夢・妄想・語り**、**SF・幻想**と呼びうる作品群。このグループにはレイナルド・

アレナス「目をつぶって」、アルフレード・ブライス＝エチェニケ「リナーレス夫妻に会うまで」、アドルフォ・ビオイ＝カサーレス「水の底で」が属する。

もちろん多くの作品は複数の性格を備えているから、くくり方によっては別のグループ分けがいくつもできる。だが、欧米や日本とは異なるラテンアメリカらしさを出したいと思い、あえてこのような分類にしてみた。ラテンアメリカ全体を表象するイメージというよりはメキシコ色が強いが、編集者と相談の上でカバーにディエゴ・リベラの壁画《アラメダ公園での日曜の午後の夢》をあしらったのも、ラテンアメリカ独特の文化的多面性を視覚的に提示したいと思ったからである。

（1）コロンブスの到達に始まる〈新大陸の征服〉の歴史は、先住民文化の破壊・掠奪とその痕跡という形で今日も目にすることができる。メキシコや中米、あるいはペルーのインカの遺跡など、今は世界遺産となっている古代の建築物は、そこにかつて古代文明が栄え、スペイン人の到来とともに異文化との衝突があったことを物語っている。メキシコの被征服の結果生まれた混淆文化やメキシコ人のアイデンティティについて『孤独の迷宮』などで論じているオクタビオ・パスは、詩と評論を創作活動の両輪としてきた。その彼が、一九五〇年代にパリでシュルレアリスムの運動に接して生まれた詩集が『鷲か太陽か?』だが、そこには「動く砂」という総タイトルでまとめられた散文詩が含まれている。「青い花束」はそのひとつで、そこには詩集全体のテーマである他者やアイデンティティの探求という問題が認められる。青い目はその象徴だろう。スペイン内戦に赴く前に、パスはユカタン半島で農民のための教育活動に携わったことがあり、おそらくそのときの経験に基づいていると思われる作品だ。先住民文化を背負った若者とヨーロッパ的教養の持ち主で外見も異なる語り手の出会いがもたらす小さなドラマが語られ、主人公が味わう恐怖は、先住民の〈他者性〉を表わしていると言えるだろう。また青い目の収集というのは不条理でもあり、彼が最初の夫人のエレーナ・ガーロらと〈声高らかに歌う詩〉という劇団を作って不条理劇を演じていたことを思い出させる。

メキシコ・中米、アンデス地域はかつて〈先住民擁護主義小説〉を生んだが、先住民文化や混血の問題は、パスの影響を受けたフエンテスの初期の短篇にも色濃く表われている。『仮面の日々』に収められた作品はその典型で、なかでも「チャック・モール」はひとつの文明論になっていると同時に、『アウラ』(一九六二)同様メキシコ市を舞台とするゴシック小説でもある。このような時空を超える感覚はメキシコの作家の特徴でもあるが、フエンテスはのちに、長篇『テラ・ノストラ』のような彼ならではのスケールの大きな作品で、その感覚を十二分に発揮している。

同じくパスの影響を受けながら書かれたエレーナ・ガーロの「トラスカラ人の罪」も現代と古代が相互浸透してしまう物語である。メキシコ市の歴史地区などへ行くと、ふと自分が別の時空間に入り込んでしまった気がすることがあるが、この作品ではその移動が当然のごとく行なわれている。だが、この感覚を自然に備えているのはやはり先住民のようだ。主人公ラウラは過去あるいはもうひとつの時空間から逃げ出してきた。この作品は語り手や視点が複雑に交錯し、それが物語をミステリアスにしているが、そう感じるのは我々が直線的時間を受け入れ、その支配下に生きているからなのかもしれない。

歴史に当てはめると、タイトルにあるトラスカラ人は征服者エルナン・コルテス率いるスペイン軍と戦ったのち降伏し、以後協力者となる。したがって〈トラスカラ人の罪〉とは、アステカ(メシカ)人に対する彼らの裏切りを意味している。ラウラは自分が裏切り者であることを認めているが、それはコルテスの愛人で後に裏切り者の代名詞となったマリンチェの場合とは異なり、恐怖のあまり従兄である夫を残して戦場から逃げ出したという裏切りなのだろう。

グアテマラも人口に先住民の占める比率が高い国である。ミゲル・アンヘル・アストゥリアスは先住民の血を引くが家庭は裕福で、子供の頃から使用人である先住民と接することで彼らの口承文化を学んだ。だが、その文化の価値を明確に意識したのは、パリに留学し、ソルボンヌ大学でマヤの神話『ポポル・ヴフ』の仏訳者で人類学者のジョルジュ・レイノーに師事したときである。ここで再発見した母国の先住民文化と、パリで接したシュルレアリスムの経験が混淆してできたのが『グアテマラ伝説集』であり、「大帽子男の伝説」はそのなかのひとつ。不思議な読後感をもたらすが、これを彼は〈魔術的リアリズム〉と呼んだ。一方、もう一人の〈魔術的リアリズム〉の創始者とされるカルペンティエールは、シュルレアリスム体験とカリブの黒人文化の探求から得られた文体を生んだが、両者に見られる文化的視点や語り口を比較してみるのも面白いだろう。

アウグスト・モンテローソはホンジュラスに生まれたが、十五歳のときに両親とともにグアテマラに移住する。だが、ホルヘ・ウビーコ大統領の独裁に反対するなどの活動を行なったことから、メキシコに亡命する。その後も母国の政情に翻弄されながら、最終的にはメキシコに永住することになる。こうした経験が彼独特のアイロニーとユーモアを特徴とする短篇を生んだことは想像に難くない。「日蝕」は〈文明〉を巡るスペイン人と先住民の発想の違いを素材とした短篇で、スペインの宗教人の〈未開人〉に対する驕りが生んだ悲劇はブラックである。だが、西洋文明を転倒させながらもそこにはある種の悲哀が感じられる。それがモンテローソの持ち味だろう。

イサベル・アジェンデはチリ出身で、長篇『精霊たちの家』で知られている。ラテンアメリカの女性作家には珍しく多作で、しかも作品は圧倒的に長篇が多い。短篇集『エバ・ルーナのお話』は長篇『エバ・ルーナ』のスピン・オフとも言うべき作品で、「ワリマイ」はそのなかのひとつ。彼女自身は先住民文化と直接的なつながりはないが、ストーリーテラーとしての才能が、あたかも先住民が乗り移ったかのような語り口を生んでいる。また語り手は男性だが、物語からはフェミニスト的視点が浮かび上がる。その意味では(2)のグループに入れることも可能な作品だ。

(2)一九四〇年代ごろまで盛んだったサブジャンルに、ラテンアメリカの地方色を描き出す〈土地の小説〉や〈密林小説〉がある。ベネズエラのロムロ・ガジェーゴスの『ドーニャ・バルバラ』(一九二九)やコロンビアのホセ・エウスタシオ・リベラの『大渦』(一九二四)が典型的な作品で、文学史的には「古い小説」と見なされる。この(2)のグループとしてまとめた作品群も舞台は地方であったり、あるいはラテンアメリカの地方性を素材にしていたりするが、かつての〈文明〉対〈野蛮〉という二分法はここには見られない。キロガの短篇は粗暴な自然を舞台にしながらも、蛇に嚙まれ、その毒が回って死へと向かう主人公の意識の流れを描いている。また、恐怖と幻想の織り成す一連の作品が示すように、キロガは短篇という形式を自家薬籠中のものとして見事に使いこなしているのが特徴だ。

開拓地のような荒々しい風土が暴力を生んでも不思議はないが、作者が子供時代にかつて暮らした地方都市の場末を舞台に、そこに住む土着的な人々による暴力を描いたバルガス＝リョサの短篇は、アンデス地方で盛んだった自然主義的リアリズムによる〈先住民擁護主義〉の作品とは一線を画している。ここで描かれるのは白人が先住民を蹂躙するような暴力ではなく、むしろ暴力の美学、それも敗北の美学だからだ。それは唯一の短篇集『ボスたち』や長篇『都会と犬ども』のような学園ものにおける少年同士の争い、あるいは権力に立ち向かうヒーローとその敗北にも見られ、中世の騎士の決闘にも通じる美学をこの作家は好むようだ。また、見方を変えれば、この暴力はラテンアメリカ社会に見られるマチスモが生んだものでもある。

ガルシア＝マルケスの世界もマチスモの色彩を帯び、大小様々な暴力に満ちている。『百年の孤独』では、一族の長となるアウレリャノ・ブエンディアと彼を侮辱したプルデンシオ・アギラールの決闘が描かれている。『予告された殺人の記録』は名誉を巡る復讐劇であり、ここでもマチスモが殺人を促す。だが「フォルベス先生の幸福な夏」では、この作家の作品を彩るもうひとつの要素である情熱と性愛から生じる殺人が描かれる。ただし、舞台はラテンアメリカではなく、ヨーロッパの地中海地方となっている。この短篇が収められている『十二の遍歴の物語』はラテンアメリカ出身の人間がヨーロッパで味わう異文化体験を語った十二の短篇からなるが、彼の作品には珍しく、子どもが登場する。作家の息子たちということで、ガルシア＝マルケスとその二人の息子がモデルと想像できるが、以前、長男で映画監督のロドリーゴに訊いたところによると、彼らは必ずしもモデルではないということだった。ここで語られる事件が実際にあったかどうかは不明だが、ガルシア＝マルケスはこれを一種のミステリーに仕立てている。この事件がラテンアメリカで起きていれば、日常茶飯事としてそれほどインパクトはないかもしれない。それこそフリーダ・カーロが描いた《ちょっとした刺し傷》が霊感を受けた殺人事件同様、一過性のものとして人々の記憶には残らない。だが、この作品ではガルシア＝マルケスが舞台を地中海に設定し、登場人物を少数に限定したことで事件はくっきりと浮き彫りになった。それにしてもウミヘビというグロテスクかつ神話的な生き物や沈没船を道具立てに使うあたりは、カリブ世界との共通性を意識してもいるようだ。

アナ・リディア・べガの「情熱の物語」もやはり情熱的犯罪を扱っている。被害者が似ているというのはスペインのフラメンコ歌手・ダンサー・女優のローラ・フローレスだ。べガはこの事件を基に小説を書こうとしている作家を主人公にするという、ポストモダン風の入れ子的構造を作品に付与している。彼女は短篇「ポジート・チキン」のように、カリブ海に浮かぶ島でありながら米国の自治連邦区である母国プエルトリコとその住人のアイデンティティを問う作品を書き続けてきた。彼女自身はプエルトリコ独立派で、そのための活動を行なっている。米国に帰化した保守的なプエルトリコ女性が最後に独立派の合言葉を叫ぶ「ポジート・チキン」は、独立派へのエールと言えるだろう。一方、彼女はフェミニズム色の濃い作品も手掛けていて、「情熱の物語」もその傾向を示している。べガは勤務先のプエルトリコ大学ではフランス語やフランス文学を講じ、スペイン語・英語・フランス語などの入り混じる多言語的作風に加え、カリブの作家らしく言葉遊びを盛んに行っているのが特徴だ。そしてパロディ精神と哄笑を誘うユーモア感覚に富み、短篇集『カリブの空は曇り空とその他の難破の物語』ではポストコロニアル思想が窺える。きわめて知的なその作風は「情熱の物語」にも見てとれる。

（3）一九四〇年代から一九五〇年代にかけて、ラテンアメリカ諸国では小説の舞台が地方の農村部から都会に移るという現象が見られた。そして外的現実から内的現実へと小説の描く対象が変化するのだ。このグループに含まれる作品には、都会に住む人々の生態や疎外感が描かれている。性の問題を正面に据えるのも一九六〇年代ならではの特徴と言える。これはカトリックが根強い土壌で性に関する表現が長らくタブーとされてきた歴史があるからで、ガルシア＝マルケス自身が語っているところによれば、『悪い時』（一九六二）に出てくる〈自慰〉と〈避妊具〉という言葉が検閲に掛かったというから、どのような状況であったかは想像がつくだろう。ベネデッティの「醜い二人の夜」は一九六八年、ガルメンディアの「快楽人形」は一九六六年といずれも一九六〇年代の作品であることが注目される。その背景には、キューバ革命の衝撃を受けて、作家が古い世界の因習や道徳から社会を解放しようとする動きがあったようだ。

ウルグアイの首都モンテビデオやベネズエラの首都カラカスはラテンアメリカのなか

ではきわめて都会的な町だが、ブエノスアイレスがそれ以上に都会的であることは言うまでもない。〈近代主義《モデルニスモ》〉が生まれたのもこの都市だった。オメロ・アタナシウの短篇は意外性や恐怖が最後に待ち受けるという落ちを持つ作品で、都会が生んだ佇まいの良さを備えている。逆に言えば、メキシコの作家の作品のような歴史や過去を感じさせない。むしろラプラタ幻想文学の特徴であるポーの影響を認めることができるだろう。

（4）優れたストーリーテラーに事欠かないラテンアメリカの作家は一般に饒舌である。その饒舌さでもって夢や妄想を語る。たとえばアレナスの「目をつぶって」の語り手はどうだろう。この少年は長篇『夜明け前のセレスティーノ』の主人公に通じる饒舌さでひとり語りを続ける。最後に聞き手らしき大人に語りかけるのだが、その話は夢のようであり、妄想のようでもある。少年が作者の分身であるとすれば、その饒舌さの背後に横たわっているのはむしろ過酷な現実かもしれない。もっともこれはエイズに罹り、亡命先の米国で自死を遂げた作家の運命を知っていることによる深読みとも言える。

こうした饒舌を持ち味としているのがアルフレード・ブライス＝エチェニケで、短篇集『垣根囲いの果樹園』に収録された「パラカスでジミーと」という作品ではやはり主人公の少年が冴えないサラリーマンの父親と、その上司の息子を相手に観察したことを述べるのだが、これもユーモアとペーソスの入り混じったひとり語りが止まらない。その饒舌は「リナーレス夫妻に会うまで」でもはや頂点に達している。ヨーロッパを放浪する中年の主人公が奇妙奇天烈な妄想を語るのだが、その饒舌ぶりは病的なほどである。長篇『幾たびもペドロ』では、同種の中年男がパリで五月革命に出遭い、珍妙な行動を示すのだが、現実に溶け込もうとしても溶け込めないところからくる狂気寸前の焦燥とあきらめのようなものから生まれるユーモアは独特で、他の作家には見られない種類のものだ。

ビオイ＝カサーレスの代表作『モレルの発明』は、光学機械が映し出す女性に恋心を抱いてしまう男の意識と妄想を熱く切なく語った長篇だが、「水の底で」も構造は似ている。語り手は本物の女性と出会い、愛し合うまでになるのだが、結局最後ははぐらかされ、傍観者にならざるをえないのだ。その意味では悲劇であるが、ただここでは、正体不明の誰かが機械を作ったのではなく、半魚人を生んでいるのがマッドサイエンティストであることが明らかにされる。しかもその人物は自らに実験を施す。このあたりはいささか滑稽でもあるが、憑りつかれた人間の恐ろしさも感じさせる。そしてその根底には愛と情熱がある。そのためボルヘスの場合と違って作品に熱がある。このあたりがビオイ＝カサーレスの描く世界の特徴と言えるだろう。情熱が科学に勝るのだ。

Ⅲ

この短篇集に収められている作品を訳し始めたのは一九八〇年代だった。パソコンを使うようになる二十年も前の、鉛筆による手書きの時代だ。そのころの原稿のコピーがまだ残っている。岩波文庫の編集者だった天野泰明さんが声を掛けてくれ、その後担当者になった中本直子さんと相談し、できるだけ多くの作品を収録しようということになった。それから時間が経ち、当時は本邦初訳だったものが、その後様々な作家のアンソロジーが出ることでそうではなくなったりもした。それでも訳者の声というのはそれぞれ異なる。それは既訳についても言え、自分の声で訳すとどうなるか知りたいという欲望はこのアンソロジーを作る原動力のひとつになってきた。

この間、時代は大きく変化した。ベルリンの壁が崩壊し、インターネットの時代が訪れる。それにより、多くの事項が検索できるようになり、文章ばかりか画像でも確認できるようになった。それはとても便利であると同時に、外国文学の読みに変化をもたらしもした。つまり想像力が必要な場面が減ったのだ。想像する前に画面が現われ、正体不明だったものの正体がわかってしまう。だが登場人物を想像したり、彼らの言葉の意味することを考えたりする作業が減ったわけではない。作者や作中人物が言わんとすることを読み解く楽しさは決して減ってはいない。以前は深い意味を考えずに訳した作品から、読み取れていなかった意味を読み取る。それは読者としての楽しみでもある。

二十世紀が終わり、〈ブーム〉の担い手だった作家ですでに亡くなってしまった人も少なくない。この短篇集には十二本の墓標を見出すことができる。だが残りの四人の作家は二十一世紀を生きているし、物故した作家も作品を残すことで記憶されている。この本のなかから気に入った作品を見つけ、繰り返し読んでいただければ幸いである。言うまでもないが、一回の読書ですべての謎が解けるわけではない。

なお収録作品で既訳のあるもののうち、「トラスカラ人の罪」は雑誌『aala』(一〇一号、一九九七年)にラテンアメリカの女性文学の研究者だった冨士祥子さんの訳で掲載されている。米国で博士号を取得し、帰国後、日本での活動を始めたばかりで亡くなったことが惜しまれてならない。彼女はカリフォルニア大学アーバイン校でのリサーチを勧めてくれ、浩瀚なアンソロジー『イスパノアメリカの短篇』の編著者であるシーモア・メントン教授に引き合わせてくれたのだが、その短篇集は、今回の短篇集を編むにあたってひとつのモデルとなった。だからこそ、冨士さんに、三人の女性作家の作品を収録したこの本の感想を訊いてみたかった。

最後に、中本さんのあとを継いで編集を担当してくださった石川憲子さん、清水愛理さん、そして今回永遠の時間にけりをつけ、本書の形にまとめてくださった入谷芳孝さんに感謝したい。

二〇一九年二月

野谷文昭

初出一覧

青い花束　「中央公論文芸特集」中央公論社、一九九一年夏季号（「青い目の花束」）

チャック・モール　「海」中央公論社、一九八〇年一〇月号

決　闘　『小犬たち／ボスたち』国書刊行会、一九七八年

フォルベス先生の幸福な夏　「新潮」一九八八年五月号、創刊一〇〇〇号記念号（「フォルベス夫人の幸福な夏」）

物語の情熱　「群像」講談社、一九九七年九月号

時　間　「すばる」集英社、一九八二年九月号

リナーレス夫妻に会うまで　「ユリイカ」青土社、一九八三年七月号

その他の作品は、本書のための訳しおろしである。

Isabel Allende
"Walimai", excerpt from *Cuentos de Eva Luna*
Copyright © Isabel Allende, 1989

Miguel Ángel Asturias
"Leyenda del Sombrerón", *Leyendas de Guatemala*
Copyright © Miguel Ángel Asturias, 1991 and Heirs of Miguel Ángel Asturias

Mario Vargas Llosa
"El desafío", *Los jefes*
Copyright © Mario Vargas Llosa, 1959

Gabriel García Márquez
"El verano feliz de la señora Forbes", *Doce cuentos peregrinos*
Copyright © Gabriel García Márquez, 1992 and Heirs of Gabriel García Márquez

Salvador Garmendia
"Muñecas de placer", *Doble fondo*
Copyright © Salvador Garmendia, 1966 and Heirs of Salvador Garmendia

Alfredo Bryce Echenique
"Antes de la cita con los Linares", *La felicidad ja ja*
Copyright © Alfredo Bryce Echenique, 1974

Adolfo Bioy Casares
"Bajo el agua", *Una muñeca rusa*
Copyright © Adolfo Bioy Casares, 1991 and Heirs of Adolfo Bioy Casares

Permission for the above 7 works granted by Agencia Literaria Carmen Balcells S. A., Barcelona.

Ana Lydia Vega
"Pasión de historia", *Pasión de historia y otras historias de pasión*
Copyright © Ana Lydia Vega, 1987
Permission granted by the Author, San Juan.

Andrés Homero Atanasiú
"Tiempo", *La casa del Tesoro*, 1981
While every effort has been made to obtain permission to reprint this copyrighted material, we have been unable to trace the copyright holder. The publisher will be happy to correct any omission in future printings.

Reinaldo Arenas
"Con los ojos cerrados", *Con los ojos cerrados*
Copyright © Estate of Reinaldo Arenas, 1972
Permission granted by A. C. E. R. Agencia Literaria, Madrid.

20世紀《せいき》ラテンアメリカ短篇選《たんぺんせん》

2019年3月15日　第1刷発行
2024年4月5日　第6刷発行

編訳者　野谷文昭《のやふみあき》

発行者　坂本政謙

発行所　株式会社 岩波書店
〒101-8002 東京都千代田区一ツ橋2-5-5

案内 03-5210-4000　営業部 03-5210-4111
文庫編集部 03-5210-4051
https://www.iwanami.co.jp/

印刷・三陽社　カバー・精興社　製本・中永製本

ISBN 978-4-00-327931-1　Printed in Japan

読書子に寄す

——岩波文庫発刊に際して——

岩波茂雄

真理は万人によって求められることを自ら欲し、芸術は万人によって愛されることを自ら望む。かつては民を愚昧ならしめるために学芸が最も狭き堂宇に閉鎖されたことがあった。今や知識と美とを特権階級の独占より奪い返すことはつねに進取的なる民衆の切実なる要求である。岩波文庫はこの要求に応じそれに励まされて生まれた。それは生命ある不朽の書を少数者の書斎と研究室とより解放して街頭にくまなく立たしめ民衆に伍せしめるであろう。近時大量生産予約出版の流行を見る。その広告宣伝の狂態はしばらくおくも、後代にのこすと誇称する全集がその編集に万全の用意をなしたるか。千古の典籍の翻訳企図に敬虔の態度を欠かざりしか。さらに分売を許さず読者を繋縛して数十冊を強うるがごとき、はたしてその揚言する学芸解放のゆえんなりや。吾人は天下の名士の声に和してこれを推挙するに躊躇するものである。このときにあたって、岩波書店は自己の責務のいよいよ重大なるを思い、従来の方針の徹底を期するため、すでに十数年以前より志して来た計画を慎重審議この際断然実行することにした。吾人は範をかのレクラム文庫にとり、古今東西にわたって文芸・哲学・社会科学・自然科学等種類のいかんを問わず、いやしくも万人の必読すべき真に古典的価値ある書をきわめて簡易なる形式において逐次刊行し、あらゆる人間に須要なる生活向上の資料、生活批判の原理を提供せんと欲する。この文庫は予約出版の方法を排したるがゆえに、読者は自己の欲する時に自己の欲する書物を各個に自由に選択することができる。携帯に便にして価格の低きを最主とするがゆえに、外観を顧みざるも内容に至っては厳選最も力を尽くし、従来の岩波出版物の特色をますます発揮せしめようとする。この計画たるや世間の一時の投機的なるものと異なり、永遠の事業として吾人は微力を傾倒し、あらゆる犠牲を忍んで今後永久に継続発展せしめ、もって文庫の使命を遺憾なく果たさしめることを期する。芸術を愛し知識を求むる士の自ら進んでこの挙に参加し、希望と忠言とを寄せられることは吾人の熱望するところである。その性質上経済的には最も困難多きこの事業にあえて当たらんとする吾人の志を諒として、その達成のため世の読書子とのうるわしき共同を期待する。

昭和二年七月

《南北ヨーロッパ他文学》〔赤〕

ダンテ 新生　山川丙三郎訳
夢のなかの夢　タブッキ 和田忠彦訳
カヴァレリーア・ルスティカーナ 他十一篇　G・ヴェルガ 河島英昭訳
カルヴィーノ イタリア民話集 全二冊　河島英昭編訳
むずかしい愛　カルヴィーノ 和田忠彦訳
パロマー　カルヴィーノ 和田忠彦訳
カルヴィーノ アメリカ講義 ―新たな千年紀のための六つのメモ　米川良夫 和田忠彦訳
まっぷたつの子爵　カルヴィーノ 河島英昭訳
魔法の庭・空を見上げる部族 他十四篇　カルヴィーノ 和田忠彦訳
ペトラルカ ルネサンス書簡集　近藤恒一編訳
ペトラルカ 無知について　近藤恒一訳
美しい夏　パヴェーゼ 河島英昭訳
流刑　パヴェーゼ 河島英昭訳
祭の夜　パヴェーゼ 河島英昭訳
月と篝火　パヴェーゼ 河島英昭訳
ウンベルト・エーコ 小説の森散策　和田忠彦訳

バウドリーノ 全二冊　ウンベルト・エーコ 堤康徳訳
タタール人の砂漠　ブッツァーティ 脇功訳
ラサリーリョ・デ・トルメスの生涯　会田由訳
ドン・キホーテ 前篇 全三冊　セルバンテス 牛島信明訳
ドン・キホーテ 後篇 全三冊　セルバンテス 牛島信明訳
娘たちの空返事 他一篇　モラティン 佐竹謙一訳
プラテーロとわたし　J・R・ヒメーネス 長南実訳
オルメードの騎士　ロペ・デ・ベガ 長南実訳
セビーリャの色事師と石の招客 他一篇　ティルソ・デ・モリーナ 佐竹謙一訳
ティラン・ロ・ブラン 全四冊　J・マルトゥレイ M・J・ダ・ガルバ 田澤耕訳
ダイヤモンド広場　マルセー・ルドゥレダ 田澤耕訳
完訳 アンデルセン童話集 全七冊　大畑末吉訳
即興詩人 全二冊　アンデルセン 大畑末吉訳
アンデルセン自伝　大畑末吉訳
ここに薔薇ありせば 他五篇　ヤコブセン 矢崎源九郎訳
フィンランド叙事詩 カレワラ 全二冊　リョンロット編 小泉保訳
王の没落　イェンセン 長島要一訳

イプセン 人形の家　原千代海訳
イプセン 野鴨　原千代海訳
令嬢ユリェ　ストリントベルク 茅野蕭々訳
アミエルの日記 全四冊　河野与一訳
クオ・ワディス 全三冊　シェンキェーヴィチ 木村彰一訳
山椒魚戦争　カレル・チャペック 栗栖継訳
ロボット（R・U・R）　チャペック 千野栄一訳
白い病　カレル・チャペック 阿部賢一訳
マクロプロスの処方箋　カレル・チャペック 阿部賢一訳
灰とダイヤモンド 全二冊　アンジェイェフスキ 川上洸訳
牛乳屋テヴィエ　ショレム・アレイヘム 西成彦訳
完訳 千一夜物語 全十三冊　豊島与志雄 渡辺一夫 佐藤正彰 岡部正孝訳
ルバイヤート　オマル・ハイヤーム 小川亮作訳
ゴレスターン　サァディー 沢英三訳
王書 古代ペルシャの神話・伝説　フェルドウスィー 岡田恵美子訳
中世騎士物語　ブルフィンチ 野上弥生子訳
コルタサル短篇集 悪魔の涎・追い求める男 他八篇　木村榮一訳

遊戯の終わり　コルタサル　木村榮一訳
秘密の武器　コルタサル　木村榮一訳
ペドロ・パラモ　ファン・ルルフォ　杉山晃・増田義郎訳
燃える平原　ファン・ルルフォ　杉山晃訳
伝奇集　J.L.ボルヘス　鼓直訳
創造者　J.L.ボルヘス　鼓直訳
続審問　J.L.ボルヘス　中村健二訳
七つの夜　J.L.ボルヘス　野谷文昭訳
詩という仕事について　J.L.ボルヘス　鼓直訳
汚辱の世界史　J.L.ボルヘス　中村健二訳
ブロディーの報告書　J.L.ボルヘス　鼓直訳
アレフ　J.L.ボルヘス　鼓直訳
語るボルヘス　—書物・不死性・時間ほか　J.L.ボルヘス　木村榮一訳
20世紀ラテンアメリカ短篇選　野谷文昭編訳
フエンテス短篇集 アウラ・純な魂 他四篇　木村榮一訳
アルテミオ・クルスの死　フエンテス　木村榮一訳
緑の家 全二冊　バルガス＝リョサ　木村榮一訳

密林の語り部　バルガス＝リョサ　西村英一郎訳
ラ・カテドラルでの対話　バルガス＝リョサ　旦敬介訳
弓と竪琴　オクタビオ・パス　牛島信明訳
ラテンアメリカ民話集　三原幸久編訳
やし酒飲み　エイモス・チュツオーラ　土屋哲訳
薬草まじない　エイモス・チュツオーラ　土屋哲訳
マイケル・K　J.M.クッツェー　くぼたのぞみ訳
ミゲル・ストリート　V.S.ナイポール　小沢自然・小野正嗣訳
キリストはエボリで止まった　カルロ・レーヴィ　竹山博英訳
クァジーモド全詩集　河島英昭訳
ウンガレッティ全詩集　河島英昭訳
クオーレ　デ・アミーチス　和田忠彦訳
ゼーノの意識 全二冊　ズヴェーヴォ　堤康徳訳
冗談　ミラン・クンデラ　西永良成訳
小説の技法　ミラン・クンデラ　西永良成訳
世界イディッシュ短篇選　西成彦編訳
シェフチェンコ詩集　藤井悦子編訳

岩波文庫の最新刊

カント著／熊野純彦訳
人倫の形而上学
第一部 法論の形而上学的原理

カントがおよそ三十年間その執筆を追求し続けた、最晩年の大著。第一部にあたる本書では、行為の「適法性」を主題とする。新訳による初めての文庫化。
〔青六二六-四〕 定価一四三〇円

オクタビオ・パス作／野谷文昭訳
鷲か太陽か？

「私のイメージを解き放ち、飛翔させた」シュルレアリスム体験が色濃い散文詩と夢のような味わいをもつ短篇。ノーベル賞詩人初期の代表作。一九五一年刊。
〔赤七九七-二〕 定価七九二円

クライスト作／山口裕之訳
ミヒャエル・コールハース チリの地震 他一篇

領主の横暴に対し馬商人コールハースが正義の回復のために立ち上がる。日常の崩壊とそこで露わになる人間本性を描いた三作品。重層的文体に挑んだ新訳。
〔赤四一六-六〕 定価一〇〇一円

マックス・ウェーバー著／野口雅弘訳
支配について
II カリスマ・教権制

カリスマなきあとも支配は続く。何が支配を支えるのか。支配の諸構造を経済との関連で論じたテクスト群。関連論文や訳註、用語解説を付す。（全二冊）
〔白二一〇-二〕 定価一四三〇円

今月の重版再開

エウリーピデース作／松平千秋訳
ヒッポリュトス
―パイドラーの恋―
定価五五〇円 〔赤一〇六-一〕

W・S・モーム著／西川正身訳
読書案内
―世界文学―
定価七一五円 〔赤二五四-三〕

定価は消費税10％込です　2024.1

岩波文庫の最新刊

網野善彦著
日本中世の非農業民と天皇(上)
山野河海という境界領域に生きた中世の「職人」たちの姿を通じて、天皇制の本質と根深さ、そして人間の本源的自由を問う、著者の代表的著作。(全二冊)
〔青N四〇二-二〕 定価一六五〇円

エーリヒ・ケストナー作／酒寄進一訳
独裁者の学校
大統領の替え玉を使い捨てにして権力を握る大臣たち。政変が起きるが、その行方は…。痛烈な皮肉で独裁体制の本質を暴いた、作者渾身の戯曲。
〔赤四七一-三〕 定価七一五円

ラインホールド・ニーバー著／千葉 眞訳
道徳的人間と非道徳的社会
個人がより善くなることで、社会の問題は解決できるのか。二〇世紀アメリカを代表する神学者が人間の本性を見つめ、政治と倫理の相克に迫った代表作。
〔青N六〇九-一〕 定価一四三〇円

トマス・アクィナス著／稲垣良典・山本芳久編／稲垣良典訳
精選 神学大全2 法論
トマス・アクィナス(一二二五頃-一二七四)の集大成『神学大全』から精選。2は人間論から「法論」、「恩寵論」を収録する。解説＝山本芳久、索引＝上遠野翔。(全四冊)
〔青六二一-四〕 定価一七一六円

…… 今月の重版再開 ……

高浜虚子著
立子へ抄
―虚子より娘へのことば―
〔緑二八-九〕 定価一二二一円

喜安 朗訳
フランス二月革命の日々
―トクヴィル回想録―
〔白九-一〕 定価一五七三円

定価は消費税10％込です　2024. 2